古典文獻研究輯刊

二七編

第 2 冊

方法的試煉：古代文學與文化的多維觀照（下）

蘇悟森、黃金燦 著

國家圖書館出版品預行編目資料

方法的試煉：古代文學與文化的多維觀照（下）／蘇悟森、
黃金燦 著 -- 初版 -- 新北市：花木蘭文化事業有限公司，
2023〔民 112〕
目 2+186 面；19×26 公分
（古典文學研究輯刊 二七編；第 2 冊）
ISBN 978-626-344-248-1（精裝）
1.CST：中國文學 2.CST：文學評論
820.8 111021977

ISBN-978-626-344-248-1

9 786263 442481

古典文學研究輯刊
二七編 第 二 冊 ISBN：978-626-344-248-1

方法的試煉：古代文學與文化的多維觀照（下）

作　　者 蘇悟森、黃金燦
總 編 輯 杜潔祥
副總編輯 楊嘉樂
編輯主任 許郁翎
編　　輯 張雅淋、潘玟靜　美術編輯 陳逸婷
出　　版 花木蘭文化事業有限公司
發 行 人 高小娟
聯絡地址 235 新北市中和區中安街七二號十三樓
　　　　　電話：02-2923-1455／傳真：02-2923-1452
網　　址 http://www.huamulan.tw 信箱 service@huamulans.com
印　　刷 普羅文化出版廣告事業
初　　版 2023 年 3 月
定　　價 二七編 11 冊（精裝）新台幣 28,000 元

方法的試煉：古代文學與文化的多維觀照（下）

蘇悟森、黃金燦　著

目次

第三編

論王維詩自然意象的運用方式

　　對古典詩歌進行研究的主要目的之一，就是發掘其中蘊含的審美體驗和藝術經驗，把它們的永恆魅力展現在世人面前。這一工作可以借助不同的方法來進行，而運用意象分析法來揭示古典詩歌所傳達的情致模態，不失為一個十分有效的方式。自然意象是王維詩歌意象體系中最精緻、最典型的部分。對王維詩歌意象體系中的自然意象進行研究，有助於揭示王維詩歌獨特藝術魅力的形成原因。近年來，學界出現了一批研究王維詩歌自然意象的成果，但大部分都是就王維詩歌某一個自然意象進行研究，而幾乎沒有人從具體運用方式的角度對這一問題進行探討。本文準備在概覽王維詩歌自然意象運用情況的基礎上，探討王維運用自然意象的藝術方式。

一、王維詩自然意象的運用概覽

　　考察王維詩自然意象運用的整體情況，有助於揭示他的審美傾向與藝術品位，這是討論王維詩自然意象運用方式問題的基礎。本文擬以趙殿成《王右丞集箋注》（外編除外）〔註1〕所收詩作為基礎，對王維詩中的自然意象進行統計，並按自然屬性把它們歸類，選出一些典型進行研究，考察王維選取自然意象的標準及方式。王維詩歌部分自然意象的統計結果以簡表的形式呈現如下〔註2〕：

〔註1〕〔清〕趙殿成：《王右丞集箋注》，上海古籍出版社，1998年版，第1～267頁。
〔註2〕本表中對自然意象的統計採取的是模糊統計的方法，如「陽」「暉」均統計入「日」類，「江」「河」「泉」「瀑」均統計入「水」類，目的是便於見出王維詩中自然意象的宏觀面貌。

自然意象	使用次數	自然屬性	名句舉例〔註3〕
天	56	天文類	天長雲樹微
日	87	天文類	日落江湖白
月	33	天文類	疏影月光寒
山	192	地理類	寒山靜秋塞
水	297	地理類	江流天地外
風	58	天氣類	嫋嫋秋風動
雨	35	天氣類	雨中春樹萬人家
雲	87	天氣類	山青卷白雲
春	76	季節類	板屋春多雨
秋	56	季節類	連山復秋色
樹	209	植物類	岩間樹色隱房櫳
花	69	植物類	花迎喜氣皆知笑
草	89	植物類	草色全經細雨濕
鳥	111	動物類	漠漠水田飛白鷺
蟲	16	動物類	蟪蛄掛虛牖
雞	22	動物類	雞犬散墟落

　　如表所示，王維詩歌的自然意象大致可分為天文、地理、天氣、季節、植物、動物六大類。每一類自然意象，筆者都列舉了兩到三種在王維詩作中具有代表性的。王維詩中的這些自然意象都是他喜愛的自然物的藝術再現。他對大自然情有獨鍾，對大自然中那些最符合自己審美品位的意象更是傾注了自己畢生的情意。王維之所以如此高頻率地使用這些自然意象，一定是因為這些自然意象引起了他內心深深的認同與共鳴。袁行霈曾說：「一個詩人有沒有獨特的藝術風格，在一定程度上即取決於是否建立了他個人的意象群。」〔註4〕王維詩歌中自然意象群落的存在，為我們指示了一條反觀王維獨特藝術品位的路徑。王維偏愛自然意象，使他成了一個山水田園詩人；王維偏愛自然意象中的某幾種，則使他具有了明顯不同於別人的風格特殊性。通過對

〔註3〕 本表中所引例句，依次見《送崔興宗》《送刑桂州》《沈十四拾遺新竹生讀經處同諸公之作》《奉和聖製送不蒙都護兼鴻臚卿歸安西應制》《漢江臨汎》《和陳監四郎秋雨中思從弟據》《奉和聖製從蓬萊向興慶閣道中留春雨中春望之作應制》《欹湖》《送李太守赴上洛》《華子岡》《敕借岐王九成宮避暑應教》《既蒙宥罪旋復拜官伏感聖恩竊書鄙意兼奉簡新除使君等諸公》《酌酒與裴迪》《積雨輞川莊作》《贈祖三詠》《千塔主人》諸詩。

〔註4〕 袁行霈：《中國詩歌藝術研究》，北京大學出版社，2008年版，第57頁。

表中 16 種自然意象的考察，可以看出王維的獨特藝術趣味如下：1. 他喜歡使用氣象闊大的天文類、地理類自然意象，如「天」「日」「山」等；2. 無論是天文類、地理類，還是天氣類的自然意象，王維都更喜歡選用那些具有動態美的，如「月」「水」「風」「雲」等；3. 王維在使用季節類的自然意象時，喜歡「春」「秋」意象，而「夏」「冬」意象的使用則少得多（這可能是因為，一來從客觀上說，夏、冬二季氣候處於暑熱與嚴寒的兩極，不利於詩人在戶外欣賞；二來春、秋二季時序變化比較明顯，對詩人的觸動更大，更能引發詩人的詩興）；4. 王維十分喜愛「樹」「花」「草」三類自然意象，它們在王維的詩作中俯拾即是，這反映了王維的山林之趣，說明他有著一顆敏銳而細膩的詩心；5.「鳥」是王維詩歌中使用次數最多的動物意象，「鳥」的自由飛翔、歡快歌唱、悲鳴愁啼都能觸動詩人的心弦，「蟲」「雞」等動物意象使用次數也很可觀，它們是王維描寫田園生活時反覆使用的標誌性意象。

中國的傳統文化在數千年綿延不斷的發展中，形成了一種崇尚感悟、注重內求的審美心理。王維在自然意象選取上的特點，正是這種心理模態的表現。他善於從大自然最精微的變化徵兆裏，去體會宇宙乾坤的「大道」。他把體悟天地萬物生生不息的生命秩序當作自己的創作秘訣，以致千載之後的讀者仍然能從他精心鎔鑄的自然意象中，瞬間體會到深沉的宇宙感和歷史感的灌注流轉。宗白華曾用「窺目造化，體味深刻，傳神寫照，萬象皆春」〔註5〕的話來評價中國詩與畫的寫生方法。這種致力於凸顯自然萬象生命情態的創作方法，在王維對自然意象的運用上就得到了很好的體現。

汪裕雄指出：「一般說來，意象所指，是外部世界的感性面貌（色相、秩序、節奏）呈現於靜穆觀照的心理事實，即所謂『景』。」〔註6〕但這個景不是雜亂無章的，而是情思與景物的結合，是經過主體選取與組合的景。所以汪裕雄給審美意象下的定義是：「美感過程中經由知覺、想像活動，不斷激發主體情意而構成的心理表象」〔註7〕。這一定義是相當準確的。它進一步說明，考察自然意象是如何被王維按照一定規則組織起來的，頗有必要。一般來說，描寫自然景物的句子，大都是自然景物與動詞、形容詞的組合。王維的獨特之處，在於善於選擇出人意表的動詞、形容詞；更重要的是，他善於

〔註5〕宗白華：《宗白華全集》（第2卷），安徽教育出版社，1994年版，第325頁。
〔註6〕汪裕雄：《意境無涯》，人民出版社，2013年版，第74頁。
〔註7〕汪裕雄：《審美意象學》，人民出版社，2013年版，第18頁。

根據不同的表達需要來調整這些自然景物與動詞、形容詞之間的關係。此外，他還善於把組合好的詩句根據章法的需要進行合理的布置，使這些自然意象組成有秩序、有節奏的群落，充分發揮它們的集群優勢。研究王維詩歌的自然意象，應該從探討這些特殊性入手。可以採取的具體做法是，選取一些寫景佳句和名篇作為例證進行較為細緻的分析，從這些例證中觀察王維在選取自然意象後是怎樣進行藝術處理的。

二、王維詩自然意象在詩句中的運用

上面已提到，王維的獨特之處在於善於選擇出人意表的動詞、形容詞來突出自然意象的存在，而且他還善於根據不同的表達需要來調整這些自然景物與動詞或形容詞之間的關係。在這些動詞與形容詞中，表動態的詞、表色彩的詞、表音響的詞、表空間的詞與自然意象的組合是最有特色的。探討它們相互組合的具體情況，對理解王維的詩歌是有一定幫助的。正如《詩法易簡錄》所言：「沈歸愚謂其佳處不在語言，然詩之神韻意象，雖超於字句之外，實不能不寓於字句之間，善學者須就其所已言者，而玩索其不言之蘊，以得於字句之外可也」。〔註8〕

第一，自然意象與表動態詞的組合是王維運用純熟的一種表現技法。例如王維好用「隱」字與自然意象組合，給人一種若隱若現的視覺感，留下一定尺度的「空白」，讓讀者自己通過想像去豐富它、充實它。例如「日隱輕霞」「芳草空隱處」「長天隱秋塞」「日隱桑柘外」「雲林隱法堂」「暮雀隱花枝」「岩間樹色隱房櫳」「洞房隱深竹」〔註9〕諸句中的「隱」字都具有這樣的妙用。王維還好用「映」與自然意象組合，來處理不同色調的搭配和光影關係。在「寒塘映衰草」「山月映石壁」「瀑水映杉松」「玲瓏映墟曲」「青菰臨水映」「帆映丹陽郭」「柳色春山映」「極浦映蒼山」「懸旌寒日映」「渭水天邊映」「鼉身映天黑」「檀欒映空曲」「雜樹映朱欄」〔註10〕等眾多詩句中，

〔註8〕〔清〕李鍈：《詩法易簡錄》卷十三，清道光二年刻本，第18a頁。

〔註9〕含「隱」字諸例句依次見《酬諸公見作》《送權二》《別弟縉後登青龍寺望藍田山》《淇上即事田園》《過福禪師蘭若》《晚春閨思》《敕借岐王九成宮避暑應教》《投道一師蘭若宿》諸詩。

〔註10〕含「映」字諸例句依次見《奉寄韋太守陟》《藍田山石門精舍》《韋侍郎山居》《晦日遊大理韋卿城南別業四首（其四）》《輞川閑居》《送封太守》《春日上方即事》《登河北城樓作》《故南陽夫人樊氏輓歌二首（其二）》《奉和聖製登降聖觀與宰臣等同望應制》《送秘書晁監還日本國並序》《斤竹嶺》《北垞》諸詩。

王維憑藉自己敏銳的感覺能力，捕捉住自然意象運動過程中發出的剎那光輝，把自然的靈性注入自己的詩句中。同樣，在「蒼翠臨寒城」「開軒臨潁陽」「郭門臨渡頭」「臨風聽暮蟬」「荒城臨古渡」「青菰臨水映」「山臨青塞斷」「家臨海樹秋」「天臨渭水愁」「草堂蛩響臨秋急」〔註11〕諸句中，王維用一個「臨」字將靜止的自然意象動態化了，將空間中的自然意象時間化了。王維還善用「帶」字、「照」字、「對」字與自然意象組合，這樣的例子有：「遠樹帶行客」「喬木帶荒村」「清川帶長薄」「檣帶城烏去」「殘雪帶春風」「柳綠更帶春煙」〔註12〕，「落日照秋草」「斜光照墟落」「極野照暗景」「山月照彈琴」「明月松間照」「麗日照殘春」〔註19〕，「花對池中影」「空林對偃蹇」「寥落寒山對虛牖」「蒼茫對落暉」「山河對冕旒」「野花愁對客」等〔註14〕。總的來看，自然意象與「隱」「映」「臨」「帶」「照」「對」等動詞的組合出現，既使自然意象在時間序列中的瞬間動態顯露無遺，又細膩地描繪出各類意象之間的空間關係。由此可見，王維使用這些詞彙來組織自然意象是有規律可循的，是一種藝術上的自覺。同樣善於表現自然的孟浩然似乎就缺少這種自覺，在他的詩作中很少有這樣既固定又跳脫的組織方式。因此《唐詩箋要》說孟浩然作詩「多率素語」〔註15〕，《藝圃擷餘》說他的詩顯得「洮洮易盡」〔註16〕。從王、孟對自然意象的不同處理方式中，正好可以見出王維的獨特性。

第二，王維詩中自然意象與表色彩詞的組合也十分常見。關於色彩，馬克思曾指出：「色彩的感覺是一般美感中最大眾化的形式」〔註17〕。色彩因具有視覺上的可感性而最易為欣賞者所感知。王維將自然意象與色彩詞進行組合，

〔註11〕含「臨」字諸例句依次見《贈房盧氏琯》《留別山中溫古上人兄並示舍弟縉》《新晴晚望》《輞川閒居贈裴秀才迪》《歸嵩山作》《輞川閒居》《送嚴秀才還蜀》《送崔三往密州觀省》《恭懿太子輓歌五首（其二）》《早秋山中作》諸詩。

〔註12〕含「帶」字諸例句依次見《送別》《酬虞部蘇員外過藍田別業不見留之作》《歸嵩山作》《送賀遂員外外甥》《河南嚴尹弟見宿弊盧訪別人賦十韻》《田園樂七首（其六）》諸詩。

〔註19〕含「照」字諸例句依次見《贈祖三詠》《渭川田家》《晦日遊大理韋卿城南別業四首（其一）》《酬張少府》《山居秋暝》《鄭果州相過》諸詩。

〔註14〕含「對」字諸例句依次見《林園即事寄舍弟紞》《戲贈張五弟諲三首》《老將行》《山居即事》《三月三日曲江侍宴應制》《過沈居士山居哭之》諸詩。

〔註15〕《唐詩匯評》，第547頁。

〔註16〕《唐詩匯評》，第516頁。

〔註17〕《馬克思恩格斯全集》（第13卷），人民出版社，2007年版，第145頁。

是將兩種美合成了一種。色彩詞在王維詩句中一般有兩種用法，一是作起修飾限定作用的狀語，將自然意象限定成為屬性更為具體的存在，例如「白雲」之「白」即起這種作用；一是表示自然意象的狀態，如「日落江湖白，潮來天地青」〔註18〕之句中的「白」「青」即是這種功能。王維在運用這些表色彩的形容詞時，非常善於通過細膩的觀察將它們的色彩屬性與自然意象的生命屬性關聯起來，這樣鎔鑄出的詩句既能讓人通過對色彩的理解營造出一個顏色的世界，又能讓人通過對自然意象的理解營造出一個自然景觀的世界，而這兩個世界是相互包涵、密切聯繫的。王維借色彩來增強詩歌的畫面美與意象美，色彩與自然意象的組合映像出詩人豐富而博大的心靈世界。王維詩中白色的使用次數很多，詩句有「白鷺忽兮翻飛」「白雲移翠嶺」「村邊杏花白」「白日靄悠悠」「漣漪涵白沙」「草白靄繁霜」「畫戟雕戈白日寒」「演漾綠蒲涵白芷」「開畦分白水」「沙平連白雪」「日落江湖白」「白頭浪裏出浥城」「深山鳴白雞」「孤村起白煙」〔註19〕等等。王維還好用具有綠色特徵的自然意象，例句如：「平蕪綠兮千里」「綠樹鬱如浮」「演漾綠蒲涵白芷」「雨中草色綠堪染」「新秋綠芋肥」「幽陰多綠苔」「其如綠水何」「萋萋芳草春綠」「柳綠更帶春煙」「綠樹重陰蓋四鄰」〔註20〕。同樣，具有青色特徵的自然意象也頗受王維青睞，在「山青青兮水潺潺」「青草肅澄陂」「青苔石上淨」「百里遙青冥」「青皋麗已淨」「行盡青溪不見人」「九江楓樹幾回青」「青靄入看無」「青菰臨水映」「潮來天地青」「青翠漾漣漪」「明滅青林端」「客舍青青柳色新」〔註21〕諸多詩句中都是如此。「白」「綠」「青」是王維最喜愛的色彩詞，它們

〔註18〕見《送邢桂州》詩。
〔註19〕關於「白色」的例句依次見《送友人歸山歌二首（其二）》《林園即事寄舍弟紞》《春中田園作》《自大散以往深林密竹蹬道盤曲四五十里至黃牛嶺見黃花川》《納涼》《冬夜書懷》《燕支行》《寒食城東即事》《春園即事》《送張判官赴河西》《送邢桂州》《送楊少府貶郴州》《和宋中丞夏日遊福賢觀天長寺之作》《遊悟真寺》諸詩。
〔註20〕關於「綠色」的例句依次見《送友人歸山歌二首（其二）》《自大散以往深林密竹蹬道盤曲四五十里至黃牛嶺見黃花川》《寒食城東即事》《輞川別業》《田家》《宮槐陌》《別輞川別業》《田園樂七首（其四）》《田園樂七首（其六）》《與盧員外象過崔處士興宗林亭》諸詩。
〔註21〕關於「青色」的例句依次見《送神曲》《林園即事寄舍弟紞》《戲贈張五弟諲三首（其一）》《華嶽》《自大散以往深林密竹蹬道盤曲四五十里至黃牛嶺見黃花川》《桃源行》《同崔傅答賢弟》《終南山》《輞川閒居》《送邢桂州》《斤竹嶺》《北垞》《送元二使安西》諸詩。

都是偏冷的色調。與它們組合的自然意象往往也因之帶上淡雅清麗的感覺。但王維也並不排斥暖色調，他常能把冷暖相兼的色調融入到詩境裏去。《詩境淺說續編》評《鹿柴》一詩道：「深林中苔翠陰陰，日光所不及，惟夕陽自林間斜射而入，照此苔痕，深碧淺紅，相映成彩。此景無人道及，惟妙心得之，詩筆復能寫出」〔註 22〕。評論家也是抓住了自然意象與光影、色彩組合而成的「深碧淺紅，相映成彩」的藝術境界來鑒賞這首詩的。

　　第三，自然意象與表音響詞的組合在王維詩中也很有特色。吳啟禎曾言：「聲音是為詩歌意象的要素之一」〔註 23〕。的確，在王維的詩歌中，聲音，尤其是自然界的音響是王維鍾愛的表現對象。但這些音響不能獨立存在，往往要借助於自然意象表現出來。例如「囀」這種聲音效果，在王維詩中往往與「鳥」意象組合而達到表現效果，在「山鳥時一囀」「陰陰夏木囀黃鸝」「曙月孤鶯囀」〔註 24〕諸句中都是如此。王維善於借助自然意象與音響詞的組合「演奏」出自然界的交響樂，如「雀噪荒村」「嚶嚶鳥聲繁」「瀑泉吼而噴」「聲喧亂石中」「雀喧禾黍熟」「日出雲中雞犬喧」〔註 25〕等詩句，詩人用「噪」來表現雀的眾多，用「嚶嚶」來表現鳥聲的繁複，用「吼」「喧」來表現水流的激烈，同樣是這個「喧」字又可以用來描寫「雀」「雞」的活動，其效果與「噪」字有異曲同工之妙。王維尤其喜歡用「鳴」字來表現自然意象的聲音效果，如在「雞鳴空館」「邑里多雞鳴」「深山鳴白雞」「朝日眾雞鳴」「屋上春鳩鳴」「園廬鳴春鳩」「城鴉鳴稍去」「時鳴春澗中」「蟲思機杼鳴」「蟋蟀鳴前除」「燈下草蟲鳴」「金澗透林鳴」〔註 26〕諸句中，「雞」「鳥」「蟲」「澗」等是迥然不同的自然意象，它們發出的聲音也是迥異的，就連同屬鳥類的「鳩」「鴉」，其叫聲也是很不相同的。但是詩人就是緊緊抓住它們都能發聲這一特點，用一個「鳴」字來表現所有這些不同的聲響，而又能不讓人產生重複之

〔註 22〕《唐詩匯評》，第 340 頁。

〔註 23〕吳啟禎：《王維詩的意象》，文津出版社，2008 年版，第 139 頁。

〔註 24〕含「囀」字諸例句依次見《李處士山居》《積雨輞川莊作》《過沈居士山居哭之》諸詩。

〔註 25〕含「噪」「嚶嚶」「吼」「喧」字諸例句依次見《酬諸公見過》《同盧拾遺韋給事東山別業二十韻給事首春休沐維已陪遊及乎是行亦預聞命會無車馬不果斯諾》《燕子龕禪師》《青溪》《青溪》《宿鄭州》諸詩。

〔註 26〕含「鳴」字諸例句依次見《酬諸公見過》《贈房盧氏琯》《和宋中丞夏日遊福賢觀天長寺之作》《曉行巴峽》《春中田園作》《晦日遊大理韋卿城南別業四首（其二）》《早朝》《鳥鳴澗》《宿鄭州》《贈祖三詠》《秋夜獨坐》《遊感化寺》諸詩。

感，這正是王維的高超之處。在王維詩自然意象的組合中，與「鳴」作用相似的還有「啼」字，如「啼鳥忽臨澗」「高柳早鶯啼」「興闌啼鳥換」「鶯啼過落花」「猿啼十二時」「落花寂寂啼山鳥」〔註27〕等句中的「啼」聲也能讓人因不同的自然意象而產生不同的音效聯想，而沒有審美疲勞之感。此外，在「雉雊麥苗秀」「雉雊響幽谷」之句中，詩人用「雊」來寫雞叫，貼切而生動；在「嘹唳聞歸鴻」「秋風鶴唳石頭城」之句中，用「唳」來寫候鳥的悲鳴，傳神且動人；在「孤鶯吟遠樹」「泉水咽行人」〔註28〕之句中，更是用「吟」「咽」等擬人化的音效來表現鶯歌與泉湧，化物性為人性，確為神來之筆。孟浩然詩也好表現自然界的聲音，許多手法與王維相似，但也有與王維不同之處。在王維詩中，抒情主體經常是隱藏在自然音響背後「聽」，孟浩然則經常直接把「聽」的主體「介入」到自然界中去。如從「清猿不可聽」「風泉滿清聽」「坐聽閒猿嘯」「處處聞啼鳥」〔註29〕等句都能看出孟浩然經常自己「出場」來「聽」，而王維則是通過自然物的活動讓人體會出它們的聲響。王維的做法更易引起讀者的共鳴，因為他所表現的聲音不僅僅只是某一個人的感覺，故而更具有普遍性。

第四，王維詩中自然意象與表空間詞的組合也具有十分鮮明的特點。王維善於把自然意象與表空間詞相結合，使詩歌這種時間性的藝術具有空間性的美感，這是王維詩歌能夠達到「詩中有畫」的審美標準的重要原因之一。王維好用「上」「下」字與自然意象組合，如「青苔石上淨」「颯颯松上雨」「水上桃花紅欲然」「山壓天中半天上」「草色搖霞上」「細草松下軟」「城下滄江水」「月明松下房櫳靜」「燈下草蟲鳴」「焚香竹下煙」「浣紗明月下」「階下群峰首」〔註30〕等詩句，或用「上」字，或用「下」字，根據具體自然意象之

〔註27〕含「啼」字諸例句依次見《韋侍郎山居》《謁璿上人並序》《從岐王過楊氏別業應教》《晚春嚴少尹與諸公見過》《送楊長史赴果州》《寒食氾上作》諸詩。

〔註28〕含「雊」「唳」「吟」「咽」字諸例句依次見《渭川田家》《晦日遊大理韋卿城南別業四首（其四）》《奉寄韋太守陟》《同崔傳答賢弟》諸詩。

〔註29〕含「聽」「聞」字諸例句依次見《湖中旅泊寄閻九司戶防》《宿業師山房期丁大不至》《武陵泛舟》《春曉》諸詩。

〔註30〕含「上」「下」字諸例句依次見《戲贈張五弟諲三首（其一）》《自大散以往深林密竹蹬道盤曲四五十里至黃牛嶺見黃花川》《輞川別業》《送方尊師歸嵩山》《遊悟真寺》《戲贈張五弟諲三首（其一）》《送康太守》《桃源行》《秋夜獨坐》《過盧員外宅看飯僧共題》《白石灘》《同盧拾遺韋給事東山別業二十韻給事首春休沐維已陪遊及乎是行亦預聞命會無車馬不果斯諾》諸詩。

間或與其他意象之間的上下關係來組合詩句，觀察細膩，用字準確而洗煉，使人一讀到詩句立馬就能在腦海中形成清晰的畫面。詩人還善於將自然意象與「外」字相組合，表現開闊遼遠的空間境界。如在「惆悵極浦外」「黃河向天外」「寥落雲外山」「故山復雲外」「前路白雲外」「日隱桑柘外」「竹外峰偏曙」「蒼茫葭菼外」「江流天地外」「秋原人外閒」「碧落風煙外」「青山萬井外」「秦川雨外晴」〔註31〕等諸多詩句中，詩人通過自然景物與方向詞「外」的組合，把抒情主人公的目光引向更高更遠的地方，在廣闊的視野下，形成一種飄渺、高遠境界。具有類似美學效果的還有自然意象與「遠」字的組合，這樣的詩句也有很多，如：「孤鶯吟遠墅」「遠樹帶行客」「遠樹蔽行人」「霧中遠樹刀州出」「芊芊遠樹齊」「清冬見遠山」「天寒遠山淨」「澹然望遠空」「蒼茫遠天曙」「寒山遠燒紅」「山下孤煙遠村」〔註32〕。在這些詩句中自然意象因為「遠」字的修飾作用而延伸了它們的空間維度，也正因為這種空間維度的存在，遠與近的空間關係隨著詩人視角的移動而逐漸清晰，空間距離在時間的推移中逐漸縮小，使時間性與空間性不易共存的矛盾得到了一定程度的調和。王維還好用「前」或「後」來指示自然意象的位置關係或移動狀態，如在「階前虎心善」「繚繞出前山」「趺坐簷前日」「前山包鄠郢」「碧峰出山後」「後浦通河渭」〔註33〕等詩句中，自然意象的位置因為有了「前」「後」的指示而明確起來，充分調動起讀者的想像力，使紙上的詩句瞬間「立」了起來，具有了立體感和生命感。上面列舉的都是王維善用且常用的組合方式，當然，有些組合方式王維雖然只是偶而用之，但其產生的藝術感染力同樣能動人心弦。總而言之，所有這些自然意象與表空間詞的組合，共同點在於，使空間

〔註31〕含「外」字諸例句依次見《和使君五郎西樓望遠思歸》《送魏郡李太守赴任》《送宇文太守赴宣城》《別弟縉後登青龍寺望藍田山》《早入滎陽界》《淇上即事田園》《過福禪師蘭若》《送賀遂員外外甥》《漢江臨泛》《登裴迪秀才小臺作》《奉和聖製幸玉真公主山莊因題石壁十韻之作應制》《青龍寺曇壁上人兄院集並序》《遊感化寺》諸詩。

〔註32〕含「遠」字諸例句依次見《送徐郎中》《送別》《別弟縉後登青龍寺望藍田山》《送崔五太守》《青龍寺曇壁上人兄院集並序》《贈從弟司庫員外絿》《齊州送祖三》《贈裴十迪》《早朝》《河南嚴尹弟見宿弊盧訪別人賦十韻》《田園樂七首（其五）》諸詩。

〔註33〕含「前」「後」字諸例句依次見《戲贈張五弟諲三首（其一）》《留別邱為》《過盧員外宅看飯僧共題》《林園即事寄舍弟紞》《新晴晚望》《林園即事寄舍弟紞》諸詩。

之景物與時間之序列實現了融合，並且這一切都顯得自然而不生硬，讓人覺得自然界的一切事物都按照它們自己的生命軌跡在運行。這種體現自然之道大化流行的境界，是「物」「我」交流的結果，「物」對「我」的心靈產生啟發，與「我」的心靈產生契合與共鳴，「我」通過語言的鎔鑄和意象的選擇對「物」之美進行表達。但「我」在詩境裏是隱含的，「我」並沒有出場，「我」已經物態化了。這樣王維就在詩中營造出了一種化境，這是宇宙生命之規律在詩人筆下的藝術化傳達。紀昀在評《過故人莊》時認為：「王、孟詩大段相近，而體格又自微別。王清而遠，孟清而切。學王不成，流為空腔。學孟不成，流為淺語。」〔註34〕他所說的王維詩「清而遠」之特質，與王維善於使空間之景物與時間之序列實現融合的藝術技巧是分不開的。

三、王維詩自然意象在篇章中的運用

對意象進行鎔鑄與組合，是中國古代詩歌的基本構成模式之一。在一篇完整的詩作中，精心安排的意象與精心錘鍊的字句一樣，是一篇詩作藝術表現成功與否的要素。詩人需要以自己的才情和學識為基礎，對選定的意象進行主觀化和個性化。只有這樣，才能賦予這些意象豐富的意涵。黃生《唐詩摘鈔》評論《過香積寺》一詩時有言：「幽處見奇，老中見秀，章法、句法、字法皆極渾渾。五律無上神品。」〔註35〕其實，對自然意象的組合也必須重視章法、句法的「渾渾」。王維在詩篇中對自然意象的運用，體現了他在這方面的自覺，這是他豐富的藝術經驗和敏銳的藝術感受力完美結合的結果。金聖歎《貫華堂選批唐才子詩》評王維詩作時有「看好山水，眼中需有章法；述好山水，口中需有章法……右丞滿胸章法」〔註36〕的推崇之語。下面就從四個方面來探討王維是如何在篇章中組織自然意象的。

首先，王維善於以自然意象奠定全篇基調，發揮其審美預示作用。一首詩具有什麼樣的情感基調，往往從開篇幾句就能看出來。王維詩歌的一個特點就是，他經常借助自然意象來給自己的詩作定調子，借助自然意象的形態來引發讀者的聯想和想像，為讀者接下來的欣賞活動提供一種含蓄而強烈的

〔註34〕〔元〕方回選評，李慶甲集評校點：《瀛奎律髓匯評》，上海古籍出版社，2020年版，第994頁。

〔註35〕張勇編著：《王維詩全集（匯校匯注匯評）》，崇文書局，2017年版，第383頁。

〔註36〕林乾主編：《金聖歎評點才子全集》（第一卷），光明日報出版社，1997年版，第96頁。

審美預示。讀者在這種審美預示的指導下，更容易被帶入詩歌的特定情境中去，從而與詩人的內心世界產生更具深度的契合。如在《送友人歸山歌二首》這組詩中，第一首以「山寂寂兮無人，又蒼蒼兮多木」開篇，第二首以「山中人兮欲歸，雲冥冥兮雨霏霏」開篇，都是在用自然意象為全詩定下基調。這組詩是為送友人回歸故山而作，因此王維就以「山」意象開頭，既指示了友人所歸之處的環境，又為接下來離情別緒的抒發設置了場景。詩人想像中的友人所歸之山，渺無人煙，只有蒼蒼的林木，欲歸之時，更是暗雲密布，陰雨綿連。詩人之所以營構出這樣一個壓抑的令人窒息的詩境，是因為接下來詩人要表現的情緒是同樣低沉的令人窒息的。詩人的這位友人之所以要「歸山」，不是因為要衣錦還鄉，而是因為「文寡和兮思深，道難知兮行獨」的不得志。讀者讀完這兩首詩能深深地感受到詩人「愧不才兮防賢，嫌既老兮貪祿」的內疚與自責及「渺惆悵兮思君」的離愁別苦，而這些情感與詩篇一開始通過自然意象奠定的基調是統一的。又如徐增《而菴說唐詩》評《渭城曲》曰：「人皆知此詩後二句妙，而不知虧煞前二句提頓得好。」〔註37〕的確，「勸君更盡一杯酒，西出陽關無故人」兩句之所以能產生勾魂攝魄的效果，與「渭城朝雨浥輕塵，客舍青青柳色新」兩句設置出的春日光景的反襯提頓是分不開的。同樣，王維在表達快樂、欣喜的情緒時也喜歡先用自然意象定個輕鬆愉快的基調。例如在《鄭果州相過》一詩中就是如此。詩人想要表達「有朋自遠方來」的喜悅，就先用「麗日照殘春，初晴草木新」二句為全詩定下喜悅基調：陽光是光鮮明麗的，草木是生機盎然的，春天雖然快過去了，好在這樣的燦爛陽光還能多欣賞幾天，陰雨雖然淅淅瀝瀝地下了好多日，好在今天開始放晴了。可見，在王維的詩作中，用自然意象為全詩奠定情感基調是他慣用的藝術技巧，這一手法充分發揮了自然意象的審美預示作用，具有很強的藝術表現力。

　　其次，王維善於用自然意象深化詩意，發揮其強化情感作用。例如《送別》一詩，前四句詩人用敘事筆觸寫「飲君」「問君」的送行細節及友人的答語，寫得十分平淡。最後兩句突然掀起波瀾，把心中蘊結的情感借「白雲」意象抒發了出來。對於友人說要歸隱這件事，詩人不僅沒有反對，反而表示贊成。但他沒有直接說出自己贊成的理由，而是用一句「白雲無盡時」表達

〔註37〕《王維詩全集（匯校匯注匯評）》，第 422 頁。

了自己的意見，真是「結得有多少妙味」（語出《唐賢三昧集箋注》黃培芳之評）〔註38〕。鍾惺評此詩最後二句曰：「感慨寄託，盡此十字，蘊藉不覺」〔註39〕，正道出了「白雲」意象所起到的情感強化作用。又如在《酬張少府》一詩中，詩人通篇都在向張少府講訴自己平淡自得的生活，而詩作的最後，詩人可能擔心張少府不理解自己的隱居，就談了一下自己對「窮通理」的理解。詩人的表達方式很特別，沒有用說理的語言，而是借助自然意象進行了非常形象的回答：「君問窮通理，漁歌入浦深」。「漁歌入浦深」一句，為我們塑造了一個漁夫形象，他撐著一葉扁舟，高唱著欸乃之歌，緩緩地駛入深邃靜謐的浦漵之中。這是一種不答之答，一句勝過百句千句，詩人的志趣都在這五個字中了。再看《觀獵》一詩的結句：「回看射雕處，千里暮雲平」也用了同樣的手法。《唐詩摘鈔》評這兩句：「至七八再應轉去，卻似雕尾一折起數丈矣。」〔註40〕詩人用回顧之筆所大書特書的不是宏大激烈的圍獵場面，而是平靜坦蕩的千里暮雲，不說事而事在其中，不言情而情在言外，有迴腸盪氣、動人心魄之神效。又如《哭孟浩然》一詩：「故人不可見，漢水日東流。借問襄陽老，江山空蔡洲。」最後一句用闊大的自然景象，寫出物是人非的無限慨歎。黃培芳在《唐賢三昧集箋注》中評論此詩道：「王孟交情無間，而哭襄陽之詩只二十字，而感舊推崇之意已至。」〔註41〕此詩之所以能收到言少意深的藝術效果，與最後一句「江山」「蔡洲」等自然意象產生的情感強化作用是分不開的。詩人真正做到了「景到處有情，情到處生景，可思不可象」（《唐詩箋要》）〔註42〕的聖境。孟浩然與王維同是山水田園詩人的代表，二人向來合稱「王孟」，他們「專以自然興象為佳」（語見《唐宋詩舉要》）〔註43〕，在自然意象的使用上有很大的相似性，但是王維自然意象運用的藝術表現力要更強。孟浩然《秋登萬山寄張五》一詩的名句「天邊樹若薺，江畔舟如月」也有「模寫物象，超然入神」（《歷代詩評注讀本》）〔註44〕的藝術效果，但總體上的感覺卻與王維的登臨之作不同。正如《唐賢清雅集》所論：「超曠中獨饒

〔註38〕《唐詩匯評》，第 345 頁。
〔註39〕〔明〕鍾惺、譚元春輯：《唐詩歸》卷八，明刻本，第 4b 頁。
〔註40〕《唐詩匯評》，第 320 頁。
〔註41〕《唐詩匯評》，第 348 頁。
〔註42〕《唐詩匯評》，第 348 頁。
〔註43〕《唐詩匯評》，第 280 頁。
〔註44〕《唐詩匯評》，第 518 頁。

勁健，神味與右丞稍異，高妙則一也」〔註45〕。這首詩之所以會具有與右丞不同的「勁健」神味，是因為它表達情感比王維直接，如「愁因薄暮起，興是清秋發」二句「薄暮」「清秋」所引起的情緒詩人都是直接說出，而王維則是把自己的情緒融入到自然意象中去，通過自然意象間接表達出來的。

　　第三，王維善於把自然意象組成群落，發揮其集群效應。例如《送賀遂員外外甥》一詩：「南國有歸舟，荊門泝上流。蒼茫葭菼外，雲水與昭邱。檣帶城烏去，江連暮雨愁。猿聲不可聽，莫待楚山秋。」這是一首送別詩，但幾乎沒有一句是正面寫離別的。本詩最大的特點就是借自然意象的穿插組合來營造一種傷感的氛圍。詩人把自己依依不捨的情感融入到自然意象中去，再把這些充溢著情感的自然意象鎔鑄到詩句中，形成闊大與細膩兼備、疏廣與緻密並存的意象體系。詩人雖不直言其傷感，但哀愁的情緒反而更加強烈。又如在《積雨輞川莊作》一詩中，「積雨」「空林」「東菑」「水田」「白鷺」「夏木」「黃鸝」「朝槿」「海鷗」這些自然意象貫穿全詩，有的用於指示時間地點，有的用於描繪生活場景，有的用於說理言志，總而言之，在這首詩裏自然意象像是流轉不息的血液，是它們賦予此詩動人的生命力。又如李鍈《詩法易簡錄》評《鳥鳴澗》：「鳥鳴，動機也，澗，狹境也，而先著『夜靜春山空』五字於其前，然後點出鳥鳴澗來，便絕有一種空曠寂靜景象，因鳥鳴而愈顯者，流露於筆墨之外。一片化機，非復人力可到。」〔註46〕這一評點也道出了不同自然意象間巧妙組合所產生的妙用。在這些抒情意味比較濃的詩作裏用自然意象來表情，它們的群落關係可以很自然地根據情感的脈絡串聯起來，讀者理解起來也不覺有什麼難度。但是在一些純粹寫景記遊的詩作中，詩人的情感表達並不那麼明確，這樣一來自然意象的組合可能就會顯得散漫。如《遊悟真寺》《藍田山石門精舍》等詩對自然意象的運用乍一看就讓人有「寓目輒書」之感。在這些詩中，山水泉石、松林月日，錯雜其間，讓人應接不暇。事實上，這些自然意象也有它們存在的內在邏輯。記遊詩中的「遊」本來就不同於朝堂上的規行矩步，它本身就是一種休閒的隨心所欲的行走。因此，在記遊詩中，自然意象表面上的散亂無章，正是詩人運用自由視角、以「移步換形」之法觀察而得的鮮活藝術形象。正如《唐詩歸》評《藍田山石門精舍》所云：「山水真境，妙在說得變化，似有步驟而無端倪，作記之法

〔註45〕《唐詩匯評》，第518頁。
〔註46〕《詩法易簡錄》卷十三，清道光二年刻本，第17a頁。

亦然。」〔註47〕《唐詩選脈會通評林》中所錄周珽的解讀也很能說明問題：
「從入藍田水路行徑，敘到深憩精舍中情景，始以無心，終若有得。其間恍
惚投足、幽寂悟機，一一從筆端傾出，毫不著相，手腕靈脫，真是飛仙。」
〔註48〕這些詩中的自然意象不是憑藉某個個體來表情達意，而是借助整體上
的集群效應使人置身於豐富多彩的自然情境中，讓人們調動自己的感官，身
臨其境地去體會山水泉石的靈性。

　　第四，王維善於借自然意象表達詩歌主旨，發揮其比興功能。先以「桃
花源」這一自然意象為例來具體說明。這個意象是從典故中來，詩人並沒有
去過桃花源，只是借助於它豐富的傳統內涵、發揮它強大的比興功能，來表
達自己嚮往與世隔絕的安寧生活的詩歌主旨。王維創作過《桃源行》一詩，
從這首詩中可以看出他對「桃花源」意象的鍾愛。詩中有「春來遍是桃花水，
不辨仙源何處尋」之句，體現他對無從進入桃花源、成為其中永久居民的遺
憾。在其他詩作中王維也反覆提及桃花源，如「桃源迷漢姓，松樹有秦官」
〔註49〕，表現了楊員外所留宿之琴臺、所登覽之書閣的超世之美；「草色日
向好，桃源人去稀」〔註50〕表現出詩人對藍田這個人跡罕至的寧靜去處的嚮
往；「桃源一向絕風塵，柳市南頭訪隱淪」〔註51〕，把呂逸人新昌里居所比喻
為桃花源，這位呂逸人的性格、追求一下子就鮮明起來了；「桃源勿遽返，再
訪恐君迷」〔註52〕，把福賢觀、天長寺看做桃花源，那裡的吸引力讓詩人久
久不願離去，他怕像武陵漁人一樣，一旦失去了這樣的美景就再也找不回來
了。詩人在《口號又示裴迪》中也說：「安得捨塵網，拂衣辭世喧。悠然策藜
杖，歸向桃花源」。當詩人對現實生活處境感到失望的時候，桃花源就成了他
心靈的避難所。在《田園樂七首（其三）》中又說：「採菱渡頭風急，策杖村
西日斜。杏樹壇邊漁父，桃花源裏人家。」只要說起田園的樂事，桃花源人
家的幸福生活就是他心中的典範。再如「白雲」這一自然意象在王維的一些
詩作中也發揮了很好的比興功能。詩人抓住白雲的遮蔽功能，把這一自然意
象轉化為一種欲實現理想而不得的「苦悶的象徵」，在表達詩歌主旨方面發揮

〔註47〕《唐詩歸》卷八，明刻本，第 6a 頁。
〔註48〕《唐詩匯評》，第 287 頁。
〔註49〕見《酬比部楊員外暮宿琴臺朝躋書閣率爾見贈之作》詩。
〔註50〕見《送錢少府還藍田》詩。
〔註51〕見《春日與裴迪過新昌里訪呂逸人不遇》詩。
〔註52〕見《和宋中丞夏日遊福賢觀天長寺之作》詩。

了很大作用。「前路白雲外，孤帆安可論」〔註53〕體現了一種前途未卜的迷茫；「唯有白雲外，疏鐘聞夜猿」〔註54〕體現了一種遙不可及的飄渺；「羨君背日寒，遙望白雲端」〔註55〕，表現的是雖思念友人，卻因距離遙遠而無從相訪的無奈；「君問終南山，心知白雲外」〔註56〕，白雲外的終南山雖不可「目見」，但可以憑「心知」，體現的是一種理想生活雖難實現，但願意用心追尋的篤定之志；「城郭遙相望，惟應見白雲」〔註57〕，遙想弟妹們在城郭想念自己的情景，表現了詩人對兩種不同生活的自覺選擇。《唐詩廣選》在評論《登辨覺寺》一詩時曾說這首詩做到了「無論興象，兼是故實」〔註58〕，亦即達到了興象與故實合二為一的高度。詩人用典故的時候就是他在寫景的時候，詩人寫景的時候情感也就包含在景中了。正如《王孟詩評》在評點「草色全經細雨濕，花枝欲動春風寒」〔註59〕之句時認為的那樣：「『草色』『花枝』固是時景，然亦託喻小人冒寵、君子顛危耳」〔註60〕。這很好地說明了王維善於發揮自然意象的比興功能來表達詩歌主旨。

綜上所述，本文首先對王維詩自然意象的使用進行了一些統計，初步瞭解了他喜歡哪些自然意象，也瞭解了哪些是他使用最純熟、塑造得最典型的自然意象。在這方面王維可謂達到了「人無我有，人有我多，人多我優」的標準。在表現這些自然意象時，王維探索了一套具有自己獨特性的表現方法。研究這些方法，即是研究王維詩的自然意象是如何在他的詩作中發揮作用的。因此，本文主要從王維詩自然意象在單個詩句中的運用和在整個篇章中的運用兩個層面考察了其發揮作用的方式。

〔註53〕見《早入滎陽界》詩。
〔註54〕見《酬虞部蘇員外過藍田別業不見留之作》詩。
〔註55〕見《酬比部楊員外暮宿琴臺朝躋書閣率爾見贈之作》詩。
〔註56〕見《答裴迪》詩。
〔註57〕見《山中寄諸弟妹》詩。
〔註58〕《唐詩匯評》，第312頁。
〔註59〕見《酌酒與裴迪》詩。
〔註60〕《唐詩匯評》，第336頁。

因有畫「肉」誚，遂以韓馬「肥」
——試辨前人對杜甫論畫詩的一個誤解

一

以鞍馬為題材的藝術創作在唐代頗為流行，作為分科獨立的鞍馬繪畫更是備受重視。盛唐出現畫馬名家曹霸與韓幹，藝術成就得到普遍認可。韓幹作畫主張師法自然，《太平廣記》卷二一一所引《唐畫斷》載有他「臣自有師，陛下內廄馬，皆臣之師也」的創見〔註1〕，這種寫實主義的創作原則從他的傳世作品《照夜白圖》《韓幹牧馬圖》中不難體會。畫作中馬的形象既追求形似，又能「以其踴騰有力的身態刻畫出不同凡響的高邁、暴烈的性情」〔註2〕。他的老師曹霸在開元中已得名，畫作以筆墨沉著、神采生動著稱。杜甫在《丹青引贈曹將軍霸》（以下簡稱《丹青引》）中對他所畫御馬及所修補的《凌煙閣功臣圖》盛讚不已。

在《丹青引》一詩中，杜甫有「幹惟畫肉不畫骨」之句〔註3〕，從唐代開始就有人據此認為「少陵譏韓幹畫馬『不畫骨』」是「不解事之失言」〔註4〕。曹霸雖為韓幹的老師，但其作品並未能如徒弟的作品一樣流傳後世。雖然湯垕在《畫鑒》中稱「余平生凡四見真蹟」，但他對這些真蹟描述偏於簡略，後

〔註1〕〔宋〕李昉等編：《太平廣記》，團結出版社，1994 年版，第 973 頁。
〔註2〕中央美院編：《中國美術簡史》，高等教育出版社，1990 年版，第 96 頁。
〔註3〕〔清〕浦起龍：《讀杜心解》，中華書局，1961 年版，第 289 頁。本文引詩凡出自本書的皆不再加注。
〔註4〕錢鍾書：《談藝錄》，商務印書館，2011 年版，第 54 頁。

人無法據此判定曹霸畫的馬是否確如杜甫所言較勝於韓幹。趙孟頫認為「唐人善畫馬者甚眾，而曹、韓為之最，蓋其命意高古，不求形似，所以出眾工之右耳」。〔註5〕這也僅是就師徒二人鞍馬畫的共同點而言，並沒有談到二人畫作的水平高下。而一些注意到二人繪畫藝術之不同的人，對杜甫詩中流露的「崇曹抑韓」傾向則提出異議，進而生出各種替韓幹辯解的意見，這些意見有些是有益的，但另一些卻是對杜甫的誤解甚至攻訐。

例如唐人張彥遠「徒以幹馬肥大，遂有『畫肉』之誚」〔註6〕的論點就是以對杜詩的誤解為前提而提出的，將後來的許多研究者引入歧途，這不利於正確理解杜甫論畫詩的藝術成就和杜甫的藝術觀。張彥遠認為杜甫根本不懂繪畫藝術，甚至斥責「杜甫豈知畫者」，玄宗「好大馬」，故「幹畫馬肥大」。言下之意是：不是韓幹畫得不好，而是杜甫沒有眼光，不識肥馬的好處。錢鍾書認為杜甫有此失言也情有可原，因為「技藝各有專門名家」〔註7〕。值得注意的是，雖然杜甫的專長是作詩而不是作畫，可正如歌德所說：「但是一個詩人不應設法當一個畫家，他只要能通過語言把世界反映出來，就該心滿意足了，正如他把登臺表演留給演員去幹一樣」。〔註8〕也就是說杜甫並不需要真的具有拿畫筆創作的實踐才能，通過語言的運用他同樣可以把自己卓越的藝術見解表達出來，不能因為不具有動手作畫的純熟技巧就斷定杜甫不具有辨識藝術作品好處的識見。

藝術來源於生活，實際生活中老杜是「識」肥馬好處的。在杜甫的詩作裏多次出現肥馬，從這些詩作中可以看出他對肥馬的好處認識得很清楚。杜甫說「高秋馬肥健，挾矢射漢月」（《留花門》），可見肥馬只要健康至少要比羸弱的瘦馬要好，又說「衣馬自肥輕」（《太子張舍人遺織成褥段》）、「衣馬不復能輕肥」（《徒步歸行》），「馬肥」雖與富足安逸相聯繫，但畢竟也代表了大部分人欣羨的生活狀態。「馬肥」既是軍事實力的表現又是生活富足的象徵。杜甫對肥馬好處是從來沒有否認過的。同時，老杜也並不偏愛瘦馬。認為老杜不識肥馬好處，言外之意似乎是老杜很賞識瘦馬的好處，考察杜甫作品後發現，杜甫沒有明顯偏愛瘦馬的傾向。從他的《瘦馬行》裏可以感覺到，對於

〔註5〕湯麟：《中國歷代繪畫理論評注》（元代卷），湖北美術出版社，2009年版，第216頁。
〔註6〕〔宋〕張彥遠：《歷代名畫記》，京華出版社，2000年版，第76頁。
〔註7〕《談藝錄》，第54頁。
〔註8〕〔德〕愛克曼輯錄：《歌德談話錄》，人民文學出版社，1978年版，第78頁。

「骨骼硉兀如堵牆」的嶙峋瘦馬，杜甫有的只是憐憫而不是喜愛。不能否認，杜甫相對來講更喜歡描寫瘦馬，但是喜歡描寫瘦馬與喜歡瘦馬完全不同，喜歡描寫瘦馬是因為瘦馬形象適合表現作者的一些特殊心情，由此就認為杜甫喜歡瘦馬是不合實際的。杜甫描寫馬的肥瘦是視具體情況而定的，雖然杜甫有自己的較為固定的審美趣味和欣賞標準，但是他所看見的不同的馬是有不同的外在及內在特點的，以杜甫尊重事實的一貫風格來看，他絕對不會違心地、機械地在所有的作品中把不同的馬都描繪成一種樣子。

誤解之所以產生的關鍵就在於對杜甫《丹青引》一詩中「肉」字的理解出現了偏差。張氏看到「肉」字就條件反射式地聯想到了「肥」，然後把詩句中的「肉」看成了「肥」之同義詞，這樣就理所當然地得出杜甫覺得韓幹把馬畫得太肥的結論；其實按照我們的常識，肥馬固然渾身是肉，但不胖不瘦的駿馬也得有肉，就連瘦馬也不能沒有肉。杜甫在《丹青引》中沒有談到馬肥與不肥的問題。若是認為老杜不識「肉馬」好處，還可勉強說得過去，說杜甫不識「肥馬」好處，則完全轉移了杜甫所討論的話題。

二

杜集中有很多寫馬的詩，成就很高。我們以為，要準確理解杜甫的馬詩必須準確理解他的《丹青引》，要準確理解《丹青引》，必須準確理解「幹惟畫肉不畫骨」一句，要理解這一句必須準確理解句中這個「肉」字，這個字就像是通往桃花源的小孔，只有穿過它，才能到達杜甫馬詩所表現的廣闊天地。不然對杜甫的這個誤解可能一直持續下去。同時，把握住了杜甫對「肉」字的使用，就不難反向尋找出杜甫鑒定駿馬的標準，用此標準來欣賞駿馬和馬畫，足以證明杜甫具有高超的藝術鑒賞力。否則，不管喜歡杜甫此類詩作的人把它們推崇得多高，誤解他的人都會以杜甫對繪畫之事不專業為理由來否定他的成就。

「肉」泛指動物或人的皮肉，經常與骨肉形體聯合使用。如「肉刑」「手按飛鳥，骨騰肉飛」(《吳越春秋·闔閭內傳》)、「廚門木象生肉足」(《論衡·感虛》)、「翠袖卷紗紅映肉」(蘇軾《海棠》詩)中的「肉」都是以此為基本義來組合成詞句的。在杜詩中也有「歲晏風破肉」(《山寺》)、「肉黃皮皺命如線」(《病後過王倚飲贈歌》)、「肉駿磈磊連錢動」(《驄馬行》)等生動例句。可見，當「肉」和「骨」被用來描寫馬時，都是就馬的相貌而言，不同的是前者指可見的外表，後者指外表包裹下的骨骼構架。只有做到骨肉相為表裏、相得益

彰，才是畫馬的最高境界。

　　骨和肉，一個是身體的內部支撐框架，一個是外部組成部分，合稱的話通常可用於指涉身體的完整健全形態。杜甫在《丹青引》中說韓幹「亦能畫馬窮殊相」，又說他「忍使驊騮氣凋喪」，所謂「窮殊相」即是能準確描摹各種馬的外表特徵，所謂「氣凋喪」即是說韓幹所畫之馬未能把馬的筋骨力量和神駿氣概表現出來。用現在的話來說，在杜甫看來，韓幹與其師曹霸相比略近於是畫「匠」而不是畫「家」。

　　「骨」這一概念，多用於品藻人物，「肉」也可用於品藻人物。「骨」是指某人具有忠直敢言、不屈不撓、不同流合污的品質，指具有精神、韻味、感情、意氣方面的剛健有力之風格。如杜詩「魏侯骨聳精爽緊」（《魏將軍歌》）、「秋水為神玉為骨」（《徐卿二子歌》）、「骨清慮不喧」（《別李義》）都是借贊骨來贊人，在《天育驃圖歌》中用「卓立天骨森開張」來寫馬，使神駒宛然具有神人般的仙風道骨。杜甫在詩中用「骨」來品藻人物或動物，有兩層意思，第一是指筋骨強壯有力，第二層意義從第一層引發而來，指內在精神的剛健有力。如「驊騮一骨獨當御」（《沙苑行》）、「颯爽動秋骨」（《畫鶻行》）等句中，「骨」的兩層意義兼而有之、融為一體。「骨」後來被借用於評論詩文，在中國傳統藝術理論中運用的頻率比較高，因而比對「肉」概念的討論要充分。「肉」若活用為一個形容詞，就具有了形容一個人做事拖拖拉拉、慢慢吞吞，不夠果斷迅捷、不夠雷厲風行的意思。如《說林》載：「范啟云：『韓康伯似肉鴨』」。古人品藻人物，遇高人則以鶴喻之，遇猛士則以鷹喻之，范啟評價韓康伯用一「鴨」字，足見是對他慢吞吞的性格有不滿，甚至覺得他「面目可憎」。〔註9〕這樣還不夠，他還加了一個形容詞性的「肉」字做狀語，使韓康伯緩懦的形象頓時宛在目前。注家引此對《世說新語·輕詆篇》中「舊目韓康伯，將肘無風骨」進行解釋是十分貼切的。〔註10〕如今，江淮地區的方言中還用「肉鱉」來形容一個人做事不麻利。從「肉」使人產生遲緩感覺的角度來說，韓幹「惟畫肉」是無法體現出駿馬的迅捷與力量的。李賀《馬詩》第二十三首：「廄中皆肉馬，不解上青天」句中的「肉馬」，若解釋為因遲緩無力而顯得癡拙之凡馬，似乎要比直接解讀為「癡肥」之凡馬更為準確。〔註11〕

〔註9〕王達津：《古典詩論中有關詩的形象思維表現的一些概念》，《古典文學理論研究叢刊》（第一輯），上海古籍出版社，1979年版，第81頁。
〔註10〕余嘉錫：《世說新語箋疏》，中華書局，1983年版，第846頁。
〔註11〕葉蔥奇疏注：《李賀詩集》，人民文學出版社，1959年版，第99頁。

「肥」與「瘦」是一組相對立的概念，「肉」的相對立概念應該是「骨」而不是「瘦」。如在詩句「肥男有母送，瘦男獨伶俜」（《新安吏》）、「高官何足論，不得收骨肉」（《佳人》）中就是「肥」與「瘦」、「骨」與「肉」分別構成一個組合的。骨肉合用，代指軀體，如同框架結構的建築物，「骨」為支撐框架，必須堅固有力，「肉」為四壁與房頂的填充物，可根據具體情況的不同而有所區別。同樣的，與「肥」相對的概念應該是「瘦」而不應該是「骨」；也就是說，「肉」並不等於「肥」，「骨」也並不等於「瘦」。「肥」「肉」二者是很不相同的兩個概念。如「禮過宰肥羊」（《聶耒陽以僕阻水書致酒肉……》），不能說成「宰肉羊」；「草肥蕃馬健」（《送楊六判官使西蕃》）、「熊羆覺自肥」（《晚晴》）、「魴魚肥美知第一」（《觀打魚歌》）中的「肥」也不能以「肉」來替換。在杜甫《嚴氏溪放歌行》「肥肉大酒徒相要」之句中，「肉」是名詞，「肥」是形容詞作狀語，可見肉與肥都分別可以單獨做名詞或形容詞；杜甫又有「肉瘦怯豺狼」（《寄彭州高三十五使君適……》）之句，可見「肉」是可肥可瘦的。杜甫說韓乾筆下的馬只「畫肉不畫骨」，意思說韓幹畫馬不如其師所畫更能骨肉停勻、比例得當，從而更能神似。仇兆鰲《杜詩詳注》對《麗人行》：「態濃意遠淑且真，肌理細膩骨肉勻」句中的「骨肉勻」進行解釋時，先引《大招》：「豐肉微骨」，可能覺得有肉多骨少的嫌疑，又引周旬注：「骨肉勻，肥瘠相宜也」。可是「肥瘠」說的是肉的多少問題，和骨無關，於是又引《神女賦》：「『穠不短，纖不長』，即骨肉勻也」來做進一步的補充，才對「骨肉勻」的內涵拿捏得比較到位。〔註12〕

這樣一來我們就可以把「肥馬」「肉馬」「空多肉」之馬區別開了。《李鄠縣丈人胡馬行》有「始知神龍別有種，不比俗馬空多肉」之句，細揣詩意，與「多肉」相對待的正是「少骨」。這兩句帶有結論性的詩句承接上面對李丈人胡馬的描述而來，對這匹馬做直接正面描述的詩句是：「頭上銳耳批秋竹，腳下高蹄削寒玉」，詩人用「銳」和「批」「削」這樣的硬性詞彙，正是為了說明這匹馬的骨力和精氣神，而不是說這匹馬很瘦，瘦到耳朵如秋竹批成，蹄子如寒玉削成。由此可見，在這首詩裏「多肉」才勉強可以埋解成「肥」，簡單地把「肉」等同於「肥」而忽略了形容詞「多」是完全錯誤的。同時這首詩還向我們提供了一個重要細節，「不比俗馬空多肉」告訴我們李丈人的這匹馬雖然氣高骨駿，但這匹馬也是有「肉」的，只是不像其他的凡馬那樣空長了一身膘

〔註12〕〔清〕仇兆鰲：《杜詩詳注》，中華書局，1979 年版，第 157 頁。

卻缺少骨力與精氣神。李丈人的這匹馬有「肉」卻骨力高駿，神采爍爍，這才是杜甫心目中的駿馬尤其是天子馬廄中駿馬的樣子。那麼杜甫說「幹惟畫肉不畫骨」的意思就更加明白了，他根本沒有提及馬的肥瘦問題。一匹瘦馬是絕對不可能算得上駿馬的，但肥馬也不可能算得上駿馬，瘦馬沒有足夠的能量，肥馬則贅肉太多，它們都不可能日行千里。只有那些既擁有健壯的肌肉又具有骨力豐神的馬才算得上駿馬。杜甫在欣賞韓幹馬畫的時候，看到了天子神駒健美而強壯的肌肉，但他並不滿意，因為他沒有看見這匹馬驤首踏蹄時顯露出的有力骨骼乃至骨氣，這才是杜甫的本意；張彥遠據此而譏杜甫不識肥馬好處其實是自己沒有弄清「肥」與「肉」的區別。

「骨」「肉」二字本來是用於描述人或動物的體貌狀況的，用來評論畫作就具有了藝術理論內涵。杜甫在《丹青引》中說韓幹「畫肉不畫骨」，結合他對「骨」「肉」二字的理解，可知若是「惟畫肉」的話，馬的外在筋骨之力沒有表現出來時的虛弱狀態和內在精神之力沒有表現出來時的頹喪狀態就都會暴露出來。詩人在《敬寄族弟唐十八使君》中說：「雷霆劈長松，骨大卻生筋」，在《韋諷錄事宅觀曹將軍畫馬圖》中說：「騰驤磊落三萬匹，皆與此圖筋骨同」，可見對於「骨」的作用杜甫是反覆強調的。「迴立閶闔生長風」「須臾九重真龍出」「忍使驊騮氣凋喪」「將軍畫善蓋有神」，這些詩句中詩人強調的諸如「風」「真」「氣」「神」等特質，再加上一個「骨」，這就是詩人心中駿馬應該具有的標準。這一審美標準應用於繪畫就是要求融合內容的表現和形象的創造於一爐，在運用線條勾勒所表現之物的體貌時，滲透強烈的情感，注重繪畫藝術中內外諸表現因素的統一；不論是較工細的密體，或是較粗放的疏體，在藝術形象的輸出上，都要注意整個畫面氣氛的統一與具有運動感的表現。正因為如此，當杜甫欣賞曹霸與韓幹的鞍馬畫時，自然覺得駿馬的內在精神氣度只通過畫「肉」是無法表現出來的。

分清了「肉」與「肥」的不同，也就正確把握了杜甫「畫肉」之說的原意。由此可以斷定的是，據《丹青引》無從推知韓馬肥大與否。因為張彥遠的觀點是從杜甫「幹惟畫肉」說推論出來的，既然「肉」與「肥」是兩碼事，那由此推論韓幹「畫馬肥大」則完全是臆解了。同時，結合韓幹創作實際來看，他畫的馬基本符合杜甫所說「肉」的概念，那些豐滿腴美的形體正是「肉」的體現。那些認為老杜不喜歡韓幹所畫之馬的人犯了隨意聯想的錯誤，從「肉」聯想到了「肥」，從「骨」聯想到了「瘦」。他們自己混淆了概念，卻要老杜來

負責任，這是極不公平的。由於這種曲解，他們深信杜甫犯了「徒以幹馬肥大，遂有畫肉之誚」的錯誤，殊不知是他們鬧了「因有畫肉之誚，遂以幹馬肥大」的誤會。杜甫津津樂道的是因骨肉同時得到合理勻稱的描繪而體現的馬的神氣之美，他何嘗說到肥馬和瘦馬的優劣呢！

三

其實杜甫所持的這種審美理想是當時社會的一種普遍思潮，源於對傳統理論的吸收和繼承。繪畫理論的出現是繪畫發展到一定階段的必然要求，而重氣韻，重表現事物的風貌、氣質，重人物的傳神寫照是中國古代繪畫理論的精髓。如謝赫主張作畫要達到「氣韻生動」的要求，就是把生動地反映人物精神狀態和性格特徵作為藝術表現的最高準則。他評價晉明帝司馬紹畫：「雖略於形色，頗得神氣，筆跡超越，亦有奇觀」，就用的是重神似的標準。〔註13〕當然對繪畫風格的追求並不是單一的，在表現人物面貌、精神氣質上早就有「張（僧繇）得其肉、陸（探微）得其骨、顧（愷之）得其神」〔註14〕的區別。實際上，無論是張僧繇「得其肉」的畫法還是陸探微「得其骨」的畫法都要以「得其神」為最終極的藝術追求。這也正是張、陸的畫作都能成功展現許多同時代社會名流的風神的原因。到了唐朝，吳道子成熟時期的技法則更有特點，但也更顯著地體現出兩種畫風的衝突。第一種是吳道子的「眾皆密於盼際，我則離披其點畫；眾皆謹於象似，我則脫落其凡俗」的卓異作風。〔註15〕從吳道子的特立獨行可以看出當時依然存在著另一種與之對立的「密於盼際」「謹於象似」的畫風。這種重形與重神的並存與衝突，被杜甫融合為自己的形神兼備、內外兼修的藝術追求；具體運用到他對鞍馬畫的鑒賞上就是要求畫家創作的馬的形象要在骨肉停勻中表現出神氣完足的藝術特徵。

理解了杜甫所持的藝術理想，對歷史上關於杜甫到底了不暸解畫的爭論我們也就有了自己的看法。在這場因為杜甫一句詩引起的紛爭中，一派人認為杜甫不懂繪畫卻妄下評斷；反對前一派觀點的人認為這是由於詩歌表現的需要，杜甫才故意說這樣的違心之語。

自從張彥遠在《歷代名畫記》中力證杜甫不知畫以後，蘇東坡似也贊同

〔註13〕 李來源，林木：《中國古代畫論發展史》，上海人民美術出版社，1997年版，第56頁。
〔註14〕 薛龍春：《張懷瓘書學著作考論》，天津人民美術出版社，2005年版，第34頁。
〔註15〕 《歷代名畫記》，第21頁。

此論，他在題韓幹牧馬圖時說：「眾工舐筆和朱鉛，先生曹霸弟子韓。廄馬多肉尻脽圓，肉中畫骨誇尤難」（《書韓幹牧馬圖》）。〔註16〕這裡可以看出蘇軾的發難：御廄中的馬本來就因為圓潤多肉而看不到骨頭，若偏要在肉中畫出骨頭來，這不是無中生有麼？韓幹自然主義的寫實畫法與曹霸把藝術理想放在第一位的創造性畫法是不同的，正如范文瀾所說，「他們走著不同的創作道路」。〔註17〕但「肉中畫骨誇尤難」一句「分明是針對杜甫詩『畫肉不畫骨』來說的」。〔註18〕經蘇軾這樣一提倡，韓幹畫法的地位不可動搖，而杜甫因論韓幹畫馬詩的「不得當」而飽受譏評也就勢在當然了。到了倪雲林《畫竹詩》的一句「少陵歌詩雄百代，知畫曉書真謾與」，竟把杜甫論書畫詩作的價值幾乎全部推翻了。〔註19〕

　　這種說法當然是不符合實際的。因此就另有一派人出來替杜甫辯解。明代王嗣奭說：「韓幹亦非凡手，『早入室』『窮殊相』，已極形容矣，而藉以形曹，非抑韓也。……此借客形主之法。」〔註20〕認為這是由於詩歌表達的特殊需要，所以才有意這樣說的。清人受他提示，對此說多有發揮。楊倫認為是「反襯霸之盡善，非必貶幹也」。〔註21〕浦起龍認為是「以韓幹作襯，非貶韓，乃尊題法也」。〔註22〕郭曾炘亦認為「特借賓形主，故語帶抑揚耳」。〔註23〕這些說法表面上是回應了前一派對杜甫的批評，實際上他們有一個共同的心理前提就是已承認老杜確實認為韓幹所畫之馬太肥了；所有替老杜的辯解都是在這個前提下作出的，這就等於承認了老杜不知畫。況且，他們把一個畫藝問題轉換成了詩藝問題，完全避開了對杜甫藝術鑒賞理論和審美理想的討論；更有甚者，這種看法有將胸懷坦蕩、心直口快的杜甫等同於某些違心奉承、滿口假話的酸腐文人之嫌。杜甫在《丹青引》中對曹霸推崇備至，在《畫馬贊》裏對韓幹也十分讚賞，這看似矛盾的現象不僅不會讓杜甫顯得虛偽反而更顯得他為人實在。杜甫在《畫馬贊》中既有「雪垂白肉」之描寫，亦有「瞻彼駿骨，實惟龍媒」之讚賞，這一方面說明韓幹所畫之馬並不是完全沒有骨力，另一方

〔註16〕曾棗莊主編：《蘇詩匯評》，四川文藝出版社，2000年版，第586頁。
〔註17〕范文瀾：《中國通史簡編》，人民出版社，1964年版，第754頁。
〔註18〕徐復觀：《中國藝術精神》，華東師範大學出版社，2001年版，第156頁。
〔註19〕《中國藝術精神》，第157頁。
〔註20〕〔清〕王嗣奭：《杜臆》，中華書局，1963年版，第200頁。
〔註21〕〔清〕楊倫：《杜詩鏡銓》，上海古籍出版社，1984年版，第530頁。
〔註22〕《讀杜心解》，第290頁。
〔註23〕〔清〕郭曾炘：《讀杜箚記》，上海古籍出版社，1984年版，第256頁。

面也反映出杜甫具體問題具體分析的鑒賞態度。杜甫在《丹青引》中所描繪的曹霸筆下良相、猛將形象和御馬形象有極高的內在一致性，因為他們都是既嚴守規矩又不失與眾不同的個性，這正是杜甫嚴肅而又不失活潑的儒者風度的體現，也是「文質彬彬」的儒家藝術理想的體現。可以想見，即使是當著「初師曹霸，後自獨擅」的名畫家韓幹的面，老杜也會說：「你的馬畫很絕妙，只是跟你師父比起來還遜色一些，因為你只畫肉不畫骨呀！」

綜上可知，因為杜甫對韓幹馬畫有「畫肉」之評，張彥遠以來諸人遂以為杜甫覺得韓幹所畫之馬太肥，其實是張彥遠諸人因為熟悉韓幹的馬畫，在腦海中事先已經留存了一個「韓幹畫馬肥大」的先驗印象，進而從這個「韓馬肥」的先驗理解出發產生了對杜甫「畫肉誚」之本意的誤解。

「晴春煙起連天碧」
——試論「和」在李賀詩中的表現

　　杜牧在評價李賀詩歌時曾說：「春之盎盎，不足為其和也。」〔註1〕「和」是指春天生機盎然、充滿活力的和諧圓融形態。歷來研究李賀的詩歌多注重其奇詭峭拔、冷豔幽微的主體風格，探討怪麗的想像和奇詭的語言表象下面，詩人獨特的生命體驗和心路歷程。但是任何事物都會有多棱鏡一樣的各個側面，當年杜牧眼中的李賀就是多種風格的融合體。「和」作為李賀詩歌的重要審美特點之一，並沒有引起研究者足夠的重視。本文試圖通過探討「和」在李賀詩歌中的表現來揭示其詩歌主體風格之外的另一面，以求教於通家。

一、語言形式之「和」

　　李賀的詩歌在形式上往往有雕琢的痕跡，而且意象之間的跳躍性很大，結構也顯得鬆散。李東陽《麓堂詩話》說：「李長吉詩，字字句句欲傳世，顧過於劖鉥，無天真自然之趣。通篇讀之，有山節藻梲而無梁棟，知其非大道也。」〔註2〕袁行霈也說：「他有的詩歌缺乏完整性，只有片段的印象而沒有完整的構思」。〔註3〕這些評價無疑抓住了李賀詩歌語言的主體特徵，若認為李賀所有的詩歌都是這樣那就不夠妥當。事實上，李賀有一部分詩歌是具有質樸平易、溫潤清和的特點的，這一特點即是本文下面要討論的語言形式之「和」。

〔註1〕〔清〕王琦等注：《李賀詩歌集注》，上海人民出版社，1977年版，第4頁。本文引文凡係出自本書的皆不再出注。
〔註2〕〔明〕李東陽：《麓堂詩話》，知不足齋叢書本，第18a～18b頁。
〔註3〕呂慧鵑主編：《中國歷代著名文學家評傳》（第二卷），山東教育出版社，1983年版，第620頁。

（一）選詞造句的質樸平易

譚嗣同在《石菊影廬筆識》中說：「語意明白如話，不煩解釋，亦惟昌谷。」〔註4〕明人徐渭在評價李賀《示弟》一詩時亦云：「平易似不出賀手。沖淡拙率，尤賀之佳處。」（《唐李長吉詩集》卷一）〔註5〕可見，在李賀的詩作中有一部分是語言生動淺顯、通俗易懂的。這主要歸功於他選詞造句的質樸和平。例如李賀的詠馬組詩就幾乎沒有晦澀難懂之處，如「此馬非凡馬，房星是本星。向前敲瘦骨，猶自帶銅聲」（《馬詩》其四）、「大漠沙如雪，燕山月似鉤。何當金絡腦，快走踏清秋」（《馬詩》其五）諸詩都能以樸實、平易的語言表現出馬的骨力與神俊；此外，李賀的《南園》組詩也具有這樣的特點，如第八首：「春水初生乳燕飛，黃蜂小尾撲花歸。窗含遠色通書幌，魚擁香鉤近石磯。」詩人以簡潔明快且極具表現力的語言，準確地抓住春天各種景物的特點，營造出了一種沖和淡遠的境界；再如他的樂府詩《將進酒》中有「況是青春日將暮，桃花亂落如紅雨」之句，被沈德潛評為：「佳句不須雕刻。」〔註6〕這說明李賀的詩歌自有它的清新平和之處，並不全是「字字句句」都「過於劌鉥」的。正如袁行霈所言：「他的語言乍看似乎是不可解的，細細琢磨卻不是不可以理解的。他在藝術的道路上苦心孤詣地追求著、探索著，終於走出了一條不凡的道路。」〔註7〕清人朱庭珍《筱園詩話》說：「長吉奇偉，專工鍊句」〔註8〕。如果非要說李賀「專工鍊句」的話，那他不僅在「奇詭」的字句上下工夫，同時也致力於質樸和平之作的字斟句酌。劉勰在《文心雕龍・聲律》篇中說過：「吟詠滋味，流於字句；（字句）氣力，窮於和韻。」〔註9〕意思是說詩歌的滋味要通過對字句的品咂來體會，並且字句之間的文氣與骨力要達到像音樂一樣的和諧。韓愈在《荊潭唱和詩序》中說：「夫和平之音淡薄，而愁思之聲要妙；歡愉之辭難工，而窮苦之言易好也。」〔註20〕正因為「歡愉之辭難工」，所以李賀在這方面所用之力甚至可能超過那些「鯨吸鼇擲，牛

〔註4〕《李賀資料彙編》，第 388 頁。
〔註5〕王友盛，李德輝：《李賀集》，嶽麓書社，2003 年版，第 10 頁。
〔註6〕〔清〕沈德潛編：《唐詩別裁集》，吉林出版集團股份有限公司，2017 年版，第 218 頁。
〔註7〕袁行霈：《中國詩歌藝術研究》，北京大學出版社，1987 年版，第 315 頁。
〔註8〕〔清〕朱庭珍：《筱園詩話》卷三，清光緒十年刻本，第 14b～15a 頁。
〔註9〕《文心雕龍注》，第 553 頁。
〔註20〕〔唐〕韓愈撰，馬其昶校注：《韓昌黎文集校注》，上海古籍出版社，1986 年版，第 262 頁。

鬼蛇神」的作品。

（二）音調韻律的溫潤清和

　　許學夷在《詩源辯體》中說：「李賀樂府七言，聲調婉媚，亦詩餘之漸。」〔註11〕清人葉矯然也認為「李長吉文奇而調合」，是「樂府妙手」。（《龍性堂詩話》初集）〔註12〕他們的評價說明李賀的一部分詩歌尤其樂府詩並不都是一味追求奇險詭怪的而是有著像「詩餘」一樣婉媚、柔和的風格。如他的《大堤曲》就是音韻和諧、朗朗上口的佳作，頗具古樂府的遺風。在李賀之前，沈佺期、李端等人的樂府詩都是工麗整飭的律體，而李賀卻轉律為古，把整齊的五言句式改為三字句和七字句相間的雜言，這種創變一掃五言樂府的呆板和凝滯，賦予了樂府詩一種自然、飄逸的生命力。明人徐獻忠也說：「長吉陳詩藻繢，根本六代而流調宛轉，蓋出於古樂府，亦中唐之變聲也。」〔註13〕關於詩歌的韻律，沈約曾說過：「一簡之內，音韻盡殊；兩句之中，輕重悉異」的話，就是主張詩人在創作時要追求抑揚相間、「和而不同」的聲律之美。〔註14〕對於李賀詩歌的用韻特點，吳企明進行過很好的總結：「李賀喜歡運用繁密的韻腳，以造成韻律和諧，讀來朗朗上口。有些詩，甚至句句用韻，一韻到底……」〔註15〕吳企明接著列舉了《楊生青花紫石硯歌》《李憑箜篌引》《始為奉禮郎憶昌谷山居》《將進酒》等詩的用韻情況來論述，他說：「李賀很少寫近體詩，他運用古體詩叶韻比較自由的規律，將韻母相同或相近的字用於句尾，不斷地反覆出現，間距很近，互相呼應，使全詩在音響上構成一個諧和的整體。」明人王褘《練伯上詩序》認為：「藹然和平之音，有融暢之工，無藻飾之態，凡出處離合歡欣憂戚跌宕抑鬱之思，無不託於是焉。」〔註16〕李賀的一部分詩歌正是這樣，它把「藹然和平之音」通過極高的藝術技巧融會貫通，無論喜怒哀樂都能以清和融暢的形式表現出來。

二、心靈世界之「和」

　　李賀詩歌「和」的審美特點在詩人內心情感的表現上也有所反映，可稱

〔註11〕〔明〕許學夷：《詩源辯體》，人民文學出版社，1987年版，第262頁。
〔註12〕《清詩話全編》，第3839頁。
〔註13〕《李賀集》，第446頁。
〔註14〕濮之珍：《中國語言學史》，上海古籍出版社，1987年版，第317頁。
〔註15〕吳企明：《李賀》，上海古籍出版社，1985年版，第61頁。
〔註16〕《歷代唐詩論評選》，河北大學出版社，2003年版，第523頁。

之為心靈世界之「和」。人們一談到李賀的性格，很自然的會想起「抑鬱」「躁動」「病態」等詞，不否認李賀具有這方面的氣質，但也不能因過分關注這些而忽視了李賀性格中的積極成分。李賀性格中的積極成分主要表現在以下兩個方面：

（一）哀而不傷的中和之美

首先，這一點表現在李賀部分諷刺詩的創作上。如在《追和何謝銅雀妓》一詩中，李賀諷刺曹操生前叱吒風雲，死後卻寂然無知，只用了一句「歌聲且潛弄，陵樹風自起」，意為現在我在銅雀臺上淺斟低唱，但曹操你卻寂然不能聞，只有陵墓周圍蒼松的蕭蕭聲為我伴奏。清人楊妍評價說：「此賀得諷刺體而卒歸溫厚者也」（《昌谷集句解定本》）。〔註17〕也就是說李賀這首詩雖有諷意，但並沒有違背溫柔敦厚的「中和之美」。

其次，還表現在李賀雖然反覆哀歎自己的不幸遭遇，但並沒有頹廢墮落、一蹶不振。在《示弟》一詩中李賀對自己的不得意有過這樣的講述：「別弟三年後，還家一日餘。醁醽今夕酒，緗帙去時書。病骨猶能在，人間底事無？何須問牛馬，拋擲任梟盧。」據朱自清《李賀年譜》的考證，元和二年丁亥（807年）李賀年十八歲，到東都洛陽以歌詩謁見韓愈，受到韓愈的賞識，因而名震京師，但最終因不得意而返鄉。〔註18〕這首詩就是作於元和五年（810年）他歸里後的第二天，回顧三年的東都生活，他不禁感慨萬千，慶幸自己多病的身體經過這麼久的勞頓竟然還能支持。不能否認，李賀在這首詩裏是有怨言的，清人姚文燮就認為李賀在此詩中有抱怨主司「顛倒英雄」（《昌谷集注》卷一）〔註19〕之意，但以「英雄」自居說明他還是頗自信的，並沒有妄自菲薄。可見，他並沒有違背「怨而不怒」的創作原則。

再次，雖然李賀有一種天生的偏執，但他也時常流露出全真保性的超脫與曠達。在一首《詠懷》詩裏他說：「日夕著書罷，驚霜落素絲。鏡中聊自笑，詎是南山期？頭上無幅巾，苦蘗已染衣。不見清溪魚，飲水得相宜。」李賀年紀輕輕就有了白髮，心中難免有人生易逝的哀傷。他知道「嘔出心乃已爾」（李商隱《李賀小傳》）的執著不是養生致壽之道，所以就警告自己不能走向極端，否則只能「役役而槁死於文字之間」（王琦《李長吉歌詩匯解》）。只有

〔註17〕《李賀集》，第184頁。
〔註18〕《朱自清古典文學論文集》，上海古籍出版社，1981年版，第503頁。
〔註19〕《李賀集》，第10頁。

像魚兒一樣自由自在，才是合乎自然的生命之道。沈德潛以「達人之言」來
評價李賀「勸君終日酩酊醉，酒不到劉伶墳上土」（《將進酒》）之句也正是體會
到了李賀這種超脫的心態。〔註20〕史承豫評價《將進酒》一詩時也認為：「此
長吉詩之最近人、最可法者，風調從太白來。」（《唐賢小三昧集》）〔註21〕在他
看來李賀詩歌中「最近人、最可法者」恰恰是那部分具有李白的超曠風調的作
品。這種作品看似平淡無奇，但卻蘊含著深遠的韻致。它們是詩人深沉的人
生體驗凝結的產物。

（二）愛情、友誼的和洽之樂

此外，李賀與朋友的深情厚誼與親密交往也在他的詩中有許多體現。如
朋友沈亞之落第後，他作詩相送，既有「白藤交穿織書笈，短策齊裁如梵夾」
的同情，又有「請君待旦事長鞭，他日還轅及秋律」的勉勵，讀來感人至深；
有時候李賀也會和朋友開開玩笑，如他的詩集裏有這樣一段記載：「謝秀才有
妾縞練，改從於人，秀才引留之不得，後生感憶。座人製詩嘲誚，賀復繼四
首。」朋友與舊情人的緋聞已經傳得沸沸揚揚，李賀還要「復繼四首」對他們
戲謔一番，可見他的幽默與放誕，同時他與朋友的那種親密、融洽也躍然紙
上。不僅如此，李賀連曾對他有過提攜之恩的皇甫湜也不「放過」，由於皇甫
湜身居閒職，所以常常門庭冷落，李賀便作詩一首嘲笑他說：「官不來，官庭
秋，老桐錯幹青龍愁。書司曹佐走如牛，疊聲問佐官來否？官不來，門幽幽。」
（《官不來題皇甫湜先輩廳》）雖說是戲言，但我們也能感受到師友之間和洽
自然的情誼。

從藝術創作的過程來說，生活中的和諧融洽營造了詩人「和諧恬淡」的心
境，而詩人把這種心境用高超的藝術技巧變現出來，就產生了這些具有心靈之
「和」的作品。

三、融入自然之「和」

李賀詩歌「和」的審美特點還體現為他善於把美好的自然景物轉化成內
涵豐富的審美意象，並藉以營造引人入勝的藝術境界，可稱之為融入自然之
「和」。《漁隱叢話》曾引王直方的評論說：「李賀《高軒過》詩中，有『筆補
造化天無功』之句，予每為之擊節，此詩人之所以多窮也。」宋人周必大《平

〔註20〕《唐詩別裁集》，第 837 頁。
〔註21〕《李賀集》，第 347 頁。

園續稿》亦謂：「昔人謂詩能窮人，或謂非止窮人，有時而殺人。蓋雕琢肝腸，已乖衛生之術；嘲弄萬象，亦豈造物之所樂哉？」可見，前人在談到李賀詩歌對自然的表現時多關注他「嘲弄萬象」的特點。當然，李賀「嘲弄萬象」的行為在他的詩作中隨處可見。如「酒酣喝月使倒行」(《秦王飲酒》)、「踏天磨刀割紫雲」(《楊生青花紫石硯歌》)等詩句。雖然如此，李賀的詩歌中也有不少表現大自然旖旎風光的部分。含笑的蘭花、茂盛的蒲葉、呢喃的燕子、舞動的楊柳……如此種種在李賀的詩歌中也並不是沒有。下面就從兩個方面論述李賀詩歌融入自然之「和」：

（一）自然景物的清新和暢

李賀在他的一部分詩作中表現了自然景物的清新和暢。如《春晝》：有「朱城報春更漏轉，光風催蘭吹小殿」之句。「光風」是化用自《楚辭・招魂》：「光風轉蕙，氾崇蘭些」之句，意謂雨止日出，風和日麗的景象；「催蘭」，意謂春風和煦，充滿催促著蘭花綻放的生命力。〔註22〕對於這首詩清人董伯音有過這樣的解讀：「首十句詠北地逢春之樂，『越婦』五句，詠江南逢春之樂」(見《協律鉤玄》)。〔註23〕也就是說在詩人眼中無論是「江南」還是「塞北」，都有無限的春光，都充滿著欣欣向榮的生機和活力。他的《昌谷詩》對這一特點也有較好的表現，他在詩的起首就讚美昌谷的美麗風景說：「昌谷五月稻，細青滿平水」「光潔無秋思，涼曠吹浮媚」。五月的田野，稻浪在和風的吹拂下微微頷首；景物光潔，不會讓人有秋天的衰颯之思。詩人由於心情的舒暢，甚至產生了幻覺：「鶯唱閔女歌，瀑懸楚練帔。風露滿笑眼，駢岩雜舒墜。」他把夜鶯的鳴叫誤認為閔女的歌聲，把岩石間的花兒當成了一雙雙含笑的眼睛。《李賀年譜會箋》認為這首詩是二十四歲的李賀從長安初歸故鄉時創作的。當仕途受挫的李賀嗅到了家鄉自由與清新的空氣時，久被壓抑的內心得到了舒展，從這首詩我可以看出他又重新找回了內心的幸福和寧靜。除此之外，像他的《竹》詩：「入水文光動，抽空綠影春。露華生筍徑，苔色拂霜根。織可承香汗，裁堪釣錦鱗。三梁曾入用，一節奉王孫。」前四句描寫了竹子高潔的生存狀態，後四句寫了它們非同一般的功用。全詩筆調溫婉、語言質樸，對竹子的自然特點和文化意蘊都進行了恰當的表現。再如他的一首《南園》詩：花枝草蔓眼中開，小白長紅越女腮。可憐日暮嫣香落，嫁與春風不用媒。」

〔註22〕馬茂元：《楚辭選》，人民文學出版社，1958年版，第193頁。
〔註23〕《李賀集》，第238頁。

（《南園》其一）在春風和煦的日子，盛開的花兒或紅或白，就像越國的美女
一樣晶瑩剔透，美豔動人；即使凋落了也不用憂傷，因為已經有了「春風」這
個如意郎君做自己的歸宿。詩人用奇妙的想像賦予花草以人性，也成功地為
讀者營造了一個清新和暢的詩境。

（二）人與自然的和諧交融

這種和諧交融首先表現為人在自然中和洽的生存狀態。如《昌谷》詩：
「高眠復玉容，燒桂祀天幾」「竹藪添墮簡，石磯引鉤餌」「泉樽陶宰酒，月眉
謝郎妓」等詩句，無論是寫「燒桂祀天幾」的高人，還是寫「石磯引鉤餌」的
隱士，又或者是寫攜妓載酒而遊的文人雅士，都能適性而為、自由自在，絲
毫沒有俗世的紛紛擾擾，這就很好地體現了人與自然的和諧交融。又如李賀
《題趙生壁》一詩：「大婦然竹根，中婦舂玉屑。冬暖拾松枝，日煙生蒙滅。
木蘚青桐老，石泉水聲發。曝背臥東亭，桃花滿肌骨。」明人曾益評曰：「然
竹根以供炊，舂玉屑為餱，此家人之可樂。拾松枝以續薪之不足，冬暖時寒
而氣和，故日與煙互蒙而互滅，此天時之可樂。木有桐而蘚生則老，溪有泉
而石擊則聲發，此林泉之可樂。」（《昌谷集》卷三）〔註24〕也許在李賀看來
無論是「家人之可樂」「天時之可樂」還是「林泉之可樂」都離不開自然為人
類提供的豐富的資源，而人類對這些資源如果能加以合理的利用就能為自己
營造一種和洽的生存狀態。

其次，這種人與自然的和諧還體現在自然之美對人的心境的薰染上。在
《蝴蝶舞》一詩中李賀寫道：「楊花撲帳春雲熱，龜甲屏風醉眼纈。東家蝴蝶
西家飛，白騎少年今日歸。」在這首詩裏，李賀用「楊花」「春雲」「蝴蝶」
這些春天特有的景物襯托出了一個少女躁動的內心世界，因為她的「白騎少
年」今天會回到她的身邊。正如姚文燮所說：「春閨麗飾，以待良人。乃走馬
狹邪，如蝴蝶翩翩無定。今忽遊罷歸來，喜可知己。」（《昌谷集注》卷三）
全詩被一種青春的羞澀和喜悅的情緒籠罩，給讀者帶來了一種甜蜜而又朦朧
的美感亨受。這種自然之美對人的心境的薰染在《追和柳惲》一詩中也有體
現：「汀州白蘋草，柳惲乘馬歸。江頭楮樹香，岸上蝴蝶飛。酒杯箬葉露。
玉軫蜀桐虛。朱樓通水陌，沙暖一雙魚。」詩人巧妙地讓自然景物與人物交替
出現，使乘馬而歸的人與翩飛的蝴蝶、暢遊的魚兒融為一體，給人造成了一

〔註24〕《李賀資料彙編》，第 173 頁。

種在美麗的大自然中穿行的愜意與愉悅。這些充滿生機與活力的景物伴隨著噠噠的馬蹄聲所產生的節奏感，不僅會使景中人陶醉不已，甚至也會令詩歌的欣賞者在內心產生生命的律動。

明人陳獻章在《認真子詩集序》中曾用「發乎天和」來呼籲自然之美，他說：「言，心之聲也。形交乎物，動乎中，喜怒生焉。於是乎形之聲，或疾或徐，或洪或微，或為雲飛，或為川馳。聲之不一，情之變也。率吾情，盎然出之，無適不可。」〔註25〕這樣的論述正好可以用來評價李賀融入自然之「和」的這部分詩，因為它們都是詩人「率吾情，盎然出之」的結果。在李賀的這部分詩作裏，宇宙是一個和諧相生的大系統，而人類已經完全融入了這個系統。

四、對立統一之「和」

對於「和」在李賀詩歌中的表現，上面已經進行了三點論述。第一點是針對李賀詩歌的形式而言的，後兩點是針對李賀詩歌的內容而言的；但無論從形式上還是從內容上所展開的論述，筆者的視域都只鎖定在李賀的那部分明顯具有「和」的特點的詩歌上。事實上，李賀的那部分以奇詭峭拔、冷豔幽微而著稱的詩歌也具有一些「和」的特質，但它們是隱含於李賀詩歌各種不同風格既對立又統一的辯證關係中的，因此可稱之為對立統一之「和」。

《論語·子路》篇中有「君子和而不同，小人同而不和」的論斷，在《論語》中「和」多與「同」作為一對相反相成的概念出現。〔註26〕「同」是事物之間毫無個性的絕對一致，而「和」卻是各具特色的不同事物在矛盾對立諸因素的作用下達到的一種和諧狀態。這種對立統一之「和」在李賀詩歌中有著比較明顯的體現。如《聽穎師彈琴歌》一詩，李賀時而寫琴聲的幽忽激楚，時而寫琴聲的清肅飄渺，猛烈時如周處斬蛟，舒展處如張旭草書；詩中既有「鳳語」「春竹」這樣充滿生機與活力的意象，也有「病客」「藥囊」這些病態、淒戾的意象。這些意象表面上是對立的、不兼容的，但事實上正是這些繁多的對立意象構成了這首詩整體意境的和諧。難怪黃陶庵會在「暗佩清臣敲水玉，渡海蛾眉牽白鹿。誰看挾劍赴長橋？誰看浸髮題春竹？」下面寫上「淒和幽壯」（清黎簡《黎二樵批點黃陶庵評本李長吉集》卷四）的批語，「淒」與「和」，「幽」與「壯」這兩組對立的風格同時被短短的幾句詩所容

〔註25〕〔明〕陳獻章：《白沙子》卷一，四部叢刊三編景明嘉靖刻本，第 5b～6a 頁。
〔註26〕楊樹達：《論語疏證》，上海古籍出版社，1986 年版，第 327 頁。

納，並且毫無拼湊、刻意之感，這正是我們所說的不同事物在矛盾對立諸因素的作用下所達到的那種和諧狀態。〔註27〕再如他的《夢天》一詩：「老兔寒蟾泣天色，雲樓半開壁斜白。玉輪軋露濕團光，鸞珮相逢桂香陌。黃塵清水三山下，更變千年如走馬。遙望齊州九點煙，一泓海水杯中瀉。」詩的第一句就用「老」「寒」「泣」諸字營造了一個淒冷的氛圍，使人誤以為接下來肯定會有一連串的譎怪意象出現，然而詩人卻筆鋒一轉變「鬼語」為「仙語」，用「玉輪」「團光」「鸞珮」等意象把讀者帶進縹緲的月宮；當讀者從那裡俯視下界的時候，發現陸地只是一片黃塵，大海只是一泓清水，人世變化如滄海桑田，迅疾無常，讀者自然地就產生了對那個泯滅了時空界限的世界的深深嚮往。「詭異」與「平和」，「凝重」與「飄逸」種種對立的因素被融化在一起，構成了這首詩醉人的藝術特質。這首詩之所以能有如此神奇的藝術效果，與詩人鎔鑄雜多的對立意象為統一的和諧詩境的藝術手腕密不可分。除此之外，這也與李賀複雜、微妙的精神世界息息相關。陳允吉在《〈夢天〉的遊仙思想與李賀的精神世界》一文中認為：「李賀又是一個企羨離絕現世的臆想者，他在這首詩中展示的神仙境界，是要通過藝術形象來說明，到達此間的人們可以擺脫自然規律的限制，沒有衰竭和死亡的脅迫，一切都是充滿著青春的活力和美的和諧。」〔註28〕也就是說，由於內心的苦悶和對現實的不滿，李賀產生了對虛幻縹緲的「彼岸世界」的嚮往，並希望藉此來擺脫俗世的羈絆，所以在李賀的詩歌中才有許多對那個充滿「青春的活力和美的和諧」的仙境的描摹。而李賀這種徘徊於人世與仙境間的游移心態也使他的詩在「譎怪」「瑰偉」中揉入了「和諧」的因子。

古希臘哲學家赫拉克利特指出：「自然是由聯合對立物造成的和諧，藝術也是這樣。如繪畫混合著白色和黑色、黃色和紅色，音樂混合著不同音調的高音和低音、長音和短音。」在他看來自然就是各種對立物融為一體而造成的和諧，只有在各種相反相成的因素的共同作用下，才能產生卓越的藝術作品。〔註29〕對於這一點，中國古人也有類似的認識。春秋時期齊國大夫晏嬰認為：「和如羹焉，水、火、醯、醢、鹽、梅，以烹魚肉，燀之以薪，宰夫和之，

〔註27〕《李賀集》，第 397 頁。
〔註28〕陳允吉：《〈夢天〉的遊仙思想與李賀的精神世界》，《文學評論》，1983 年第 1 期，第 99～106 頁。
〔註29〕袁濟喜：《和：審美理想之維》，百花洲文藝出版社，2001 年版，第 209 頁。

齊之以味，濟其不及以泄其過……」，也就是說廚師只有把魚肉配和各種調料以精到的廚藝加以烹製、使各種味道達到和諧相容，才能做出美味佳餚；同時晏子也認為音樂的和諧就是在於將聲音的「清濁、大小、短長、疾徐、哀樂、剛柔、遲速、高下、出入、周疏以相濟也。」(《左傳·昭公二十年》)〔註30〕總而言之，無論色彩的白與黑、味道的鹹與淡還是音樂的哀與樂，雖然表面看是對立的，但實際上只有把它們融為一體才能構成真正的和諧之美。李賀的一部分詩歌中所體現的對立統一之「和」亦是如此。

綜上，通過對李賀創作實際的考察，基本上可以斷言「和」在李賀多樣性的詩風中確有一席之地。但這裡對「和」的地位的強調，並不是想把它抬高到無以復加的地位，只是因為它有被李賀詩歌的主體風格掩蓋的不利趨向。清人王琦就曾對這種趨向表示過不滿，他說：「樊川序中反覆稱美，喻其佳處凡九則。後之解者，只拾其『鯨呿鼇擲、牛鬼蛇神、虛荒誕幻』之一則，以為端緒，煩辭巧說，差爽尤多」。(《李長吉歌詩匯解序》)在王琦看來杜牧肯定了李賀詩歌風格的多樣性，只是後人只執其一端，過於強調李賀詩歌的主要特徵而忽視了其詩歌的其他特質。近年來李賀詩歌風格的多樣性逐漸引起了研究者的重視，而對「和」這一重要風格特點的探討卻相對不足；因此，筆者在這裡對其進行了一些粗淺的討論，以期進一步加深對李賀詩歌風格多樣性的認識。

〔註30〕徐中舒：《左傳選》，中華書局，1963 年版，第 259 頁。

「向前敲瘦骨，猶自帶銅聲」
——論李賀詩歌中的「硬性詞」

　　李賀寫詩好用詞之「有硬性者」，錢鍾書在《談藝錄》中說「長吉賦物，使之堅，使之銳」，又說長吉「好取金石硬性物作比喻」，還列舉了大量的李賀詩歌中名詞、動詞、形容詞之「有硬性者」〔註1〕。本文試圖以此為切入點，對李賀詩歌中這一特殊的語言現象作進一步的探討。

一、「硬性詞」的概念界定

　　錢鍾書《談藝錄》首先關注到李賀詩歌用詞的「硬性」現象，如下相關論述最值得注意：（1）「戈蒂埃作詩文，好刻金鏤玉」；（2）「近人論赫貝兒之歌詞、愛倫坡之文、波德萊爾之詩，各謂三子好取金石硬性物作比喻。竊以為求之吾國古作者，則長吉或其倫乎」；（3）「此外，動字、形容字之有硬性者，如……」；（4）「於迅速中含堅銳」；（5）「使流易者具鋒芒」；（6）「長吉賦物，使之堅，使之銳」。〔註2〕

　　根據錢鍾書的這些描述再結合他所舉的實例，如：（1）「荒溝古水光如刀」（《勉愛行二首送小季之廬山》其二）〔註3〕、「夜天如玉砌」（《河南府試十二月樂辭·七月》）中的名詞「刀」「玉砌」；（2）「黑雲壓城城欲摧」（《雁門太守行》）、「隙月斜明刮寒露」（《春坊正字劍子歌》）中的動詞「摧」「刮」；

〔註1〕　《談藝錄》，第127～134頁。
〔註2〕　《談藝錄》，第127～134頁。
〔註3〕　《李長吉歌詩編年箋注》，第539頁。以下引詩凡出自本書的皆不再加注。

（3）「古壁生凝塵」（《傷心行》）、「掃斷馬蹄痕」（《始為奉禮憶昌谷山居》）中的形容詞「凝」「斷」等等。細揣眾多詩句中的「硬性詞」和它們的表達效果，我們對「硬性詞」的概念可以做如下的描述：「硬性詞」是李賀詩歌中出現的具有堅硬特質的部分金屬、玉石及器物類名詞，本身具有剛性、硬度、固化特徵的動詞或使被修飾詞具有剛性、硬度、固化特徵的形容詞的統稱。

詞性是名詞的「硬性詞」在李賀詩歌中又可大致分為：金屬類、玉石類、器物類。如「寒鬢斜釵玉燕光」（《洛姝真珠》）、「馬首鳴金環」（《送韋仁實兄弟入關》）、「神劍斷青銅」（《王濬墓下作》）「天上分金鏡，人間望玉鉤」（《七夕》）、「秋衾夢銅輦」（《還自會稽歌》）、「瓊鐘瑤席甘露文」（《瑤華樂》）諸詩句中屬於金屬類的有「金」「銅」，玉石類的有「玉」「瓊」「瑤」，器物類的有「釵」「環」「劍」「鏡」「鉤」「銅輦」。這些例子只是李賀詩歌中的一小部分，金銀、玉石、刀劍等名詞是頻頻在李賀詩歌中出現的。

詞性是動詞的「硬性詞」在李賀詩歌中經常表示具有剛性、硬度、固化特徵的動作、行為、心理活動或存在、變化、消失等狀態。在一個語義完足的詩行中，它們常作謂語或謂語中心詞。舉例來說，「雀步蹙沙聲促促」（《黃家洞》）、「竹蛇飛蠹射金沙」（《黃家洞》）、「白天碎碎墮瓊芳」（《河南府試十二月樂詞》）、「轉角含商破碧雲」（《許公子鄭姬歌》）、「安定美人截黃綬」（《仁和里雜敘皇甫湜》）、「晚紫凝華天」（《洛陽城外別皇甫湜》）諸句中的「蹙」「射」「墮」「破」「截」「凝」，都屬於這類動詞。

詞性是形容詞的「硬性詞」在李賀詩歌中用於使被修飾詞具有剛性、硬度、固化的性質或狀態，它們多數被用來直接修飾名詞。李賀的詩句如「掃斷馬蹄痕」（《始為奉禮憶昌谷山居》）、「霜重鼓寒聲不起」（《雁門太守行》）、「憶君清淚如鉛水」（《金銅仙人辭漢歌》）、「古壁生凝塵」（《傷心行》）中的「斷」「重」「鉛（像鉛一樣重的）」「凝」都是這類形容詞。

二、「硬性詞」的理論內涵

在以「硬性詞」為主幹形式的語言組合中，「硬性詞」既包含著一個具體特定的意義，往往也包含著一些潛藏的深層意義。這兩種層次的意義只有在句子的上下文所體現的各種關係中才能得到固定。這樣一來「硬性詞」的詞義就具有了豐富性，它所具有的含義可以從個體的移動變成整體的移動。李賀那些使用「硬性詞」的作品剛好利用言語中所包含的這種不固定性，喚醒

詩境潛藏的遠景，使欣賞者心中沉睡的感情內容變得生動。可以肯定地說，「硬性詞」的使用增殖了李賀詩歌語言的詩意。「硬性詞」的巧妙使用需要詩人發揮恣肆奔放的想像力，李賀不願按慣常手法去描繪事物或只簡單地直陳其事，而是運用巧妙的甚至反常的搭配。雖然他的一些詩作表面上似乎存在思路的間斷和注意力的不斷分散之類的問題，但它恰恰能夠使欣賞者從表面上與題旨和意義無直接關係而看似勉強拼湊的意象中跳出來，從而深入探尋詩歌中真正想要表達的題旨和意義。

在李賀詩歌的形象層面包含著許多意蘊豐富的符號，它們往往來自詩人生活環境中那些現成的感性事物。這些事物本身由於文化傳統的潛移默化已經和它們所要表達的那種意義形成了約定俗成的特別關聯。這些符號就不只是一種本身無足輕重的字詞而已了，而是一種通過詩人卓越的描繪能力而外化了的鮮活可感的思想內容。因為「語言的生動性是來自比擬的隱喻和描繪的能力」〔註4〕的，所以巧妙地使用「硬性詞」烘托、塑造意象，可以使詩人的言外之意通過詩歌上下文的關聯「外化」在讀者眼前。

李賀憑藉自己敏銳的語言感知力，感知到「硬性詞」的這一特質。因此「硬性詞」很受李賀的青睞，在他的詩歌中出現的頻率非常高。有時一首短短的絕句裏，就有數個「硬性詞」出現。比如在《馬詩二十三首》中就有十六首詩使用了「硬性詞」，其中第十七首共四句詩二十個字中竟出現了「鐵」「剗」「礙」「金」「牙」五個「硬性詞」。雖然可能有「過於劌鉥，無天真自然之趣」（《麓堂詩話》）〔註5〕的嫌疑，但這也是建立一種獨特的語言風格時必須付出的代價。在李賀的詩歌中有相當一部分名詞、動詞和形容詞都可以被歸入「硬性詞」的行列。這類詞有共同的特徵，即堅硬、剛性、固化。不僅如此，在這幾類不同詞性的「硬性詞」之間有時由於表達的需要，詩人會對其進行詞類的活用，同一個詞可能會由於詞性的不同而多次出現在讀者的視野中。

三、「硬性詞」的藝術功能

對「硬性詞」的概念以及它的內涵進行探索，目的是為了深入開掘此種語言形式的獨特藝術功能。清人張采田曾在《李義山詩辯證》中說：「長吉詩

〔註4〕〔古希臘〕亞里士多德：《修辭學》，《西方文論選》（上卷），上海譯文出版社，1979年版，第95頁。

〔註5〕〔清〕王琦等：《李賀詩歌集注》，上海人民出版社，1977年版，第20頁。

派之佳處，首在哀感頑豔動人；其次鍊字調句，奇詭波峭，故能獨有千古。」
〔註6〕可見，通過對字面的精心錘鍊等方式，李賀賦予了自己的詩作以「奇
詭波峭」的藝術特色，而「硬性詞」的使用正是李賀精於鍊字的最好證明。
李長之在《中國文學史略稿》中論述李賀詩歌時認為他的詩風雖「詭異」卻
「不傷於纖」〔註7〕。為何能「不傷於纖」？因為有力度。李賀賦予詩歌以
力度的藝術手段非一，而其對具有特出藝術功能的「硬性詞」的使用，是不
容忽視的方法之一。李賀詩歌「硬性詞」的藝術功能主要有：

　　第一，迥異風格的生動表現力。「硬性詞」有明顯不同於一般詞彙的特殊
表現力。這種表現力即錢鍾書所說的「皆變輕清者為凝重，使流易者具鋒芒」，
「故分而視之，詞藻凝重；合而詠之，氣體飄動」〔註8〕。錢鍾書認為李賀
之所以喜歡賦予自己筆下的詩句「堅」「銳」的特徵，是因為如此則可以收到
「其每分子之性質，皆凝重堅固；而全體之運動，又迅疾流轉」的神奇巧妙
的表達效果。錢鍾書敏銳地看出了這些「詞之有硬性者」的強大表現力。例
如，它適合表現奇崛險峭的風格。「硬性詞」是一種飽含雕刻之美的詩語，適
合用來表現這一風格。語言構成了文學作品的基本方面，它是傳達作品意義
的媒介；同時它又顯示自身，具有獨立的意義和審美價值。詩歌也是一門語
言藝術，詩歌的藝術特徵可以通過詩歌語言表現出來。正如張宗福所言：「李
賀追求一種勁健有骨力的語言風格，體現了他對詩歌語言的自覺追求，體現
了他的詩歌所追求的一種人工之美。」〔註9〕李賀習慣於「嘔出心乃已」（李
商隱《李長吉小傳》）的苦吟，這種勤奮刻苦的創作態度，使他體會到「硬性
詞」具有獨特的藝術功能，通過這種骨力勁峭的語言形式，可以很好地實現
自己對奇崛險峭的詩歌風格的追求。李賀詩中有「試問酒旗歌板地，今朝誰
是拗花人」（《酬答二首》其二）之句，選取一「拗」字，採花人左撇右折的
用力之貌，活現在讀者眼前；又如「堪鎖千年白日長」（《三月過行宮》）之句，
不用「關」字「閉」字，而用一「鎖」字，其幽禁而永無開釋之絕望感頓時
增強百倍。

　　第二，意象群落的統攝力。對意象的鎔鑄與組合，是中國古代詩歌的基本
構成模式之一。正如王弼在《周易略例・明象》中所說：「言生於象，故可尋

〔註6〕吳企明，李賀資料彙編〔M〕，北京：中華書局，1994年，第415頁。
〔註7〕胡淑娟：《歷代詩評視野下的李賀批評》，學林出版社，2009年版，第103頁。
〔註8〕《談藝錄》，第130～131頁。
〔註9〕張宗福：《李賀研究》，巴蜀書社，2009年版，第182頁。

言以觀象；象生於意，故可尋象以觀意。」〔註10〕詩人需要以自己的才情和學識為基礎，對選定的意象進行主觀化和個性化，賦予這些意象以豐富而獨特的內蘊。這也即是劉勰「窺意象而運斤」〔註11〕的主張。以此為前提，詩人需要把這些飽含自己藝術情感的單個意象集合成天衣無縫的意義系統，只有如此，意象中的豐富意蘊才能恰如其分地展現於讀者面前。李賀通過對「硬性詞」的精準提煉，用堅硬凝重的物象鎔鑄生成瘦硬險勁的意象，接著通過巧妙的穿插串聯，將這些意象組合成意象群落，最後再根據自己的需要，營造出或怨鬱淒豔，或奇崛險峭的詩境。李賀詩歌意象之間的跳躍性很大，初讀起來往往令人有不得要領之感，對這種情況歷來都有評論者表示不滿。李東陽《麓堂詩話》提出批評：「李長吉詩，字字句句欲傳世，顧過於劌鉥，無天真自然之趣。通篇讀之，有山節藻梲而無梁棟，知其非大道也。」〔註12〕許學夷在《詩源辯體》中說得更直接：「按賀未嘗先立題而為詩，每旦出，騎款段馬，從小奚奴，背古錦囊，遇有所得，書投囊中，及暮歸，足成之，蓋出於湊合，而非出於自得也。故其詩雖有佳句，而氣多不貫。」〔註13〕把李賀部分作品意象、思維的跳躍性解釋為「湊合」所致之「氣不貫」確實直截了當，但卻無法解釋為什麼「湊合」出的作品也能具有非凡的藝術表現力。如果讀者從「硬性詞」對意象群落的統攝力角度切入，則可以對李賀部分意象跳躍性較大的詩作進行合理解讀。

第三，表現情志的巨大感染力。意象和詩境都是為了表達情感的需要而設置和營造的。瞭解「硬性詞」在風格形成及章法組構上所起的作用，有助於進一步探討「硬性詞」在表現情志方面的作用。這也是「硬性詞」這一語言形式重要的藝術功能之一，因為它能幫助讀者瞭解李賀詩歌中的情感世界和思想內容。例如，「硬性詞」適合表現詩人執固拗扭的性格。批評者習慣於用「鬼」「仙」甚至「心理變態」等概念來描述李賀的性格特點。其實李賀何嘗做過鬼、成過仙，何嘗心理變態過，他只不過是一個性格有些執固拗扭的正常人罷了！我們不能僅從李賀的幾首特點比較鮮明的詩歌入手就武斷地把李賀由外到內的病態化、妖魔化。為了避免這種武斷和過激的評價，說李賀的性格中有執固拗扭的因素是可以接受的．認為李賀心理不正常的人，大多是從李賀的作品中去尋找證據的。但是如果從李賀的具體作品來看的話，他的

〔註10〕樓宇烈：《周易注》，中華書局，2011年版，第414頁。
〔註11〕《文心雕龍注》，第493頁。
〔註12〕〔明〕李東陽：《麓堂詩話》，知不足齋叢書本，第18a～18b頁。
〔註13〕《李長吉歌詩編年箋注》，第927頁。

詩歌風格是多樣的而不是單一的。詩人對「硬性詞」的使用就為讀者提供了一個進入其心靈世界的窗口。例如在《開愁歌》中，詩人說：「衣如飛鶉馬如狗，臨岐擊劍生銅吼」，說明他對身處下僚的平庸生活很不滿，但從「（擊）劍」「銅（吼）」這兩個「硬性詞」組成的意象群中，讀者沒有感覺到頹廢消沉，而是覺出一股執固凌厲之氣。又如在《長歌續短歌》中，詩人一下筆就說：「長歌破衣襟，短歌斷白髮」，用「破」和「斷」二詞表現了一種近乎絕望的情緒，但接著詩人又解釋說：「秦王不可見，且夕成內熱。」可見他並沒有絕望，只是在執拗地渴求明君的出現。「硬性詞」的運用印證了李賀那種「嘔出心乃爾已」的創作方法，這是一種頑強毅力的表現；同時也更加有力地將李賀的性格限定在「執固拗扭」的正常心理區間內。

綜上所述，李賀詩歌中的「硬性詞」具有多樣的藝術功能，它推動了李賀獨特詩風的定型。「硬性詞」對李賀詩歌整體風格的形成起著關鍵作用，「充分揭示了李賀詩歌語言瘦硬、有骨力的詩美特徵」〔註14〕。前人對李賀詩歌「硬性詞」這一語言形式已有注意，但沒有進行全面深入的探討。至於直接使用「硬性詞」這個概念來指示李賀詩歌中這種特殊的用詞現象並對這一用詞現象的內涵、藝術功能及在唐詩發展史中的意義進行系統探討的文章，學術界暫時還沒有。本文僅是沿著錢鍾書繪製的路線圖，以「硬性詞」這個概念為舟楫，試圖去探尋李賀詩歌語言藝術的桃源洞天之一隅。不當之處，懇望方家指正。

〔註14〕《李賀研究》，第 185 頁。

「長吉賦物，使之堅，使之銳」
——再論李賀詩歌中的「硬性詞」

　　錢鍾書在《談藝錄》中曾獨具慧眼地指出：「長吉賦物，使之堅，使之銳」，還說「近人論赫貝兒之歌詞、愛倫坡之文、波德萊爾之詩，各謂三子好取金石硬性物作比喻。竊以為求之吾國古作者，則長吉或其倫乎」。〔註 1〕錢鍾書的這些論斷，對我們深入探討李賀詩歌獨特的用詞藝術具有重要的參考作用，值得深挖。筆者在閱讀李賀詩歌時，深感錢鍾書的相關論述深得李賀詩歌用詞藝術之精髓，故而曾經從錢鍾書「好取金石硬性物作比喻」等語中提煉出「硬性詞」這一概念，用來指示李賀詩歌中這種特殊的用詞現象，並寫作《「向前敲瘦骨，猶自帶銅聲」——論李賀詩歌中的「硬性詞」》一文，「以『硬性詞』這個概念為舟楫，試圖去探尋李賀詩歌語言藝術的桃源洞天之一隅」。〔註 2〕然限於篇幅和學力，很多地方該文尚未能展開論述。近來筆者在閱讀李賀詩歌時對這一問題又產生了一些新的思考，故而試圖再論之，以就正於方家。

一、硬性詞的質與豔

　　「硬性詞」的使用可以鎔鑄出充滿質感的意象。「奇崛」「奇險」「奇峭」，這些是李賀詩歌公認的主導風格。這些風格所體現出的「奇」，都溝通著李賀詩歌所獨具的硬兀有力的質感。通過這種質感讀者不需要刻意揣摩就可以感受到李賀營造的奇崛險峭的感性世界。「硬性詞」在這種獨特質感的鎔鑄過程

〔註 1〕《談藝錄》，第 127～134 頁。
〔註 2〕見《「向前敲瘦骨，猶自帶銅聲」——論李賀詩歌中的「硬性詞」》一文。

中功勞不小。以李賀的《七夕》詩為例：

> 別浦今朝暗，羅幃午夜愁。
>
> 鵲辭穿線月，花入曝衣樓。
>
> 天上分金鏡，人間望玉鉤。
>
> 錢塘蘇小小，更值一年秋。

這首詩的前四句雖然用詞典雅，可真正的別開生面處是後四句：五六兩句的巧妙對仗加上七八兩句的奇思妙想，給人以煥然一新之感。尤其是五六兩句中分別使用的兩組「硬性詞」：「金鏡」「玉鉤」，更是極大地豐富和深化了主題。這兩對「硬性詞」是兩個得到貼切使用的典故，這兩個典故進而形成了奇妙的隱喻，使詩人的情感得到了適當的宣洩。「鏡」的典故出自《古今詩話》記載的徐德言與公主破鏡重圓的故事。「鉤」的典故出自《莊子》，「鉤」有反還相連的意思。詩人把天上璀璨奪目的牛郎星和織女星比喻為「金鏡」，當天上的雙星合而復分的時候，人間受別離之苦煎熬的人們也希望能像「玉鉤」一樣循環相連。這兩句作為一個整體構成一個寓意深刻的隱喻，暗示著人世間揮之不去的「聚少離多」的情感悲劇。更值得細細品味的是詩人在本已質地堅硬的「鏡」「鉤」二詞前又加上了修飾詞「金」「玉」，似乎也隱約透露著詩人的期望，希望天下相信「情比金堅」的人都能夠得到「金玉良緣」。可見，質地堅硬的金玉類和器物類「硬性詞」的合用，在李賀詩歌中常常會形成一個奇特的比喻，使整句詩與全詩格調既融為一體又別具風致。

「硬性詞」的使用有助於表現「怨鬱淒豔」的風格。李賀的好友沈亞之曾在《送李膠秀才詩序》中明確指出李賀詩歌（尤其是樂府詩）具有「怨鬱淒豔」的風格特色。對於這一風格之理解，正如胡淑娟所言：「四個字四層含義，都指出了賀詩風格的一個側面，而『豔』字則是從文辭上講的」〔註13〕。可見，「怨」「鬱」「淒」作為獨特的情感特色，要想充分表現出來，必須與「豔」這一語言特色結合起來；只有借助它的藝術功能，賀詩「怨」「鬱」「淒」的獨特情感世界才能展露出來。「豔」這一風格特點與「硬性詞」似乎關係不大，實際上「硬性詞」的使用恰恰是「豔」這一文辭風格得以在李賀詩歌中佔有重要位置的原因之一。齊己在《讀李賀歌集》中說：「玄珠與虹玉，璨璨李賀抱。」「璨璨」正是「豔」的表現，之所以能達到「璨璨」奪目的藝術效果，正是因為李賀善用「玄珠與虹玉」之類的「硬性詞」；吳融在《禪月集序》中也說道：

〔註13〕胡淑娟：《歷代詩評視野下的李賀批評》，學林出版社，2009年版，第90頁。

「至後李長吉以降，皆以刻削峭拔、飛動文采為第一流。」在這裡，吳融也把「刻削峭拔」與「飛動文采」兩組看似矛盾的風格特點放在一起。〔註4〕這些評論都恰好道出了李賀詩歌「硬性詞」「變清輕者為凝重，使流易者具鋒芒」的藝術功能，這正是表現「怨鬱淒豔」之風格所必需的。

二、以詞活句，以句活篇

精心捶打的字句和精心安排的意象組合對一首詩作的藝術表現極為重要。在句法和篇章結構上，那些被李賀獨具匠心地安排在詩句中的「硬性詞」可以收到「以詞活句，以句活篇」的藝術效果。與此同時，這些「硬性詞」在詩歌中的反覆穿插出現，能起到連接不同意象將其組合成統一的意象群落的作用。一個「硬性詞」能賦予一個詩句活力，進而也能賦予一篇詩作活力。

首先，「硬性詞」在句法上具有「以詞活句」的作用力。在安排字句時，李賀是非常考究和小心的，因為詩人知道如果字句安排得巧妙，一些即使是家喻戶曉的字詞也會取得令人拍案叫絕的新義，也只有這樣才能在詩意的表達上做到盡善盡美。王世貞在《藝苑卮言》中說：「點綴關鍵，金石綺彩，各極其造，字法也。」〔註5〕所謂「各極其造」的字法準則，正與李賀的這種考究的字句錘鍊方法相合。詩人對「硬性詞」的擇取、使用雖極為考究，但它們的詞義並非生僻難以掌握。他選取的這些名詞、動詞和形容詞，音調都非常響亮，物象都極為精美，為詩句造成了迥異的結構和意象，進而賦予了詩句入木三分的表現力。明人曾益評《秦王飲酒》中「羲和敲日玻璃聲，劫灰飛盡古今平」之句曰：「敲日，言易邁；玻璃，形其聲；劫灰飛盡，言欲傳之千萬世。」〔註6〕曾益是緊扣這些由「硬性詞」組成的詞組進行恰當分析的：「敲日」「劫灰」分別為所屬之詩句定下基調，而二句又進一步為全詩飲酒之活動定下基調，即所謂「二句為飲酒張本」也。由此也可以想見，劉辰翁之所以認為此詩「雜碎」〔註7〕，是因為他未能從「硬性詞」的統攝力角度來解讀此詩。

其次，「硬性詞」在章法上具有「以句活篇」的作用力。劉辰翁在評價《春

〔註4〕《李賀資料彙編》，第15～16頁。
〔註5〕羅仲鼎：《藝苑卮言校注》，齊魯書社，1992年版，第38頁。
〔註6〕《李賀資料彙編》，第148頁。
〔註7〕〔宋〕吳正子箋注，〔宋〕劉辰翁評點：《箋注評點李長吉歌詩》卷一，清文淵閣四庫全書本，第26a頁。

坊正字劍子歌》時認為：「雖刻畫點綴簇密，而縱橫用意甚嚴。劍身、劍室、紋理、刻字、束帶，色雜，無一疊犯，仍不妨句意，春容俯仰」。〔註8〕這首詩描寫刻畫得如此細緻，卻沒刻意雕琢的感覺，這中間一個很重要的原因，就是六個「硬性詞」一氣貫穿，達到了「以力運氣，以氣統篇」的效果。這首詩的內容如下：

> 先輩匣中三尺水，曾入吳潭斬龍子。
> 隙月斜明刮露寒，練帶平鋪吹不起。
> 蛟胎皮老蕨藜刺，鸊鵜淬花白鷳尾。
> 直是荊軻一片心，分明照見春坊字。
> 挼絲團金懸簏箊，神光欲截藍田玉。
> 提出西方白帝驚，嗷嗷鬼母秋郊哭。

本詩首二句講述了劍的古老歷史，三四句形容劍光的冷屬和劍體的質重，五六句說明劍鞘的堅固和花紋的樸美。接著說明要想知道寶劍是如何之鋒利，只要看劍光之銳利即可；劍之光芒就可以切玉，更不用說寶劍本身了。一旦將寶劍拔出，將會造成白帝驚心、鬼母悲哭的慘劇。在這首詩中詩人為了表現出上述的藝術效果，共使用了六個「硬性詞」，它們依次是：「斬」「刮」「刺」「金」「截」「玉」。這裡的三個動詞和三個名詞，全都是為了描述寶劍的鋒利和美好服務的，充滿力量和威嚴，使一把絕世好劍宛現眼前，似乎能感覺到它逼人的寒氣和猛烈的殺氣。這幾個充滿剛性之美的「硬性詞」使整篇詩作都氣韻生動起來，彷彿一道能感人於無形之中的真氣，縱貫全詩。

又如《惱公》一詩，就連對李賀作品之解讀屢見精義的王琦，也覺得這首長詩比較難解，他說：「細讀文本，有重複處，有難解處，當是取一時謔浪笑傲之詞，歡娛遊戲之事，相雜而言，讀者略其文通其意可也，若句句釋之，字字訓之，難乎其說矣。」〔註9〕用「略其文通其意」的方法讀哲學作品可，用於解讀以語言為生命之詩則誤矣。正如錢鍾書所說：「詩也者，有象之言，依象以成言；捨象忘言，是無詩矣。」〔註10〕如果從「硬性詞」的統攝力來看，這首詩意象之完整，思路之清晰足以令人驚贊不已。下面節錄數聯，以供體會：

〔註8〕 《箋注評點李長吉歌詩》卷一，第11a頁。
〔註9〕 《李長吉歌詩編年箋注》，第356頁。按文中李賀詩皆出自本書。
〔註10〕 錢鍾書：《管錐編》，三聯書店，2001年版，第20頁。

1. 鈿鏡飛孤鵲，江圖畫水葒。
2. 陂陀梳碧鳳，腰嫋帶金蟲。
3. 莫鎖茱萸匣，休開翡翠籠。
4. 古時填渤澥，今日鑿崆峒。
5. 井檻淋清漆，門鋪綴白銅。
6. 玳瑁釘簾薄，琉璃疊扇烘。
7. 象床緣素柏，瑤席捲香蔥。
8. 玉漏三星曙，銅街五馬逢。

在本詩中，「鈿鏡」「金蟲」「翡翠」「珠」「鉤」「白銅」「玳瑁」「琉璃」「瑤席」「金塘」「玉藕」「金爐」「玉漏」等等，這些琳琅滿目的珍寶什物俯拾即是，它們的反覆穿插，不僅不讓人感到乏味，反而讓人深深沉醉於它們營造出的秀豔絕倫的詩美之中。詩中動詞、形容詞性「硬性詞」的作用也不容忽視。例如詩的第一句「宋玉愁空斷」，用「愁」之「斷」為全詩定下情感基調，接著在詩歌的中間部分又有「殘蜺憶斷虹」之句，「蜺虹」雖美而卻已「殘斷」，更加深化了首句宋玉「空斷」之愁。詩歌中間部分的「斷」（形容詞）照應首句之「斷」（動詞），詩歌結尾部分之「空」照應首句之「空」，形成了一個循環圓照的情感脈路。最後，除「斷」字的巧妙運用之外，詩中還有「鎖」「鑿」「釘」「削」等硬性動詞，它們每出現一次，都將詩人的情感推進一層，最終使本詩達到「字法句法，無不秀豔絕倫」（黎簡批語）的藝術效果。

三、硬性詞與李賀的性情

「硬性詞」在李賀詩中的反覆出現，反映了他許多積極正面的品質，這對全面瞭解李賀的性格具有重要意義。我們不否認李賀有消極情緒甚至這種情緒在詩作中有泛濫的跡象。情緒異常往往是人格變異的先兆，但是李賀懂得自我調節，他通過對自身優良品格的強化來祛除人格中的負面因素。李賀是個手無縛雞之力的書生，但在他心裏卻時常希望自己能有萬夫不擋之勇；李賀是個多愁多病之身，但他瘦弱的身軀裏包裹的卻是錚錚傲骨、萬丈雄心。他往往在詩歌創作中進行自我調節：「報君黃金臺上意，提攜玉龍為君死」（《雁門太守行》）顯露了他的昂揚鬥志和報國志氣；「夜來霜壓棧，駿骨折西風」（《馬詩二十三首》其九）體現了他的頑強毅力和堅定信念；「未知口硬軟，先擬蒺藜啣」（《馬詩二十三首》其二）表明了他敢於嘗試的勇氣和敢於挑戰的豪情。這些

積極正面的豪情壯志在表達上的一個重要手段就是「硬性詞」的使用。「硬性詞」所具有的那種堅韌、剛性、穩固的特徵似乎完全與李賀的內心相契合，即使是自傷身世之作，往往也難掩字裏行間的硬兀勃鬱之氣。這表現了李賀對中國自古以來做人、作詩皆重風神骨力的優良傳統的創造性繼承，可以看作是李賀偏愛「硬性詞」的一個重要原因。

首先，「硬性詞」適合表達詩人對國運漸頹的無奈之感。漸頹的國運，主要表現為德宗、順宗、憲宗三朝的亂局。李賀所處的社會混亂境況和種種不公平現象投射到他的詩歌創作之中，就轉化成一種無法改變現狀的無奈之感。藩鎮割據、宦官擅權、官員黨爭、君主平庸致使朝政腐敗、民生凋敝。這種亂局讓詩人感到必須改變，但由於自己能力有限，又無法改變，所以就發而為詩，借助於「硬性詞」表現出來；像一個受辱的英雄，把自己的憤怒貫穿於手中的刀劍，四處亂砍，以發洩內心的傷痛和無奈之情。例如他的詩作《古鄴城童子謠效王粲刺曹操》：

> 鄴城中，暮塵起。探黑丸，斫文吏。
> 棘為鞭，虎為馬。團團走，鄴城下。
> 切玉劍，射日弓。獻何人，奉相公。
> 扶轂來，關右兒。香掃途，相公歸。

這首由「硬性詞」點綴得充滿刀光劍影的詩作正是李賀用借古諷今的手法對藩鎮割據的社會現實進行的獨特表現。董伯音在《協律鉤玄序》中認為這是李賀「因藩鎮跋扈，招納叛亡，私養外宅，慮其心必有煽合秦隴，挾制天子，漸移唐祚之變，故陳古以諷」〔註11〕。同樣，在《公無出門》中詩人也用「雪霜斷人骨」「毒虯相視振金環」等句來「猛烈抨擊中唐時代叛亂藩鎮兇橫的社會現實」〔註12〕，滲透著濃重的國運傾頹難挽的無奈情緒。處在中唐這樣一個承上啟下的時代，李賀面對的是國朝輝煌的過去和險殆的未來，這樣的現狀必然會讓向來以「皇孫」自居的青年李賀，比其他人更加對唐王朝暗昧前途感到不安、對當時的社會現狀感到焦灼。

其次，「硬性詞」適合表達詩人對世風日下的憤懣之情。《唐國史補》載：「長安風俗，自貞元侈於遊宴。」〔註13〕君臣貪圖享樂，整個社會奢靡成風，

〔註11〕《李賀資料彙編》，第 319 頁。
〔註12〕《李長吉歌詩編年箋注》，第 628 頁。
〔註13〕黃正建：《中晚唐社會與政治研究》，中國社會科學出版社，2006 年版，第 347 頁。

漸漸成了中唐社會的基本特徵之一。李賀在長安任奉禮郎期間創作的《秦宮詩》就專門對這種風氣提出批評。詩中「越羅衫袂迎春風，玉刻麒麟腰帶紅」寫貴人們衣著之奢華；「斫桂燒金待曉筵，白露清酥夜半煮」寫貴人們飲食之奢侈。詩人在用「硬性詞」充分揭露他們奢靡生活之後，接著用「皇天厄運猶曾裂」的振聾發聵之聲呼籲他們趕快醒悟。「玉刻」「斫桂」「燒金」「天裂」這些由「硬性詞」組成的意象，如果出現在盛唐詩人的作品中，更可能被用於表現國富民強的盛唐氣象，但在李賀的這首詩中出現，讓人感受到的只是一種「哀其不幸，怒其不爭」式的悲哀和憤懣。在李賀生活的時代，上層社會不僅奢靡成風，連重視人才、善用人才的傳統也日漸消失。李賀的《馬詩》其十七姚文燮認為是詩人傷韓愈貶陽山令而作，詩中充滿對趨勢之徒占居高位、賢能之士失位不遇的社會現實的諷刺和憤慨。劉辰翁評道：「『白鐵剉青禾，礎間落細莎』亦非俗料。『世人憐小頸，金埒畏長牙』，有諷刺」，正是道出了詩人對人才「養之不至」「用之不早」（方世舉批語）的不良風氣的強烈不滿。〔註14〕

四、硬性詞的詩史意義

「硬性詞」在古典詩歌發展史上也有一定的意義。它不僅繼承了前人善於刻畫的藝術經驗，推動了李賀獨特詩風的定型，還對後來偏愛獵奇求險的詩人具有深遠影響。要之，「硬性詞」既是李賀詩歌的特殊標記之一，作為李賀之所以為李賀的重要標誌，它也為後來詩人的模仿提供了方便。

首先，「硬性詞」是形成李賀詩歌主導風格的重要推動力。這是詩人通過對前人創造性的繼承，並結合自己的天才實踐開拓出來的藝術天地。陸機在《文賦》中描述過這樣一種文學境界：「或苕發穎豎，離眾絕致。形不可逐，響難為係。塊孤立而特峙，非常音之所緯。」〔註15〕這種美學追求與李賀「硬性詞」這一語言形式的風格和表達效果很相似。李賀所用的「硬性詞」雖「離眾絕致」但並不生僻難懂，這些「硬性詞」能在整個詩句甚至是整個詩篇中發揮作用。「硬性詞」之所以能在最短的時間裏以最有力的形式抓住讀者的眼球、撼動讀者的心靈，與李賀對前人語言成果的吸收和鎔鑄是分不開的。

「硬性詞」如果使用不適切的話，可能會破壞一首詩的美感，吃力不討

〔註14〕 《李長吉歌詩編年箋注》，第 606 頁。
〔註15〕 張少康：《文賦集釋》，人民文學出版社，2002 年版，第 145 頁。

好。顧瑛《制曲十六觀》：「句法中有字面，若遇中有生硬字用不得，須是深加鍛鍊，字字敲打得響，歌誦妥溜，方為本色語。」〔註16〕顧氏所說的「深加鍛鍊，字字敲打得響」的工夫正是李賀創作方法的過人之處。在語言中，同一功能可以用不同的語言形式來執行，這並不影響基本意義的表達，至於執行效率則有高下之分。經過前人特別地選擇和用心地經營，「硬性詞」的最佳表現效果被逐漸探索出來。如杜甫的「乃知畫師妙，巧刮造化窟」（《畫鶻行》）、「焉得并州快剪刀，剪取吳淞半江水」（《戲題王宰畫山水圖歌》）〔註17〕，韓愈的「垠崖劃崩豁，乾坤擺雷硠」（《調張籍》），孟郊的「左右加礱斫，賈勇發霜硎」（《納涼聯句》）〔註18〕等名句都是「硬性詞」使用的成功經驗。歷代詩人通過自覺或不自覺地使用它們，對這些具有硬性特徵的詞彙進行了反覆的錘鍊和鍛造，最終使它們在李賀的作品中得以以引人矚目的形式出現，無論在數量和質量上都取得了驚人的突破。「硬性詞」因之成了李賀詩歌語言中最引人注意的特點之一。

「硬性詞」在李賀詩歌中的不斷重現賦予李賀作品一種特有的風格特徵。它對李賀詩歌整體風格形成起著關鍵作用，「充分揭示了李賀詩歌語言瘦硬、有骨力的詩美特徵」〔註19〕。「硬性詞」的堅硬、剛性和固化的特徵為李賀詩歌注入了一種痛快淋漓的精神氣韻和一種削鐵如泥的力度。它顯示著李賀詩歌的美學特徵，同時也說明李賀為什麼會如此執著於語言錘鍊，因為這體現了詩人對語言美的自覺追求。

其次，「硬性詞」也有助於接受者深入體會李賀詩歌語言所具有的勁峭剛硬之特點。李賀的詩歌在後世備受推崇，被宋人嚴羽稱為「李長吉體」〔註20〕，許多文人都喜歡模仿李賀的語言風格。「硬性詞」的類型化和程式化傾向對其詩歌語言風格之形成有不可忽視的作用；「硬性詞」是李賀詩歌用詞的典型之一，但一旦使用得過於頻繁緻密就會讓人覺得詩歌創作者詞彙的貧乏和生活經驗不夠豐富；事實上，李賀的確更傾向於從內心開掘詩境、從史書中尋找素材、從語言上力求新變。李賀這種創作手法，引起了後人強烈的關注。如陸龜

〔註16〕隗芾、吳毓華：《古典戲曲美學資料集》，文化藝術出版社，1992年版，第74頁。
〔註17〕《讀杜心解》，第50頁、第267頁。
〔註18〕分別見錢仲聯：《韓昌黎詩繫年集釋》，上海古籍出版社，1984年版，第989、419頁。
〔註19〕《李賀研究》，第185頁。
〔註20〕郭紹虞：《滄浪詩話校釋》，人民文學出版社，1961年版，第59頁。

蒙所謂「抉擿刻削，露其情狀」（《書李賀小傳後》），齊己所謂「冰稜孤峭類神仙」（《酬湘幕徐員外見寄》），吳融所謂「刻削峭拔」（《禪月集序》），王定保所謂「鏚金結繡而無痕跡」（《唐摭言》卷十）等都是對這一特點的論述。李賀所開創的詩歌風格在當時就已經引起了很大的反響，正如劉昫所言：「其文思體勢，如崇岩峭壁，萬仞崛起，當時文士從而傚之，無能彷彿者」。〔註21〕

李商隱詩歌創作追蹤李賀，前人多有論及。錢鍾書認為：「李義山才思綿密，於杜韓無不升堂嗜胾，所作如《燕臺》《河內》《無愁果有愁》《射魚》《燒香》諸篇，亦步昌谷後塵。」〔註22〕他的「長吉體」詩歌中「硬性詞」的使用就是「步昌谷後塵」的表現之一。在商隱的《無愁果有愁曲北齊歌》一詩中，隨處可見李賀「硬性詞」的影子；「硬性詞」的使用可以說是這首詩最大的語言特色：

> 東有青龍西白虎，中含福星包世度。
> 玉壺渭水笑清潭，鑿天不到牽牛處。
> 麒麟踏雲天馬獰，牛山撼碎珊瑚聲。
> 秋娥點滴不成淚，十二玉樓無故釘。
> 推煙唾月拋千里，十番紅桐一行死。
> 白楊別屋鬼迷人，空留暗記如蠶紙。
> 日暮向風牽短絲，血凝血散今誰是。〔註23〕

本詩幾乎每句都帶有師法長吉的明顯痕跡。名詞如「玉」「珊瑚」「釘」，動詞如「鑿」「踏」「撼」「推」「凝」等等，都屬於「硬性詞」範疇，這些詞彙的使用使抒情主人公的「愁」極具質感和立體感，進而加深了其愁怨的廣度和深度。

范成大和高啟的「長吉體」詩作也頗能得李賀「硬性詞」之要領。范成大有自注「效李賀」的《夜宴曲》，其中「金麟噴香煙龍蟠」「玉燈九枝青闌干」「明瓊翠帶湘簾斑」「銜杯快卷玻璨乾」「花樓促箭春宵寒」〔註24〕等句都是抓住了「長吉體」善用「硬性詞」的特徵。所用「金」「玉」「瓊」「玻璨」「箭」諸詞也都是「硬性詞」。在高啟詩集中有數首「長吉體」詩歌，其中時時能見

〔註21〕〔後晉〕劉昫：《舊唐書》，中華書局，1975年版，第3772頁。
〔註22〕《談藝錄》，第120頁。
〔註23〕劉學鍇、余恕誠：《李商隱詩歌集解》，中華書局，2004年版，第21頁。
〔註24〕〔宋〕范成大：《范石湖集》，上海古籍出版社，1981年版，第29頁。

「硬性詞」的魅影穿梭，賦予詩歌骨峻氣厲的陽剛之美。如《玉波冷雙蓮》中的「金風暮剪雙頭蕊」，《神弦曲》中的「鬼箭射創血灑秋」，《待月詞》中的「漏板敲愁夜驚冷」「海風吹星銷碧煙」，《嘗葡萄酒歌》中的「獵騎弓弦凍皆折」，《月支王頭飲器歌》中的「胡酒寒凝色如血」〔註25〕諸佳句都是抓住李賀善用「硬性詞」的特色而進行仿作的，幾乎可以以假亂真。

綜上所述，「硬性詞」的使用既有助於鎔鑄出充滿質感的意象，也有助於表現「怨鬱淒豔」的風格；「硬性詞」在句法上具有「以詞活句」的作用力，在章法上則具有「以句活篇」的作用力；「硬性詞」不僅適合表達詩人對國運漸頹的無奈之感，還適合表達詩人對世風日下的憤懣之情；「硬性詞」不僅是形成李賀詩歌主導風格的重要推動力，還吸引了許多優秀詩人不斷在倣仿中創作出類似的新作品。要之，「硬性詞」鮮明地體現了李賀詩歌獨特的用詞藝術，它為管窺李賀詩歌豐富多彩的藝術世界提供了一扇別具一格的窗口。

〔註25〕依次見〔明〕高啟：《高青丘集》，上海古籍出版社，1985 年版，第 6、49、85、327、426 頁。

論蘇舜欽詩文消息相通的藝術風貌

　　蘇舜欽是一位具有獨特藝術風格的文學家。王闢之說他：「有逸才，詞氣俊偉，飄然有超世之格」〔註1〕；袁易更是讚揚他說：「伊人百夫特，文采傾當世」（《遊蘇子美滄浪故園》）〔註2〕。他的文學成就主要體現在「詩歌」和「散文」這兩大文學樣式中，正如《東都事略》所載：「舜欽尤長於古文、歌詩」〔註3〕。對於它們在蘇舜欽筆下所產生的獨特魅力，前人也早有關注。他的好友歐陽修就認為「子美筆力豪雋，以超邁橫絕為奇」〔註4〕，並發出「其於詩最豪，奔放何縱橫」（《答蘇子美離京見寄》）〔註5〕的感歎；魏泰在《臨漢隱居詩話》中也說：「其詩以奔放豪健為主」〔註6〕。對於他的文章，首先作出準確評價的同樣是歐陽修，他說：「子於文章，雄豪放肆」（《祭蘇子美文》）〔註7〕；劉敞也認為他「文如翻波氣龍虎，風雲晦明在頃刻」（《續楊十七輓蘇子美詩》）〔註8〕。從這些評價中我們隱約可以感知到蘇舜欽的詩和文具有某些共通的風貌特徵。蘇舜欽是北宋詩文革新運動的重要參與者，他以自己具有共通風貌的詩文與當時不良的文學風氣進行對抗，是可以想見

〔註1〕〔宋〕王闢之：《澠水燕談錄》，中華書局，1981年版，第40頁。
〔註2〕〔元〕袁易：《靜春堂詩集》卷一，清知不足齋叢書本，第4a頁。
〔註3〕〔宋〕董史：《書錄》卷中，清知不足齋叢書本，第14a頁。
〔註4〕〔宋〕歐陽修：《六一詩話》，人民文學出版社，1962年版，第10頁。
〔註5〕〔宋〕歐陽修撰，洪本健校箋：《歐陽修詩文集校箋》，上海古籍出版社，2009年版，第1339頁。
〔註6〕周義敢，周雷：《蘇舜欽資料彙編》，中華書局，2008年版，第32頁。
〔註7〕《歐陽修詩文集校箋》，第1226頁。
〔註8〕〔宋〕劉敞：《公是集》卷十八，四庫全書本，第6a頁。

的。但似乎沒有人明確地指出他詩文的共通風貌有哪些。因此，本文擬從蘇
舜欽的詩文創作實績中，尋繹出他的詩文消息相通的風貌特徵，以期更加深
刻地認知蘇舜欽在那場詩文革新運動中所產生的影響。

一、雄豪雅健

上文已經提到，前人對蘇舜欽詩歌和散文的評價，已隱約顯露出二者相
互溝通的消息。前人對蘇詩的評價主要有：「超邁橫絕」（歐陽修語）、「奔放
何縱橫」（歐陽修語）、「浩歌秀句」（劉敞語）、「奔放豪健」（魏泰語）、「其體
豪放」（晁公武語）、「喜為健句」（陳善語）、「歌行雄放於聖俞，軒昂不羈如
其為人」（劉克莊語）、「平淡豪俊」（劉克莊語）、「蘇子美詩雄」（黃震語）、
「蘇之筆力橫絕，宗杜子美」（宋濂語）。從這些概括中，我們可以對蘇舜欽
詩歌的主要風貌特徵有一些瞭解。巧合的是，這些評語與前人對蘇舜欽散文
藝術風貌的評語恰好可以構成一組對應關係。如「超邁橫絕」「雄放」「奔放
豪健」等評詩之語與歐陽修「子於文章，雄豪放肆」、施元之「其文章瑰奇豪
邁」（《滄浪集跋》）〔註9〕的評文之語大致可以對應；「喜為健句」「奔放縱橫」
「軒昂不羈」「筆力橫絕」等評詩之語大致可以和劉敞「文如翻波氣龍虎，風
雲晦明在頃刻」、鄭剛中「公文意氣何所似？猛虎負山蛟得水」〔註10〕等評
文之語相對應；「浩歌秀句」中的「秀」，「平淡豪俊」中的「俊」也大致能和
周亮工所指出的蘇文「典雅」之美對應起來〔註11〕。這些具有敏銳藝術感知
能力的批評家或鑒賞家的看似巧合的表述並不是偶然出現的。只要對他們的
觀點稍加整合，就可以把蘇詩與蘇文「雄豪雅健」的共同藝術風貌提煉出來。
這一風貌特徵在蘇舜欽的具體詩文創作中表現得十分明顯。

先來看蘇詩之「雄豪雅健」。

首先，蘇詩「雄豪雅健」的風格表現在他對自然場景的描寫上。太行山道
歷來以險著稱。蘇舜欽在《太行道》一詩中描述說：「左右無底壑，前後至頑
石。高者欲作天朋黨，深者疑斷地血脈。」〔註12〕詩人用「左右」「前後」「高
者」「深者」四個指示方位的短語，來強調山勢的陡峻。其中既有視角的轉換，

〔註9〕〔清〕王士禎：《池北偶談》卷十七（「《滄浪集》條」），四庫全書本，第9a頁。
〔註10〕〔宋〕鄭剛中：《北山集》卷二，四庫全書本，第14a頁。
〔註11〕〔清〕周亮工：《因樹屋書影》卷一，清康熙六年刻本，第35a頁。
〔註12〕沈文倬校點：《蘇舜欽集》，上海古籍出版社，2001年版，第6頁。凡本文所
涉及的蘇舜欽作品均引自本書，下文不再注出。

又有排比句式的情感強化，讓人覺得無論往哪裏看、不管往哪裏走，都是艱難險阻。若是登上山巔，看到的會是更加兇險的場面：「攀援有路到絕仞，四望群峰合沓如波濤。忽至逼側處，咫尺顛墜恐莫逃。」四面都是如波濤般連綿不絕的山峰，到了山路狹窄之處，下臨萬丈深淵，一旦失足掉下，想逃也逃不掉。最讓人印象深刻的是他所記錄的山區突發暴雨雷霆時的場景：「蒼崖六月陰氣舒，一霆暴雨如繩粗。霹靂飛出大壑底，烈火黑霧相奔趨。人皆喘汗抱樹立，紫藤翠蔓皆焦枯。逡巡已在天中吼，有如上帝來追呼。震搖巨石當道落，驚嘷時聞虎與貙。」（《往王順山值暴雨雷霆》）六月的山區暴雨，藤蔓為之焦枯、巨石為之搖落，人與動物都無處躲藏，詩人以超絕的語言將這一系列的事件組織起來，的確令人驚心動魄、有兩股戰戰之感。

其次，蘇詩「雄豪雅健」的風格表現在他對人物行為的表現、人物形象的塑造上。詩人塑造了林書生的形象：「前日林書生，自謂胸臆大，潛心摭世病，熒成謂可賣，投穎觸諫函，獻言何耿介。」還繼續描寫了林書生上書言事、忤旨被罪後他的不幸遭遇，尤其突出了「力夫」這種「王之爪牙」的暴戾：「一封朝飛入，群目已睢睢。力夫暮塞門，執縛不容喟。十手捽其胡，如負殺人債。幽諸死牢中，繫灼若龜蔡。亦即下風指，黥而播諸海。長途萬餘里，一錢不得帶。必令朝夕間，渴饑死於械。」（《感興三首》其三）還有與封狐鬥智鬥勇的「少年兒」形象：「邑中年少兒，耽獵若沉瘵。遠郊盡稚兔，近水殲鱗介。養犬號青鶻，逐獸馳不再。」（《獵狐篇》）還有性格豪邁堅毅、獨立不羈的友人形象，李冀州是其中的代表：「眼如堅冰覷珂月，氣勁健鶻橫清秋。不為膏粱所汩沒，直與忠義相沉浮。」（《送李冀州詩》）寫出了李冀州雖出身高華，但不沉溺於富貴，一心履踐忠義的品格。

第三，蘇詩「雄豪雅健」的風格表現在他發議論時的激昂氣勢上。舜欽認為禮儀制度是維護國家秩序的重要工具，一旦遭到破話，社會就有陷入混亂的危險。他在《感興三首》（其一）中首先追溯了「寢廟」制度的起源，接著指出這一古已有之的制度，經過秦、漢、魏、唐的沿革損益後，已經面目全非了。他毫不客氣地指出：「惜哉共儉德，乃為侈所蠹。痛乎神聖姿，遂與夷為侶。」面對這種現狀，舜欽呼籲當局要有恢復古禮的意願和魄力。舜欽的這些議論是儒家以禮經國的老調，但是他將強烈的情感注入雄辯的議論中，確實很具有說服力和鼓動力。又如詩人高談理想時也洋溢著一股雄壯豪邁之氣：「不然棄硯席，挺身赴邊疆。喋血鏖羌戎，胸膽森開張。彎弓射搀槍，躍馬掃大荒。功勳

入丹青，名跡萬世香。」(《舟中感懷寄館中諸君》)當他評論友人的高文雅製，也不惜用濃墨健筆：「長川奔渾走一氣，巨鎮截辥上赤霄。又如陰雲載雷電，光怪迸漏不可包。」(《奉酬公素學士見招之作》)。同樣的雄健筆力，還表現在他感慨人生飄蕩的詩篇上：「安得出八極，浩與元氣俱。仰首羨日月，晨夕苦奔趨。二物本無情，亦為氣所驅。況我有血肉，又生名利區。」(《遷居》)表現了詩人衝破生活束縛的強烈願望。

再來看蘇文之「雄豪雅健」。

首先，蘇文在描寫自然場景或戰爭場景時也表現了「雄豪雅健」的風格。先來看他對自然場景的描寫。他寫汾河徑流情況道：「太原地括眾川而汾為大，控城扼關，與官亭民居相逼切，每漲怒則汨漱沙壤，批齧廉岸，勢躁豪，頗為人憂。」(《并州新修永濟橋記》)。寫登上靈巖之巔眺望洞庭盛景道：「即登靈巖之巔，以望太湖，俯視洞庭山，嶄然特起，霞雲彩翠，浮動於滄波之中」、「浮輕舟，出橫金口，觀其洪川蕩潏，萬頃一色，不知天地之大所能並容。」(《蘇州洞庭山水月禪院記》)所有這些景物描寫都善於從大處、高處、遠處著眼，表現了作者開闊豪邁的胸襟。再來看他對戰爭形勢的描繪。《論西事狀》是舜欽探討軍事戰略的重要文章。他先聲明自己此次上書言事的理由道：「臣竊見自西寇逆節，天下言兵者不可勝計，大抵不過訓練兵卒，積聚芻粟而已，其言泛雜，無所操總，又陳爛使人耳厭其聞而笑忽之。」言兵之人，言語泛雜，不得要領，陳詞濫調令人發笑，所以舜欽自覺頗有奮起論列之必要。他自信自己「備見西邊事體」，對朝廷近來的策略深表擔憂。帶著一腔憂國憂民的情懷，他寫出的文章也感情噴薄、筆力雄健。

其次，「雄豪雅健」的風格也表現在蘇文對人物行為的表現、人物形象的塑造上。舜欽推薦自己的同事時，以健筆書其高格道：「有尉王景仁者，性質惇淳，所向通徹。徇公之外，好學不倦，才行卓越，可以制世厲俗，其文詞有唐梁肅、獨孤及之風。雅尚退默，不高人以生，故沉頓賤仕，未為位上著所引拔。」(《薦王景仁啟》)同樣，他還以雅健之筆記錄了釋儼的人品格調：「獨喜吾儒氏之書，當年少時，誦數百千言，經營世好，常欲衣冠儒間，搖撼當世，取高位以開所蘊。」(《粹隱堂記》)并州永濟橋修成之後，舜欽也能以雄健之文表達百姓的欣悅之情：「民請徙市以落之，弦竹歌謠，舞手相交，稚齔走趨，既過復返，賈販旁午，以嗟以喜。」(《并州新修永濟橋記》)為了將大孝子杜誼的事蹟發揚光大，舜欽更是不遺餘力。他先寫杜誼父母在世時「事父母極其

孝」，舉例道：「其父剛狷，獨不良於誼，惴惴憂恐不自容，竊伺顏色，更端而進，進則訶逐笞擊而後已，日日如是而日益勤。」以緊峭之數筆勾勒出了杜誼難能可貴的性格。接著文章重點寫了杜誼在父母去世後為父母安葬的情景：「徒跣負土為墳，往來十餘里，日渡塘澗，泥冰沒於骭，雖大雨雪未嘗少止，手足皸裂血流，則以漆塗之。」（《杜誼孝子傳》）用節奏感極強的短句，將杜誼的一系列動人之舉表現出來，如鼓點一般震動著讀者的心靈。

第三，蘇文在發議論時同樣表現了「雄豪雅健」的風格。蘇舜欽寫文章，喜歡先在文章的開頭發一通義正詞嚴、無懈可擊的大議論。這就如同打仗，事先就佔據了有利地形。這樣一來，在後文具體論述自己的觀點時就可以順流而下、勢如破竹。例如他的《乞納諫書》一開篇就不惜筆墨大談「前代聖神之君，好聞乎謹議；賢明之輔，不雍乎下情」的道理：「苟治平而忽危亡，未有不危亡者也。高位而忘顛覆，未有不顛覆者也。」舜欽認為如果做不到從諫如流，不能虛心聽取各方意見，就違背了「物理之常勢，古今之定分」。當「四海至遠，民有隱慝，不可以遍照」之時，就應當「無間愚賤之言而擇用之」；只有如此，才能使「朝無遺政，物無遁情，雖有佞人邪謨，莫得而進也」。這樣的高論一發，不管是宰輔還是皇帝，都只能心平氣和地聽舜欽發表意見了。他先從下了「戒越職言事」之詔書的皇帝入手，他告訴皇帝，自從這一詔令「播告四方」之後，人們「無不驚惑，往往竊議」。隨即又將矛頭轉向了為政的大臣，他質問道：「是與前事相違，豈非大臣閉塞陛下聰明，杜塞忠良之口？」面對這種「物情閉塞，上位孤位」的險象，舜欽建議道：「伏望陛下需發德音，追寢前詔，勤於採納，下及芻蕘，求睹四海之安危，垂念朝廷之缺失，見所未見，日新又新，故可常守隆平，保全近輔」。不得不說，這樣說理透徹、情感充沛、氣勢軒昂的文章對皇帝是極具說服力的，對大臣也是極具威懾力的。類似的文章還有論玉清宮火災的《火疏》，論科舉之弊的《投匭疏》。至於《上三司副使段公書》論士行之高下差等，《上范希文書》論報答知己之道，《應制科上省使葉道卿書》論前古之士由賤至貴之由，皆是聲情並茂、情感噴薄，讀之令人振聾發聵、歎服不已。

二、慷慨悲涼

慶曆四年（1044）舜欽三十七歲，因為一起冤案被除名為民。關於這起冤案，《宋史・蘇舜欽傳》《宋史・王拱辰傳》《韓琦家傳》《續資治通鑑長編》

《倦遊雜錄》《東軒筆錄》《後山談叢》《朱子語類》等文獻均有記載和評述。因《年譜》所述詳略得當，茲錄如下，以備下文知人論世之用：「舜欽在進奏院，亦援例賽神，賣拆封廢紙錢以充，不足，與會者各出十千助席。……於是御史王拱辰、劉元瑜彈奏其事，事下右軍窮治，深致其文，枷掠伎人，無所不至。十一月，獄具，舜欽以監主自盜，減死一等科斷，使除名為民。同會者十餘皆連坐斥退，名士一時俱空，王、劉相慶謂『為我一網打盡矣』。」〔註13〕這起事件是舜欽人生的重大變故，完全改變了他的人生軌跡。身世之悲，不遇之歎，被冤枉的屈辱，被壓抑的憤懣，使他的詩文風格也發生了很大的變化。之前他也有悲壯蒼涼之作，但遠沒有此後此類作品數量之眾多、情感之深廣。歐陽修《湖州長史蘇君墓誌銘》說他從此以後「攜妻子居蘇州，買水石作滄浪亭，日益讀書，大涵肆於六經，而時發其憤悶於歌詩，至其所激，往往驚絕」〔註14〕。前人對舜欽詩文「慷慨悲涼」的風格也從不同角度進行了表述，如曾鞏在給他寫小傳時指出「舜欽慷慨有大志，好學，工文章」〔註15〕；劉攽《和楊十七傷蘇子美》說他「窮途時語尤慷慨」〔註16〕；方回則指出「蘇滄浪詩律悲壯」的風格特徵〔註17〕。

首先，在痛惜理想失落時，他的詩文俱表現出「慷慨悲涼」的風格。

先來看詩。蘇舜欽一直有「大君子」理想。剛剛及第的舜欽意氣風發，他在丞相舉辦的宴會上高歌道：「茲時實無營，此樂亦以壯。去去登顯塗，幸無隳素尚。」（《及第後與同年宴李丞相宅》）。可見，從那時起登上顯要仕途就成了他重要的人生目標。在《夏熱晝寢感詠》中他也說：「人生貴壯健，及時取榮尊。夏禹惜寸陰，窮治萬水源。櫛沐風雨中，子哭不入門。」當然，他想要「早據要路津」的目的不是要苟安於富貴，而是要「功勳入丹青，名跡萬世香」（《舟中感懷寄館中諸君》）。在被廢之前他內心的悲涼之感僅僅是一點沉淪下僚的牢騷。如《對酒》一詩所言：「侍官得來太行顛，太行美酒清如天。長歌忽發淚迸落，一飲一斗心浩然。嗟乎吾道不如酒，平裦哀樂如摧朽。讀書百車人不知，地下劉伶吾與歸！」揚言要自暴自棄，只是舜欽的憤憤之詞，其實要實現「大君子」理想，是舜欽始終念念不忘的心結。但是這種理想最終因為自

〔註13〕　《蘇舜欽年譜》，《蘇舜欽集》，第 236 頁。
〔註14〕　《歐陽修詩文集校箋》，第 836 頁。
〔註15〕　〔宋〕曾鞏：《隆平集》卷六，四庫全書本，第 6b 頁。
〔註16〕　〔宋〕劉攽：《彭城集》卷八，清武英殿聚珍版叢書本，第 1a～1b 頁。
〔註17〕　〔元〕方回：《瀛奎律髓》，黃山書社，1994 年版，第 205 頁。

己的得罪被廢而無法實現，這不能不說是他人生的悲劇。「山子逐雷電，安肯
服短轅。便將決渤澥，出手洗乾坤。文章竟誤身，大義誰周爰。」(《夏熱晝寢
感詠》) 既然文章誤身，自己已不能通過做文官來實現自己的理想，那麼做個
保家衛國的武將也不錯：「吾聞壯士懷，恥與歲時沒。出必鑿凶門，死必填塞
窟。」(《吾聞》) 但是，「閉之塞漠為良策，唆以民膏是失圖。淳俗易搖無自撓，
每聞流議一長籲。」(《串夷》) 自己的奇謀良策終歸無人問津，只能平添內心
的悲涼罷了。

他的文亦是如此。舜欽雖遭廢棄，深潛自晦，但他始終都期望著有一天能
夠有機會重新登上政治舞臺，施展自己的遠大抱負。因此，等待時機稍微成熟
一點，他就躍躍欲試，在《上集賢文相書》中他毛遂自薦道：「況某者，潛心
策書，積有歲月，前古治亂之根本，當今文武之方略，粗通一二，亦能施設。」
話雖說得激昂，但他內心「廢棄疏賤，不信於時」的悲涼是深寓其中的。范仲
淹曾給退居蘇州的蘇舜欽寫信關心他的生活，並讚賞他的生活態度，認為他有
「窮道著書，口與聖人語堂奧，晏然自居，得《易》艮象『時行時止，而其道
光明也』」之意。舜欽答覆時認為這是「大君子」之所為，自己是不配得到這
樣的稱許的：「夫適其時而動靜，使其道之光明，此大君子之行藏屈伸，非罪
戾人之所可為也。」自己能做的是：「但守六五一爻之義而已。庶乎語言有序，
悔吝稍亡，不貽知己者之所憂念耳。」(《又答范資政書》) 言語中充滿理想無
法實現的悲涼無奈之感。此外，《處士崔君墓誌》一文講述了崔處士理想無法
實現、黯然退隱的故事，也給人慷慨悲涼之感，這極可能與作者自己內心沉重
的身世之悲有關。

其次，在哀傷生離死別時，他的詩文俱表現出「慷慨悲涼」的風格。

先來看詩。如《送李生》一詩因其人的不幸遭遇大發感慨。李生是一個體
弱多病的人，不得不放棄事業，到徂徠峰休整將養，雖然他「志氣尚突兀」，
但是「形骸已龍鍾」了。詩人因此哀歎道：「男兒生世間，有如絕壑松。誤為
風雷傷，不與匠石逢。哀哉千尺幹，摧折以秋蓬。」其中既包含對李生壯志難
酬的同情又包含對自己壯志難酬的傷感。又如《滄浪懷貫之》一詩，詩人因在
滄浪獨步、聊上危臺欣賞秋色時，想起自己的友人來。當他看到「秋色入林紅
黯澹，日光穿竹翠玲瓏」的似曾相識之景時，不禁感慨：「酒徒飄落風前燕，
詩社凋零霜後桐。君又暫來還徑往，醉吟誰復伴衰翁」。從這些因與朋友分別
或懷念朋友而引發「慷慨悲涼」情懷的作品中，我們可以感受到詩人是多麼地

篤於朋友之誼。好友石曼卿去世後，他寫詩痛悼曰：「春暉照眼一如昨，花已破蕾蘭生芽。惟君顏色不復見，精魂飄忽隨朝霞。歸來悲痛不能食，壁上遺墨如棲鴉。嗚呼死生遂相隔，使我雙淚風中斜。」（《哭曼卿》）

他的文亦是如此。表現這一特點最明顯的是他為逝者創作的各類紀念、緬懷性的文字。同類文章中最值得關注的是他的《哀穆先生文並序》。因為這篇哀悼文章能夠極好地體現蘇文「慷慨悲涼」的風格。穆修是舜欽志同道合的摯友，也是為了推動詩文革新運動而並肩作戰的戰友。正如歐陽修所言：「天聖之間，予舉進士於有司，見時學者務以言語聲偶摘裂，號為時文，以相誇尚。而子美獨與其兄才翁及穆參軍伯長，作為古歌詩雜文，時人頗共非笑之，而子美不顧也。」（《蘇氏文集序》）〔註18〕瞭解了這一背景，我們就能明白為什麼文章剛開頭舜欽就要慨歎「痛乎道不光予」了。這就為全文定下了「慷慨悲涼」的基調。接著文章從幾個方面塑造了穆修的性格。先是指出他「幼嗜書，不事章句，必求道之本源」，正因為理想高遠，所以才「不肯下與庸人小合」，不僅如此，他還「好詆卿弼，斥言時病」。這樣的個性必然會與人產生矛盾，所以他「又嘗以言忤貳郡者」，最終被貶官、遣竄。正因為其人耿介正直，所以才能「獨為古文，其語深峭宏大」，才能「自廢以來，讀書益勤，為文章益根柢於道」，「夜半邸人猶聞其誦吟喟歎聲」。舜欽對他的學問人品極其傾慕，深情地讚歎道：「嘻吁，天之厭文久矣，先生竟以黜廢窮苦終其身，顧其道宜不容於世。然由賦數踦只，常罹兵賊惡少輩所辱困，其節行至死不變。」這樣遺世獨立、滋滋求道的奇士，最終落得「遺文散墜不收，伯長之道竟已矣乎」的下場，怎能不讓舜欽發出「道不勝於命，命不會於時，吁嗟！先生竟胡為」的哀號。

三、清絕通脫

七言絕句《淮中晚泊犢頭》：「春陰垂野草青青，時有幽花一樹明。晚泊孤舟古祠下，滿川風雨看潮生。」是舜欽集中備受矚目的名篇。據《王直方詩話》記載，黃庭堅就頗喜愛這首詩。詩中所寫是晚泊犢頭渡口時所見的淮河風景剪影。吳开曾評價此詩曰：「蘇子美詩也……清絕可愛。」〔註19〕「清絕」一詞不僅可以概括這首詩的風格，還可以用來概括舜欽相當數量的律詩的風格。釋惠洪《次韻謁子美祠堂》云「詩清如玉佩，中節含溫潤」〔註20〕，也指出舜欽

〔註18〕 《歐陽修詩文集校箋》，第1064頁。
〔註19〕 丁福保：《歷代詩話續編》，中華書局，2006年版，第250頁。
〔註20〕 〔宋〕釋惠洪：《石門文字禪》卷五，四部叢刊景明徑山寺本，第19a頁。

詩「清」的特點。韓淲《何山有蘇滄浪蘇玉局詩乃唐何楷書堂也》詩云「亭上清詩得兩蘇，空留精舍作僧廬」〔註21〕，也稱讚舜欽何山題句為「清詩」。費袞說自己曾見蘇舜欽的墨蹟一卷，他指出：「其中有《獨酌》一詩云：『一酌澆腸俗慮奔，鷃微鵬大豈堪論！楚靈當日能如此，肯入滄江作旅魂？』……其詩語閒放曠達如此，或謂流落幽憂以終，非也。」〔註22〕「詩語閒曠放達」體現的正是一種通脫的風格。尋繹蘇舜欽的作品，不僅其詩具有「清絕通脫」風格，其文也有之。

首先，在蘇舜欽的詩歌中，有一部分作品較多地體現了「清絕通脫」的風格。如《送家靜及第後赴官清水》一詩也能體現詩人的通脫情懷。詩人首先替家靜回顧了近年來的經歷：「幾年塵土客京華，一日春乘犯斗槎。夢好夜歸全蜀道，眼明朝宴上林花。」一分耕耘一分收穫，幾年的客居生涯終於換來了進士及第的風光。雖然幸福來的比較晚，但「白頭佐邑非為晚，藍綬還鄉亦可誇。況有雄圖看悟主，莫傷孤宦向天涯」。這是詩人對好友的殷切期待，也是用曠達的情懷對好友的寬慰：不必因官職卑微、天涯遠宦而傷懷，總有一天皇帝會因為你的才能而重用你的。舜欽蒙冤失官後在京城倍感壓抑，當他毅然離去之後，寫了《離京後作》一詩，也抒發自己擺脫束縛之後的輕鬆心情與曠達態度：「脫身離網罟，含笑入煙蘿。窮達皆常事，難忘對酒歌。」此後，這種通脫在他的詩歌中經常出現，如《過泗水》說「物理吾俱曉，漂流安足驚」；《淮亭小飲》說「相攜聊一醉，休使壯心摧」；《阻風野步有感呈子履》說「抖擻塵襟莫回首，謗書終不到溪山」；《舟行有感》說「東風百花發，獨採北山薇」；《使風》說「閒觀水知性，靜與睡為媒」。這些詩歌都是在旅行途中隨感而發的通脫吟詠。當詩人生活安定下來時，他的恬靜與通脫主要表現在那些反應時序節候變化的作品上。滄浪亭是蘇舜欽的避風港，是他心目中的聖地，被他安放在自己內心最柔軟的地方。因此也成為他詩中反覆歌詠的主題。如《滄浪亭》：「一徑抱幽山，居然城市間。高軒面曲水，修竹慰愁顏。跡與豺狼遠，心隨魚鳥閒。吾甘老此境，無暇事機關。」再如《獨步遊滄浪亭》：「花枝低攲草色齊，不可騎入步是宜。時時攜酒祇獨往，醉倒唯有春風知。」又如《初晴遊滄浪亭》：「夜雨連明春水生，嬌雲濃暖弄陰晴。簾虛日

〔註21〕〔宋〕韓淲：《澗泉集》卷十一，四庫全書本，第12b頁。
〔註22〕〔宋〕費袞：《梁溪漫志》卷八（「蘇子美與歐陽公書」條），清知不足齋叢書本，第4a頁。

薄花竹靜，時有乳鳩相對鳴。」當然，有些風景雖然不是自家所有，但依舊可以相契於心。舜欽有「清入琴尊雨氣來」（《杭州巽亭》）之句，又有「氣象清雄天與鄰」（《吳江亭》）之句，還有「清泉絕無一塵染」（《無錫惠山寺》）之句，這些詩句恰好可以用來評價他自己「清絕可愛」的作品，再加上其中飽含的作者「疇昔江山何處好，生平懷抱此中開」（《杭州巽亭》）的曠達情懷，使這些作品充滿「清絕通脫」的共同風貌特徵。

其次，在蘇舜欽的散文中，也有一部分作品較多地體現了「清絕通脫」的風格。上文說過舜欽將滄浪亭安放在自己內心最柔軟的地方，因此也成為他詩中反覆歌詠的主題。在舜欽的文章中滄浪亭僅有一次以主角的面目出現，即在《滄浪亭記》中；但就是這一次出場，徹底奠定了他在其時及其後文人心目中的地位。在這篇文章中，作者首先表達了自己需要尋找一個休憩身心的好去處的迫切心理：「予以罪廢無所歸。扁舟南遊，旅於吳中，始僦舍以處。時盛夏蒸燠，土居皆褊狹，不能出氣，思得高爽虛闊之地，以舒所懷，不可得也。」這裡作者說自己不滿於「僦舍以處」是由於不適應吳地的氣候環境。其實，一句「以罪廢無所歸」已經向我們透露了他內心鬱結著深深的苦悶。這種內外交攻的身心煎熬迫使他去尋找解脫，這就為邂逅滄浪前身之地製造了機緣：「槓之南，其地益闊，旁無民居，左右皆林木相虧蔽。訪諸舊老，云錢氏有國，近戚孫承祐之池館也。坳隆勝勢，遺意尚存。」這實在是舜欽夢寐以求的佳境，所以他徘徊不忍離去，「遂以錢四萬得之，構亭北碕，號滄浪焉。」當他建好滄浪亭，再次審視周邊的環境時，更加驚喜地發現：「前竹後水，水之陽又竹，無窮極。澄川翠幹，光影會合於軒戶之間，尤與風月為相宜。」從此這裡就成了他排憂解悶、調神養性的樂園：「予時榜小舟，幅巾以往，至則灑然忘其歸。箕而浩歌，踞而仰嘯，野老不至，魚鳥共樂。」因此他感悟到人的形骸與心神、觀聽與大道的關係：「形骸既適則神不煩，觀聽無邪則道以明，返思向之汩汩榮辱之場，日與錙銖利害相磨戛，隔此真趣，不亦鄙哉！」通過向外的觀察與向內的探求，他感悟到名利場與生命真趣的尖銳對立，所以不禁感慨道：「噫！人固動物耳。情橫於內而性伏，必外寓於物而後遣，寓久則溺，以為當然，非勝是而易之，則悲而不開。」既然仕宦最易溺滅人的靈性，那就要尋覓一種全新的生活之道：「予既廢而獲斯境，安於沖曠，不與眾驅，因之復能見乎內外失得之原，沃然有得，笑傲萬古。尚未能忘其所寓目，用是以為勝焉！」這就是超脫與曠達。有了對清幽自然風景的愛好，加上超

脫與曠達的生活態度，創作出的作品就也洋溢著「清絕通脫」的風味了。

四、餘論、粗俚直傖

上文所提及的前人對蘇舜欽作品風格特點的評述都是以讚賞為主，這的確符合其詩文創作的實際情況。但是這並不代表他的創作就沒有一點缺陷。梳理蘇舜欽作品的接受歷程，可發現其中也有人發出不同的聲音。

有人說他的詩雖豪卻失之粗，如賀裳說「及觀其詩，麤豪殊甚」（《載酒園詩話》）〔註 23〕；清無名氏《靜居緒言》也認為「蘇詩頗闊達而近於粗豪」〔註 24〕；吳喬《圍爐詩話》甚至批評舜欽的詩「欲豪卻虛夸可厭」，因為它們不符合「詩以優柔敦厚為教，非可豪舉者也」的創作原則〔註 25〕。有人說他的部分詩作陷入俚惡，如王士禎評舜欽《城南歸值大風雪》詩時就驚呼「其俚惡乃至此」〔註 26〕。有人說他的作品直率輕俗，如夏敬觀認為「舜欽五古為直率，非豪放，七言歌行尤未足以言高雅」〔註 27〕；葉燮也曾說舜欽作詩「必辭盡於言，言近於意，發揮鋪寫，曲折層累以赴之，竭盡乃止……然含蓄渟泓之意，亦少衰矣」〔註 28〕。還有人說他的詩有孱弱傖野之氣，如翁方綱說他「似尚不免於孱氣傖氣」〔註 29〕。發出批評聲音的學者以清人為主，他們多是持「溫柔敦厚」詩教觀的，所以對舜欽詩歌中某些「過激」的情緒和風格上走得「過遠」的步伐多表示不滿。平心而論，他們的指責雖有言過其實之處，卻也是符合實際的。舜欽部分詩歌確實具有「粗俚直傖」的特徵。如在《舟中感懷寄館中諸君》一詩中寫他因覺得自己「出處皆未決，語默兩弗臧」，而「莽不知所為，大叫欲發狂」的狂態；《依韻和勝之暑飲》一詩寫夏日飲酒過度後「嘔洩不暫停，迸筋走兩腳，初如巨繩纏，忽似秋蚓躍，委頓體不支，藜床為穿鑿」的慘狀；《慶州敗》一詩寫宋軍敗卒：「其餘劓馘放之去，東走矢液皆淋漓」的醜態，都不免此病。

他的文同樣是如此，有時也會因情感發洩不受節制而顯得「粗俚直傖」。如《上京兆杜公書》中毫無忌諱地對皇帝說：「今中外循嘿，不以為怪，使陛

〔註 23〕郭紹虞、富壽蓀：《清詩話續編》，上海古籍出版社，1983 年版，第 413 頁。
〔註 24〕周義敢，周雷：《蘇舜欽資料彙編》，中華書局，2008 年版，第 148 頁。
〔註 25〕《清詩話續編》，第 604 頁。
〔註 26〕《池北偶談》，第 321 頁。
〔註 27〕《蘇舜欽資料彙編》，第 116 頁。
〔註 28〕〔清〕葉燮：《原詩》，人民文學出版社，1979 年版，第 67 頁。
〔註 29〕〔清〕翁方綱：《石洲詩話》，人民文學出版社，1981 年版，第 84 頁。

下忽天戒而不答，民畜橫罹其凶，食肉者豈不畏懼而能忍也。」《答韓持國書》中指責持國也是不留情面：「予於持國，外兄弟也。當急難之時，不相拯救；今又於安寧之際，欲以義相琢刻，雖古人所不能受。」

舜欽部分詩文的「粗俚直儈」，在藝術上雖算是缺陷，但卻有相當重要的現實意義。首先，對當時的詩文革新運動而言，這種「粗俚直儈」之風具有摧枯拉朽的生猛之力，更容易感染人、震撼人，容易引起更多人的關注。其次，對當時現實政治問題的解決也起到了一定作用。如據李燾《續資治通鑑載》：「寶元元年二月庚午，詔自今復日御前殿視事，用蘇舜欽之言也。」〔註30〕這是史書對皇帝採納舜欽建議的明確記載。李燾還將景祐三年五月，舜欽上書中「竊恐指鹿為馬之事，復見於朝廷矣」〔註31〕的直率過激言論寫入了《續資治通鑑長編》。另據龔明之《中吳紀聞》記載：「天聖七年，玉清昭應宮災，子美以太廟齋郎詣登聞上疏，謂：『天以此垂戒，願陛下恭默內省』。語甚切直，時年方二十。登景祐元年進士第。俄有詔戒越職言事者，子美又上書，極論其不可。」〔註32〕可見，史載舜欽「少年能文章，議論稍侵權貴」，〔註33〕決非虛言。總的來說，能以「粗俚直儈」的詩文作品，「稍侵權貴」，敦促他們對詩壇、文壇，甚至政壇上的不正之風進行改良，其積極意義是顯而易見的。從這個意義上看，存在少部分「粗俚直儈」作品，無傷大雅。

〔註30〕〔宋〕李燾：《續資治通鑑長編》，中華書局，1993年版，第2860頁。
〔註31〕《續資治通鑑長編》，第2789頁。
〔註32〕〔宋〕龔明之：《中吳紀聞》，上海古籍出版，1986年版，第19頁。
〔註33〕《續資治通鑑長編》，第3715頁。

槐樹歷史文化意蘊趣談

　　《左傳》裏有一則涉及槐樹的記載曾給我留下了深刻印象：「晉靈公不君。……宣子驟諫。公患之，使鉏麑賊之。晨往，寢門闢矣，盛服將朝。尚早，坐而假寐。麑退，歎而言曰：『不忘恭敬，民之主也。賊民之主，不忠；棄君之命，不信。有一於此，不如死也。』觸槐而死。」[註1] 這則記載說的是，晉靈公派鉏麑去刺殺宣子趙盾，但鉏麑見趙盾乃「民之主也」，不願殺之。殘害忠良即為「不忠」，違背君命即為「不信」，陷入如此的兩難之境，最後他選擇了自殺而死。這些都不難理解，但使我不解的是，鉏麑為何不觸牆柱、不觸桑榆，而偏要觸「槐」而死呢？這個問題看似荒唐不經，但當我從「槐」的文化意蘊入手去探究它時，竟然驚奇地發現，鉏麑觸「槐」而死有著深刻的文化內涵。

　　槐，《說文》曰：「木也，從木鬼聲」。[註2] 它作為一種常見的樹木，材質細密，可以用作建築材料和器物用具，花蕾、種子、根皮均可入藥。因此它很早就與中國人的生活產生了聯繫。在《山海經》卷五《中山經》中就有關於槐樹的記載：「東三百里，曰首山……木多槐」[註3]；《穆天子傳》也有記載：「（天子）遂驅，陞於弇山……而樹之槐」[註4]；《管子》也有記載：「五沃之土……其槐其楊」。[註5] 槐樹頻頻在這些古老的典籍裏出現，它與人們生

〔註1〕楊伯峻：《春秋左傳注》，中華書局，2009年版，第655～658頁。
〔註2〕〔漢〕：許慎：《說文解字》，中華書局，1963年版，第117頁。
〔註3〕袁柯：《山海經校注》，上海古籍出版社，1980年版，第132頁。
〔註4〕王貽梁：《穆天子傳匯校集釋》，華東師範大學出版社，1994年版，第161頁。
〔註5〕〔唐〕房玄齡注：《宋本管子》，國家圖書館出版社，2018年版，第40頁。

活的聯繫可見一斑。正因為槐樹作為一種常見的、功用多樣的樹種很早就與人們的生活產生了緊密聯繫，所以可以想見，在人們的聚居地，槐樹的數量就相對較多。這樣一來人們聚在一起休憩、遊戲、議事的時候就很可能常常坐在槐樹下面。

久而久之，這就會成為一種約定俗成的習慣。習慣被長期遵守就可能演化為制度。早在周代就有「三槐九棘」的制度：左九棘，為公卿大夫之位；右九棘，為公侯伯子男之位；面三槐，為三公之位。因此世人就以「槐棘」來指三公九卿之位。《抱朴子‧審舉》篇中就有這樣的用法：「上自槐棘，降逮皁隸，論道經國，莫不任職。」〔註6〕任昉《桓宣城碑》也有「將登槐棘，宏振綱網」的說法〔註7〕。我們還知道，中國古代一般把鼎作為權力和地位的象徵，而古人又把槐和鼎聯繫在一起，用「槐鼎」來比喻三公之位，或者用來泛指執政大臣。如《後漢書‧方術傳論》有「越登槐鼎之任」的說法〔註8〕；《宋書‧王弘傳》也有「正位槐鼎，統理神州」的說法〔註9〕。由此可見，槐樹已經逐漸成了政治地位的象徵。由於「槐」字的寫法是「木」字旁放個「鬼」，就有人從陰陽五行的角度出發，認為槐樹能溝通鬼神，民間也有「老槐報凶」的說法，但這並不是主流，而其「天人感應」的理念也與漢代盛行的讖緯學說消息相通，同樣具有強烈的政治意涵。

槐從一種常見的樹種逐漸被賦予象徵權力與地位的政治含義。除「槐棘」「槐鼎」之外，還出現了其他一長串類似的具有政治寓意的詞彙，如「槐卿」「槐兗」「槐宸」「槐掖」「槐望」「槐綬」「槐嶽」「槐蟬」「槐府」「槐第」，等等。「槐棘」「槐鼎」被用來代指三公九卿這樣的高位，而三公九卿作為帝王的肱股之臣又要求具備崇高、莊重、忠誠、仁義等倫理道德素養。這樣一來槐樹就又進一步與上述政治倫理寓意發生了聯繫。例如，《世說新語‧黜免》載：「桓玄敗後，殷仲文還為大司馬諮議。意似二三，非復往日。大司馬聽（廳堂）前有一老槐，甚扶疏。殷因月朔，與眾在聽，視槐良久，歎曰：『槐樹婆娑，無復生意』。」〔註10〕在這裡，殷仲文望著槐樹慨歎它「無復生意」，顯

〔註6〕〔晉〕葛洪：《抱朴子》，《諸子集成》（五），燕山出版社，2008 年版，第 499 頁。
〔註7〕〔唐〕歐陽詢：《藝文類聚》，上海古籍出版社，第 2013 年版，第 1379 頁。
〔註8〕《後漢書》，第 2705 頁。
〔註9〕〔梁〕沈約：《宋書》，中華書局，2019 年版，第 1427 頁。
〔註10〕〔南朝宋〕劉義慶著，〔梁〕劉孝標注，余嘉錫箋疏：《世說新語箋疏》，中華書局，2015 年版，第 960 頁。

然是以此來寄託自己的政治抱負無法實現的悲涼情緒。著名的唐傳奇《南柯太守傳》中「大槐安國」是古槐樹下的一個蟻穴，如果將其「富貴榮華，南柯一夢」的主旨與槐樹的政治文化意蘊結合起來理解，就更能體會作者李公佐的匠心獨運。

當我們瞭解到槐具有崇高、莊重、忠誠、仁義等政治道德含義時，我們就會明白在中國古代為什麼許多重要場所、尤其是與政治相關的場所往往都有槐樹的身影了。據說漢宮中即多槐樹，唐朝宮廷更是普遍。《容齋續筆》載：「唐貞觀中，忽有白鵲營巢於寢殿前槐樹上。」〔註11〕說明皇帝寢殿前也有槐樹。唐時因天街兩畔多槐，百姓們因而稱之為「槐衙」。《舊唐書・吳湊傳》：「官街樹缺，所司植榆以補之。湊曰：『榆非九衢之玩。』亟命易之以槐。」〔註12〕也能說明槐樹在唐人心目中的重要地位。

我國古代有「社壇立樹」的習俗。《尚書・逸篇》載：「太社惟松，東社惟柏，南社惟梓，西社惟栗，北社惟槐。」〔註13〕可見槐樹作為社樹還具有祈禱吉祥福祉的功能。槐樹也會出現在監獄、法庭周圍。如駱賓王《在獄詠蟬》詩序曰：「余禁所禁垣西，是法廳事也。有古槐數株焉。」〔註14〕可知在關押駱賓王的「禁所」附近就「有古槐數株」，在這樣的地方種植槐樹，一方面可以提醒百姓進入法律機關時要莊重肅穆，一方面也可以提醒官員要對君王忠誠、對百姓仁愛。

唐詩中有很多描述槐樹種植地點的詩句。例如，岑參《與高適薛據登慈恩寺浮圖》有「青槐夾馳道，宮觀何玲瓏」之句〔註15〕；韓愈《南內朝賀歸呈同官》有「綠槐十二街，渙散馳輪蹄」之句〔註16〕；白居易《寄張十八》有「迢迢青槐街，相去八九坊」之句〔註17〕；李賀《勉愛行二首送小季之廬山》其二有「別柳當馬頭，官槐如兔目」〔註18〕之句，《春歸昌谷》有「春熱張鶴蓋，

〔註11〕〔宋〕洪邁：《容齋隨筆》，中華書局，2005 年版，第 420 頁。

〔註12〕〔後晉〕劉昫等：《舊唐書》，中華書局，1975 年版，第 4748 頁。

〔註13〕〔唐〕李延壽：《北史》，中華書局，1974 年版，第 1549 頁。

〔註14〕〔清〕彭定求等編：《全唐詩》，中華書局，1960 年版，第 848 頁。

〔註15〕〔唐〕岑森著，陳鐵民、侯忠義校注：《岑森集校注》，上海古籍出版社，2004 年版，第 131 頁。

〔註16〕〔清〕方世舉撰，郝潤華、丁俊麗整理：《韓昌黎詩集編年箋注》，2012 年版，第 563 頁。

〔註17〕〔唐〕白居易著，謝思煒校注：《白居易詩集校注》，中華書局，2006 年版，第 586 頁。

〔註18〕《李長吉歌詩編年箋注》，第 541 頁。

兔目官槐小」之句〔註19〕。從上述這些詩句中我們可以看出，在唐代不僅是宮觀旁的馳道才種槐樹，似乎所有官道兩旁都可能種植槐樹，而且李賀詩中的「官槐」一詞，把「官」字與「槐」字直接並列，更能體現槐樹與政治的關係。

這些記載說明，槐樹確實可能具有崇高、莊重、忠誠、信義、仁愛等文化內涵。這些文化內涵是在中國人的日常生活、政治生活中逐漸形成的。瞭解這些之後，對於「鉏麑為何觸『槐』而死」的問題，我們就可以給出一個比較合理的解答了。鉏麑之所以觸「槐」而死，首先一個必要條件就是趙盾家的周圍要有槐樹，而這個條件是滿足的，因為他是朝廷重臣，官邸周圍很可能會種植槐；其次，有槐樹並不代表鉏麑必須要撞死在上面，他完全可以選擇其他的死法，如「以頭搶地」等。但鉏麑沒有那樣做，而是選擇以觸「槐」而死來明志。當他陷入「忠」與「信」的抉擇之時，他不能對不起國君更不能對不起人民，他只有選擇死來成全自己的「忠」與「信」；於是他選擇了死而且是觸「槐」而死，因為槐樹是忠誠與信義的象徵，只有觸「槐」而死才能表明和寄託自己的「忠」與「信」。筆者對自己的這一解釋，一開始尚不自信。後來當我發現梁錦奎《聽劍樓筆記・花影》一書的解讀與我小異而大同時〔註20〕，更使我堅信自己的理解不誤。

由於「槐」與「懷」同音，槐樹還逐漸具有了懷來人才的寓意。鄭玄注《周禮》「面三槐，三公位焉」句曰：「槐之言懷也，懷來人於此，欲與之謀。」〔註21〕人才是國君治國理政的助手，必須德才兼備，槐樹作為招攬人才的象徵，也體現著鮮明的政治道德蘊含。槐樹能夠「懷來人」同理也就能「懷來神」。《太公金匱》載：「武王問太公曰：『天下精神甚眾，恐後復有試余者也，何以待之？』」太公請樹槐於王門內：「有益者入，無益者距。」〔註22〕槐樹竟然還具備了評判神之有益無益的神奇功能，這可能是其招攬人才寓意的延伸。

正因為如此，槐樹後來與科舉文化也產生了密切關係。唐李淖《秦中歲時記》載：「進士下第，當年七月復獻新文，求拔解，曰：『槐花黃，舉子

〔註19〕《李長吉歌詩編年箋注》，第462頁。
〔註20〕梁錦奎：《聽劍樓筆記・花影》，生活・讀書・新知三聯書店，2014年版，第79頁。
〔註21〕〔漢〕鄭玄注，〔唐〕賈公彥疏：《周禮注疏》，上海古籍出版社，2010年版，第1373頁。
〔註22〕《太平御覽》卷五百三十二，四部叢刊三編景宋本，第66頁。

忙』。」〔註23〕這則諺語表面上是借槐花記錄節候，但七月開放的花卉不計其數，為何偏偏選擇槐花？這就與槐樹具有官運亨通的吉祥寓意密切相關。宋人沈括《夢溪筆談》還記載了一則有趣的故事：「學士院第三廳學士閣子當前有一巨槐，素號『槐廳』。舊傳，居此閣者多至入相，學士爭槐廳，至有抵徹前人行李而強據之者，余為學士時目觀此事。」〔註24〕當時的「學士」為了圖吉利，爭相入住「槐廳」，也是因為槐樹具有官運亨通的吉祥寓意。從舉子角度看是官運亨通，從君主角度看就是得到了滿意人才。唐宋文學對槐樹的這一寓意也有不少描繪，如武元衡《暢談校書》有「篷山高價傳新韻，槐市芳年記盛名」之句，楊萬里《槐》有「陰作宮街綠，花開舉子忙」之句，使用的正是槐樹的這層寓意。

〔註23〕〔清〕秦嘉謨：《月令粹編》卷十一，清嘉慶十七年秦氏琳琅仙館刻本，第6b頁。
〔註24〕〔宋〕沈括：《夢溪筆談》，上海古籍出版社，2015年版，第13頁。

古代文化史視域下的玫瑰

　　在中國早期典籍中，「玫瑰」是玉石或寶珠的名字。《說文解字》曰：「玫，火齊，玫瑰也，一曰石之美者，從玉文聲。」〔註1〕認為「玫」作為一個名詞是「火齊珠」或「美石」之名。又曰：「瑰，玫瑰，從玉鬼聲，一曰圜好。」〔註2〕則「瑰」與「玫」基本同義，而且能作形容詞來形容事物圓潤美好的樣子。《詩經・秦風・渭陽》曰：「我送舅氏，悠悠我思。何以贈之？瓊瑰玉佩。」〔註3〕這裡「瑰」就是指美石。孔融「玫琁隱曜，美玉韜光」之句中，「玫琁」與「美玉」相對，也是用「玫」的古義。較早把「玫瑰」合用的當數《韓非子》一書。在記載「買櫝還珠」的典故時，《韓非子・外儲說左上》曰：「楚人有賣其珠於鄭者，為木欄之櫃，薰以桂椒，綴以珠玉，飾以玫瑰，輯以翡翠，鄭人買其櫝而還其珠」〔註4〕。這個楚人用各種珍寶精心裝飾盛珍珠的容器，其中就有可能與其所賣之珠同樣珍貴的「玫瑰」，難怪鄭人要「買其櫝而還其珠」了。

　　到了漢代，「玫」與「瑰」同時使用的例子就多了。司馬相如在《子虛賦》中說：「其石則赤玉玫瑰，琳瑉昆吾」〔註5〕；在《上林賦》中又說：「玫瑰碧琳，珊瑚叢生」〔註6〕。這些「玫瑰」還都是指美玉寶珠。《急就篇》：「璧、碧、珠、璣、玫瑰罋」句之「玫瑰」，顏師古注言：「玫瑰，美玉名也。……

〔註1〕　《說文解字》，第13頁。
〔註2〕　《說文解字》，第13頁。
〔註3〕　〔漢〕毛亨傳，〔漢〕鄭玄箋：《毛詩傳箋》，中華書局，2018年版，第170頁。
〔註4〕　陳奇猷：《韓非子集釋》，上海人民出版社，1974年版，第623頁。
〔註5〕　〔漢〕班固撰，〔唐〕顏師古注：《漢書》，中華書局，第2535頁。
〔註6〕　《漢書》，第2557頁。

或曰，珠之尤精者曰玫瑰。」〔註7〕不過據《西京雜記》載漢代樂遊苑裏曾經長出一株「玫瑰樹」：「樂遊苑自生玫瑰樹，樹下多苜蓿。」〔註8〕這大概是古人首次將「玫瑰」與植物聯繫在一起。

不過，這棵「玫瑰樹」並不是後人認知中玫瑰花的高大植株，它只是一棵外觀與「玫瑰」玉石的質地或色澤相似的樹木罷了。劉禹錫說松樹「紫茸抽組綬，青實長玫瑰」（《和兵部鄭侍郎省中四松詩十韻》）〔註9〕，後一句就是說松果像「玫瑰」這種玉石或寶珠。李之儀《持釣》詩有「艇子悠揚打雨來，嫋絲越箭青玫瑰」之句〔註10〕，這裡的「越箭」是指釣竿，他把釣竿比喻成「青玫瑰」，同樣也是因其有與「玫瑰」玉石類似的質感。明人田藝蘅《玫瑰》詩題下自注云：「漢樂遊苑多玫瑰樹。……第此花類草，本易枯死，不知當時何以稱樹耳。」〔註11〕田氏之所以有此疑問，正是把「玫瑰樹」誤解成了後世的玫瑰花植株。唐僧法琳《辯證論·佛道先後篇》有「玫瑰琥珀之樹不日舒光，琉璃瑪瑙之枝無風自響」之句〔註12〕，和上文「玫瑰樹」的用法是一樣的。

魏晉南北朝時期，「玫瑰」一詞仍然主要是用作玉石或寶珠之名。像迦葉摩騰譯的《妙法蓮華經》有「玫瑰琉璃珠」之句，曇無讖譯的《大般涅槃經》有「玫瑰為地，金沙布上」之句，《洛陽伽藍記》載異國王妃頭上戴有「以玫瑰五色裝飾」的長角，《魏書》亦載「和平二年秋，詔中尚方作黃金合盤十二具，徑二尺二寸，鏤以白銀，鈿以玫瑰」，沈約《登高望春》詩也有「寶瑟玫瑰柱，金羈瑇瑁鞍」之句，〔註13〕這些「玫瑰」都是玉石寶珠之名。任昉撰《述異記》時，遂對寶珠「玫瑰」特加留意；任氏說大凡寶珠可分為二種，一種是

〔註7〕 〔漢〕史游撰，〔唐〕顏師古注：《急就篇》（不分卷），四部叢刊續編景明鈔本，第41b頁。

〔註8〕 〔漢〕劉歆撰，〔晉〕葛洪集：《西京雜記》，《漢魏六朝筆記小說大觀》，上海古籍出版社，1999年版，第80頁。

〔註9〕 〔唐〕劉禹錫：《劉禹錫集》，上海人民出版社，1975年版，第357頁。

〔註10〕 〔宋〕陳思編：《兩宋名賢小集》卷九十五，清文淵閣四庫全書本，第8a頁。

〔註11〕 〔明〕田藝蘅：《香宇集·續集》卷三十三，明嘉靖刻本，第11b頁。

〔註12〕 〔唐〕釋法琳：《辯證論》卷五，大正新修大藏經本，第1b頁。

〔註13〕 分別見〔南北朝〕迦葉摩騰譯：《妙法蓮華經》卷一，大正新修大藏經本，第11b頁；〔南北朝〕楊衒之：《洛陽伽藍記》卷五，四部叢刊三編景明如隱堂本，第6b頁；〔北齊〕魏收：《魏書》，中華書局，2018年版，第3105頁；《藝文類聚》，第778～779頁。

龍珠，一種是蛇珠，而「蛇珠千枚，不如玫瑰」〔註14〕，玫瑰正是尤為人所珍視的龍珠一類。

到了唐朝，「玫瑰」作為一種花卉的名稱，忽然在文人雅士的詩文中頻繁亮相。白居易在一首歌詠芍藥的詩中寫道：「菡萏泥連萼，玫瑰刺繞枝。等量無勝者，唯眼與心知。」（《草詞畢遇芍藥初開因詠小謝紅藥當階翻詩以為一句未盡其狀偶成十六韻》）〔註15〕他認為，荷花雖好但莖上有泥，玫瑰雖好但枝上有刺，比來比去，自己的眼和心都覺得還是芍藥最好。當然這只是詩人的襯托筆法，但詩中那帶刺的玫瑰已經不再是玉石或寶珠而是地道的玫瑰花了。又如徐凝《題開元寺牡丹》說「盧生芍藥徒勞妒，羞殺玫瑰不敢開」〔註16〕，句中的「玫瑰」無疑也是指玫瑰花。不過李商隱「青樓有美人，顏色如玫瑰」（《戲題樞言草閣三十二韻》）之句將美人喻為玫瑰〔註17〕，就不好判定其是指玉還是指花了，因為古人既說「美人如玉」也說「美人如花」。至於他的「主人淺笑紅玫瑰」（《河陽詩》）之句，馮浩認為此「玫瑰」乃是指火齊珠，又說「主人即所懷之美人，紅玫瑰喻其笑口」〔註18〕。笑口像圓圓的寶珠，確實形象；若將「紅玫瑰」理解成玫瑰花，以其綻放過程比擬美人朱唇微啟的過程，倒也貼切。

唐代也出現了一些記錄玫瑰花習性、色澤、移栽情況的作品。如李肇《翰林志》載：「（翰林）院內古槐、松……紫薔薇、辛夷、蒲萄、冬青、玫瑰……雜殖其間，殆至繁隘。」〔註19〕說明玫瑰是被士大夫珍視的花卉之一。僧齊己《薔薇》詩曰：「根本似玫瑰，繁英刺外開。」〔註20〕說明玫瑰與薔薇的根株枝幹很相似。因而唐人也有將薔薇誤認成玫瑰的。例如溫庭筠《屈柘詞》說：「楊柳縈橋綠，玫瑰拂地紅。」〔註21〕能「拂地紅」的當是薔薇，因為它是蔓生的藤本植物，而玫瑰則是直上生長而後再開枝散葉。徐寅《司直巡官無諸移到玫瑰花》云：「芳菲移自越王臺，最似薔薇好並栽。穠豔盡憐勝彩繪，

〔註14〕 《新編漢魏叢書》編纂組：《新編漢魏叢書》（第六冊），瀟江出版社，2013 年版，第 8 頁。
〔註15〕 《白居易詩集校注》，第 1557 頁。
〔註16〕 《全唐詩》，第 5374～5375 頁。
〔註17〕 劉學鍇、余恕誠：《李商隱詩歌集解》，中華書局，1988 年版，第 2100 頁。
〔註18〕 〔清〕馮浩：《玉谿生詩詳注》卷三，清乾隆德聚堂刻本，第 45a 頁。
〔註19〕 〔唐〕李肇：《翰林志》（一卷），清知不足齋叢書本，第 11b～12a 頁。
〔註20〕 《全唐詩》，第 9527 頁。
〔註21〕 《全唐詩》，第 290 頁。

嘉名誰贈作玫瑰。……」〔註29〕詩中涉及到玫瑰花的產地、移植、習性、色澤、命名等情況，頗可玩味。段成式《酉陽雜俎》還載：「洛中鬻花木者言，嵩山深處有碧花玫瑰，而今亡矣。」〔註23〕可見段氏將「碧花玫瑰」視為逸品，頗以不能得見為恨。

　　玫瑰花何以到唐代才受到關注？首先，可能唐前並沒有玫瑰花，它是唐代的巧匠培育出的新品種；其次，可能唐代之前早就有這種花卉，只是到唐代才進入文人雅士的鑒賞視野。率先對作為花卉名的「玫瑰」進行深入探討的也是唐人。李匡乂《資暇集》「梅槐」條曰：「叢有似薔薇而異，其花葉稍大者，時人謂之「枚懷」（音瓌），實語訛強名也。當呼為「梅槐」，在灰部韻，音回。……且未見梅槐之義也，直使便為玫瑰字，豈百花中獨珍是耶？〔註24〕他認為這種花卉應該叫「梅槐」，時人把它的名字叫成「枚懷」這個音，是語音的訛誤。他又說「枚懷」這個音空無義涵，可用「玫瑰」來代替也不合適，因為百花中珍品很多，為什麼偏將這個佳名給它呢？

　　考察宋元明清地志、花譜等書，發現玫瑰花還有徘徊花、女兒花、離娘花等別名。田汝成《西湖遊覽志餘》：「玫瑰花，類薔薇，紫豔馥郁，宋時宮院多採之，雜腦麝以為香囊，芬氳嫋嫋不絕，故又名徘徊花」；徐石麒《花傭月令》：「最忌人溺，澆之即萎，俗云女兒花怕羞因此」；《寧河縣志》：「俗謂之離娘花，分栽則茂」。〔註25〕俗傳人用小便澆它就會枯死，所以被叫作怕羞的女兒花；從母株分栽更能茂盛生長，所以被叫作離娘花。這些叫法雖然俚俗，卻也符合邏輯。但因其香氣馥郁而名「徘徊」，就顯得不太周密，因為香氣馥郁的花很多，為什麼偏叫它「徘徊」？這就和李匡乂質疑花中珍品很多，為什麼偏叫它「玫瑰」是一個道理。

　　筆者認為，「梅槐」「玫瑰」「徘徊」都是因為發音相近而產生的異名。也就是說，這種花卉最初被賦予與上述名稱發音相近的一個名稱，隨著空間和時間的變化，它在發音上出現了變異，而不同時地的人則用文字把他聽到的

〔註29〕《全唐詩》，第8151頁。

〔註23〕〔唐〕段成式：《酉陽雜俎》卷九，四部叢刊景明本，第4a頁。

〔註24〕〔唐〕李匡乂：《資暇集》卷上，明顧氏文房小說本，第4a頁。

〔註25〕分別見〔明〕田汝成：《西湖遊覽志餘》，東方出版社，2012年版，第444頁；〔明〕徐石麒：《花傭月令》（一卷），清光緒傳硯齋叢書本，第5a頁；〔清〕張之洞：《（光緒）順天府志》卷五〇，清光緒十二年刻十五年重印本，第17b頁。

發音固定下來，如此一來就產生了上述不同的名稱。進而又有人根據這些不同名稱再把它的某一種特性附會上去。例如說它生在梅與槐之間故名梅槐，說它因香氣嬝嬝故名徘徊，說它的花朵像寶石故名玫瑰都是如此。可為什麼「玫瑰」一名最終能戰勝其他名稱而得到普遍認可呢？首先當然是因為「玫瑰」一詞非常典雅，很早就具有獨特的文化意蘊。其次也說明這個「附會」要比其他的更能抓住「玫瑰」玉石與玫瑰花的共性。

宋人對玫瑰花的欣賞方式也很多樣，除在各種題材的詩歌中經常提及玫瑰花外，也多有專門吟詠者。如楊萬里有《紅玫瑰》詩，郭祥正有《翦玫瑰寄晦之仍書此為戲》詩，項安世有《郢州道中見刺玫瑰花》詩，都是藝術性較高的作品。〔註26〕邵雍輯錄的《夢林玄解》一書還將玫瑰花與「解夢」之說聯繫了起來。例如書中說，士人夢見「食玫瑰」預示考試大捷，孕婦夢見預示順利臨盆，唯病人夢見不是吉兆。〔註27〕吳曾《能改齋漫錄》載邱濬還將玫瑰等名花異草比附官職品秩一一排序。〔註28〕《宣和畫譜》還錄有「玫瑰花圖」一幅〔註29〕，後來玫瑰花入畫、詩人繼而題畫也逐漸成為一種潮流。張邦基《墨莊漫錄》又載：「玫瑰油，出北虜，其色瑩白，其香芬馥不可名狀，用為試妝。」〔註30〕這是以玫瑰命名的化妝品流行的較早記載。

明清時期，玫瑰花在詩文創作、學術探討、繪畫手工、餐飲醫藥、販賣兜售等各個領域都逐漸佔據了一席之地，最終使玫瑰花滲透到中國古代文化生活的各個方面。明人曾稱讚玫瑰說：「真奇葩也！」〔註31〕並非虛語。明人高濂說飲用茉莉和玫瑰泡成的「花香熱水」有助於養生，還說玫瑰花可以

〔註26〕《紅玫瑰》見《誠齋集》卷二十二：「非關月季姓名同，不與薔薇譜諜通。接葉連枝千萬綠，一花兩色淺深紅。風流各自燕支格，雨露何私造化功。別有國香收不得，詩人薰入水沉中。」《翦玫瑰寄晦之仍書此為戲》見《青山續集》卷四：「去年君嘗寄薔薇，今年我亦寄玫瑰。薔薇赭赤未足愛，玫瑰瑩頰花草魁。南園春深桃杏落，但見芳草連莓苔。唯茲皎潔滿欄檻，玉冠瑤佩天邊來。主人愛惜屢顧昒，賞心未暇攜樽罍。寄君憑君巧吟詠，仍須對景傾金杯。莫令薔薇竊見此，恐遂羞愧不復開。」《郢州道中見刺玫瑰花》見《平庵悔稿》卷十二：「酩醾雨後飄春雪，芍藥風前散曉霞。一路繁香伴行客，只應多謝刺玫花。」
〔註27〕〔宋〕邵雍輯：《夢林玄解》卷十七，明崇禎刻本，第30b頁。
〔註28〕見《能改齋漫錄》卷十五「牡丹榮辱志」條。
〔註29〕見《宣和畫譜》卷十七「徐熙」條。
〔註30〕張邦基《墨莊漫錄》
〔註31〕〔明〕周文華：《汝南圃史》卷七，明萬曆書帶齋刻本，第5a頁。

和糖一起搗碎做成「玫瑰醬」〔註32〕；李日華說「玫瑰堪和香作餅」〔註33〕；宋詡說玫瑰花「堪入酒、入茶、入蜜」〔註34〕；屠隆則對如何才能泡出好喝的玫瑰「花茶」很有興趣〔註35〕；文震亨說玫瑰花可以裝香囊、可以充食品，但不宜插頭髮，還說吳中有人成畝成畝地種，開花時獲利甚多；周履靖《茹草編》繪製了具有寫實色彩的玫瑰花圖，並配以四言詩曰「采采玫瑰，澤中之秀。其葉葳蕤，其葩繁茂。嗅若蘭芬，色如華綬。和以餳飴，漬以餖飣。君子餌之，可以適口」，又介紹做法曰「摘花打去苦汁，用白糖打為膏食之」；周嘉胄在《香乘》中介紹了好幾種香料方子，除「玫瑰香」外，像什麼「春宵百媚香」「逗情香」「宣廟御衣攢香」等都得將玫瑰花「去蒂取瓣」放上幾錢；清代官修《圓明園內工則例》「花菓樹木價值例」條還記錄了當時購買玫瑰的價格：「大玫瑰，每棵銀四分」「小玫瑰，每棵銀一分五釐」「玫瑰花高二尺五寸至三尺，每攢銀四分」，可見當時玫瑰的價格也頗不菲。〔註36〕

　　到了晚清，由於與西方交流日繁，中國的玫瑰文化又迎來了新篇章。方濬頤，同、光年間人，有《洋玫瑰》詩一首。〔註37〕詩序介紹了洋玫瑰與中國玫瑰的不同，又對洋玫瑰乃中國玫瑰傳出後的變種之說，從情理上表示認同。其詩用典、敘事也頗有助於理解洋玫瑰與中國玫瑰的淵源異同。張德彝，光緒朝外交官，其《航海述奇》一書記錄西方玫瑰花事頗多，如「西人最善種花，凡玫瑰、月季皆能作五色」「英國男女婚配……（新郎）贈新娘、伴娘紅白玫瑰花捆」「看花果會，花有紅、黃、紫、白玫瑰大如碗者」「喀色蓮呈獻皇后淺紅玫瑰一束，以表恭敬」「有甘特姓者，世業蒔玫瑰園極廣」〔註38〕云云。張蔭桓《三洲日記》

〔註32〕〔明〕高濂：《遵生八箋》卷十六（《燕閒清賞箋》「玫瑰花二種」條），明萬曆刻本，第10b～11a頁。

〔註33〕〔明〕李日華：《味水軒日記》卷四，民國嘉業堂叢書本，第57b頁。

〔註34〕〔明〕宋詡：《竹嶼山房雜部》卷十，清文淵閣四庫全書本，第8b頁。

〔註35〕〔明〕屠隆：《茶箋》（一卷）（「諸花茶」條），民國美術叢書本，第3b頁。

〔註36〕分別見〔明〕文震亨：《長物志》卷二（「玫瑰」條），清粵雅堂叢書本，第4b頁；〔明〕周履靖：《茹草編》卷二，明夷門廣牘本，第19a頁；〔明〕周嘉胄：《香乘》卷十六、卷二十五諸香譜；《圓明園內工則例》（一卷），清鈔本，第699a～704a頁。

〔註37〕見清同治五年刻《二知軒詩鈔》卷十二：「樂遊苑中留豔跡，燕黃嵩碧天台白，紫玉唯供美人摘。梅槐合成連理枝，遠泛滄溟儂愛離，歸到羊城變態奇。似翦龍宮鮫女絹，花樣翻新轉輕茜，采風試聽蛇珠諺。」

〔註38〕依次見〔清〕張德彝《航海述奇》（稿本）之《四述奇》卷四、卷七、卷九，《八述奇》卷五、卷十七。

也屢有提及，如「粵中來書，夏間寄到玫瑰花，開如小銅錢，何遷地弗良也」「美俗指為中國玫瑰者，已退粉矣」「秘魯雜花最重山茶、梔子，非如美洲知有玫瑰而已」〔註39〕……僅以上諸例，涉地之廣即有英、美、秘魯，涉事之博即有婚姻、花會、國事等，對瞭解古今中外玫瑰文化之異同，頗有助益。

〔註39〕依次見〔清〕張蔭桓：《三洲日記》，清光緒刻本，卷二，第88a頁；卷六，第1b～2a頁；卷六，第36b頁。

第四編

2014 年李商隱、杜牧研究綜述

一、李商隱研究

　　2014 年李商隱研究依然呈現出一番較為熱鬧的景象，各級各類期刊發表論文 90 餘篇。儘管這些論文的水平高低不等，許多選題也顯得有些陳舊，但也有不少論文能從新角度展開研究，取得了良好的效果。現將本年的研究概況綜述如下：

（一）生平及作品考辨

　　李商隱與令狐綯的關係一直是李商隱研究中的熱門話題。王志清的《李商隱寄令狐綯詩之考論》（《徐州工程學院學報》2014 年 05 期）認為，在李商隱的交際詩作中，寫給令狐綯的詩最多，情最動人，語最直截，最有心底話想說也能說，且能「屢啟陳情」。《夜雨寄北》也可斷為寄令狐綯，從其寫作於此詩前後的其他詩即可得到驗證。作者對李商隱寄給令狐綯的詩作進行考證後指出：令狐綯打壓李商隱，真是一樁冤假錯案；在李商隱的所有交往中，他與令狐綯最密切，交往的時間跨度也最大。所以作者最終得出結論：二人是朋友關係，又是府主與幕僚的關係，還是重臣與下僚的關係，但是最本質的關係是朋友關係。關於《夜雨寄北》一詩的寄贈對象究竟為誰，王志清另有《李商隱〈夜雨寄北〉疑義辨析》（《江漢學術》2014 年 01 期）一文進行了探究。他指出：李商隱《夜雨寄北》詩寄主體的隱在性，使此詩蒙上了一層「神秘」色彩而令人費解。關於此詩的解讀，把《夜雨寄北》視為愛情詩的觀點一直占上風，甚至斷言「寄北」就是「寄內」，即「寄妻」。作者進一步引用新批評學派的觀點指出，詩人正是通過文字的選用、取捨來表達其情感寄寓和創作意圖。最終作

者明確提出自己的觀點：此詩非寄妻詩，也非一般的思友詩，李商隱將渴念知遇之心託以相思之情。《夜雨寄北》是一首行卷性質的象喻之作，具有知音渴望的價值期待。

詩歌的異文往往會對詩歌文本的理解產生至關重要的影響。沈文凡、于悅《李商隱〈燕臺詩四首〉異文研究》(《文藝評論》2014 年 08 期) 一文通過對李商隱具體作品的研究說明了這一問題。作者認為：同一書的不同版本，或不同的書記載同一事物而字句互異，包括通假字和異體字，都是異文。李商隱傳世詩集版本眾多，版本異文大量存在，致使異文產生的原因也比較複雜。文章就李商隱《燕臺詩四首》中出現的「訛字異文」「倒文異文」「通假字異文」進行了細緻分析。最後作者指出：李商隱詩歌自古難懂，《燕臺詩四首》甚之，或曰寄託，或曰豔情，或曰閨怨，或曰作詩之法，莫衷一是。《燕臺詩四首》異文折射出李商隱詩歌異文存在的普遍狀況，將詩中異文作為切入點，通過文本細讀的方式可再次領略李商隱詩歌的美感、更深層次地挖掘李商隱幽微杳渺的內心世界。

對作家祖籍及墓址等信息的確認是作家生平研究的重點之一。魏美智、任勤《李商隱祖籍、祖塋、墓址在河南博愛》(《焦作師範高等專科學校學報》2014 年 04 期) 一文就主要探討了這一問題。文章分為四個部分：①李商隱對祖籍、祖塋的認定；②史志對李商隱祖籍、祖塋、陵墓的認定；③實地考察對李商隱祖塋、陵墓的認定；④專家對李商隱墓址、祖籍及祖塋的認定。文章回顧了 1996 年 6 月 30 日全國李商隱墓址、祖籍及祖塋論證會在河南省博愛縣召開的情況。作者介紹：國家文物鑒定委員會、國務院古籍整理規劃小組、安徽師範大學、焦作大學等單位的專家學者，以及省、市文化文物部門出席了會議。與會專家圍繞李商隱墓址、祖塋和祖籍問題展開論證，經過論證，專家們一致認定李商隱祖塋在丹河東岸的博愛縣許良鎮江陵堡村西北隅，並認為根據現有文獻資料，李商隱墓址與其祖塋同在一處。文章最後還特別提及了與會專家們對博愛縣的期許：為了加深李商隱學術研究，博愛縣應迅速建立李商隱紀念館，修復李商隱墓園，收集李商隱研究的歷史資料，學術著作及有關文物，在博愛建立李商隱研究基地等。

此外，張超男的《李商隱〈柳枝五首〉詩中柳枝身份考論》(《南華大學學報》2014 年 01 期) 認為：李商隱的詩歌《柳枝五首》記錄了詩人和柳枝間的一場沒有結果的愛情，刻畫了一位具有非凡的音樂和詩歌藝術修養的妙齡少

女形象。鑒於古人喜用「柳枝」代指歌妓的慣例，通過考證相關文獻資料，可以發現李商隱與歌妓交往甚密，其詩歌尤喜用「柳」代指歌妓。根據各種文獻考證結果，可知《柳枝五首》中的柳枝實為唐代一位多才多藝的妓伶。閆春秀的《李商隱詩〈聖女祠〉（松篁）繫年考辨》（《遼寧行政學院學報》2014 年 12 期）認為：晚唐詩人李商隱有《聖女祠》三首，後世研究者甚多，然於《聖女祠》（松篁）寫作時間卻未準確繫年。在前人研究基礎上作者通過對聖女祠地理位置、李商隱經歷、唐代交通以及《聖女祠》記載事件進行考證，得出《聖女祠》（松篁）應寫於開成二年自長安往興元途中的結論。以上成果均有助於深入研究李商隱的具體作品。

（二）詩文藝術研究

1. 詩歌藝術研究

本年度從較為宏觀的角度對李商隱詩歌進行探討的論文為數不少。遼寧大學吳春俠的碩士學位論文《李商隱絕句研究》對李商隱絕句進行了較為全面的研究。文章共分為四個部分：首先，通過晚唐的社會文化環境和晚唐絕句體的發展情況來深入瞭解李商隱絕句創作的社會文化背景。其次，在題材上把李商隱的絕句分為詠史題材、愛情題材、仕宦題材、隱逸題材四類。再次，研究李商隱絕句的藝術特徵，包括李商隱絕句的繼承性、獨創性和五七絕藝術辨析。其中李商隱的絕句在藝術風格和寫作手法上對杜甫、李賀和韓愈絕句以及齊梁詩歌都有不同程度的繼承，而在李商隱絕句深婉綿邈和色彩綺麗的藝術風格下，善於用典，常用意象，多用對比修辭的藝術手法也成為其絕句的一大亮點。最後，闡述李商隱絕句在唐代絕句史的重要地位以及對後世的影響。龍成松的《沉悶世界中解放束縛的力量——李商隱戲謔詩新論》（《中國韻文學刊》2014 年 03 期）一文指出：前人往往以「沉博絕麗」「繁豔遙深」等語評論義山詩，而以「傷春傷別」「悲劇詩人」目義山其人。其實這只是文學史上的固化印象。義山詩中有很大一類是戲謔之作。這些作品為窺探義山的多維心靈世界，打開了一扇窗戶。在論證過程中，作者首先劃分了李商隱詩中戲謔的基本類型：①諧趣；②戲仿；③嘲弄；④諷刺。接著，作者指出可以從以下角度來探討其詩中戲謔之風形成的因素：①取材和用典；②文體交叉；③詩體創新；④詩藝琢磨。最後，作者探討了戲謔的風格意義，並進一步指出：義山的稟賦和遭際，造就了他敏感的氣質，他的戲謔詩，是他壓抑內心的宣洩，這是他走向快樂和自我安慰的途徑；同時，這種宣洩的深層

心靈機制，則是義山人格結構中自我和超我與戲謔的關係。郭蓓《李商隱詩歌的敘事性分析》（《語文教學通訊》2014 年 03 期）一文認為：李商隱以其綿密細膩的詩歌風格在晚唐詩壇獨樹一幟，是抒情詩人的傑出代表。但仔細分析其詩作可以發現，其詩中也含有濃厚的敘事色彩。作者將其詩歌分為四種敘事類型，它們依次為：①政治性敘事詩；②刻畫人物形象的敘事詩；③懷古敘事詩；④即興抒懷敘事詩。陳珊《李商隱詠史詩的藝術特徵》（《青年文學家》2014 年 32 期）一文認為，李商隱詠史詩不僅數量可觀，其內涵深度及藝術高度更是出類拔萃，堪為晚唐詠史詩的傑出代表，它們的藝術特徵主要表現為：①強烈的現實感；②冷峻的諷刺性；③獨特的敘述技巧。陝西師範大學賀玉潔的碩士學位論文《李商隱詩歌中的時空意識及其藝術表現》認為：時空意識包蘊著由個人推及社會歷史、宇宙人生的省思。通過時空意識的表層，我們不僅可以窺探到詩人的情感世界以及生命軌跡的特點，還可以縱深瞭解其所處時代的風貌和民族心靈的思維模式。文章選取時空意識為切入點，嘗試以時空觀念的精神文化內涵及表現方式為角度，對李商隱的詩歌進行專門性的研究。該文的重心在第二章到第五章。第二章以晚唐文化為大背景，分析李商隱不同處世心態下的詩學時空特色；第三章選取時間意象與空間意象這兩個角度探討李詩中時空意象的表現形態；第四章著重對李詩中時空意識的藝術表現給予審美把握；第五章選取幾種具體形式體察詩人在詩中流露出的時空體驗。

李商隱的詩歌素以能令人產生無窮的美感而著稱，學界歷來不乏對其詩歌美學機制的探討。本年度從美學角度和文藝心理學角度研究李商隱詩歌的成果也頗為豐富。李映斌《淺論李商隱朦朧詩風的特點》（《文學教育》2014 年 03 期）一文認為：李商隱的詩歌歷來為人們所爭議，特別是《錦瑟》一詩，至今依然沒有一種說法能為絕大多數學者所接受，究其成因，因其詩歌中運用了多種手法，形成了朦朧難解的詩風。因此文章從意象、用典、非邏輯結構等方面作了一些有益的思考。魏榮、趙敏蟬《淺談李商隱詩歌風格中「隱」與「秀」的和諧統一》（《新西部》2014 年 05 期）一文探討了李商隱詩歌風格中的「隱秀」特徵，闡釋了「隱秀」風格的意義。作者以《錦瑟》《吳工》為例解釋道：在李商隱的詩歌中，寫詩妙能體會入微，使神秀隱於句秀之下，使詩句具有一種看似清晰實則朦朧的美感，詩人用「秀」托出了「隱」，初看似詠物詩，又似愛情詩，實則意在言外，給讀者留下了更為廣闊的想像空間。錢芳芳《李商

隱詩意境朦朧之創作體現》（《讀書文摘》2014 年 14 期）一文從四個方面闡釋
了李商隱詩意的朦朧美：①李商隱詩的朦朧美首先表現在主題的多義性上，從
他作品的題目上就可以感受到這種獨特魅力；②李商隱喜歡採用重神而輕形
的寫意筆法，將比興、象徵和寄託往往融合在一起，或借古諷今，或託物喻人，
或言情寄慨；③李商隱善於就眼前的物、景，驅遣想像，將切身的生活感受轉
化為朦朧的情境畫面；④李商隱在遣詞用字上也善於營造一種朦朧之美，葉燮
稱其為「寄託深而措辭婉」。魏剛、龍柯廷《李商隱〈燕臺四首〉通感表現手
法析論》（《忻州師範學院學報》）2014 年 03 期）一文認為：我國歷朝歷代的
詩歌作品，都一定程度用了通感創作手法，從而為詩歌藝術增色不少。至晚唐
時期李商隱的《燕臺四首》，其語言文字和詩中所呈現的意象活脫靈動，尤其
是經由詩句的倒裝、錯綜所形成的通感技巧，往往在讀者的腦海中烙印下模糊
卻難忘的官能印象。魏剛、龍柯廷的另一篇論文《李賀、李商隱「登仙」詩歌
中的通感表現手法析論》（《六盤水師範學院學報》2014 年 03 期）也從通感角
度進行了相關研究。作者認為：唐代李賀與李商隱的「登仙」類詩歌，運用通
感手法為「登仙」主題服務，可以引用通感理論來分析其具體藝術特色。另外
作者還強調：二李最大的不同在於是否願意融入宗教核心。李賀寧可以藝術通
感技法來「創造」一個生動活脫的仙境，也不願深入宗教核心，這是他與義山
最大的不同。郭步山《李商隱詩歌〈錦瑟〉創作主旨》（《學園》2014 年 24 期）
一文結合李商隱的人生經歷、時代背景與情感歷程，從文本入手對《錦瑟》的
創作主旨進行了闡述。文章可以分為三個層次：①關於《錦瑟》創作主旨既往
研究觀點的幾點商榷意見；②李商隱其人、其世、其仕、其情探究；③《錦瑟》
真正的創作主旨——生命之思的高度凝聚。郭英《關於詩歌的感傷美探討——
以李商隱的〈錦瑟〉為例》（《湖北函授大學學報》2014 年 02 期）一文認為：
李商隱可以算是中國古典詩歌史上感傷美代表詩人。文章以其傷感美代表作
《錦瑟》為例，對每一聯進行分析，探討了《錦瑟》傷感美之美學意蘊的具體
表現。郭帥《淺析李商隱詩歌中的「雪」意象》（《佳木斯教育學院學報》2014
年 02 期）一文對義山詩歌中的「雪」意象進行了較為系統地論析。作者首先
對李商隱詩中「雪」意象的獨特含義進行了發掘；接著又探究了李商隱詩中
「雪」意象多次出現的原因；最後還討論了李商隱詩中「雪」意象對後世的影
響。胡菁娜《論李商隱夢詩的意象與美學特徵》（《學理論》2014 年 32 期）一
文認為，夢意象是李商隱詩歌的一個重要藝術特徵。義山的夢意象詩以含蓄簡

約的形式、豐富的文化內涵，以及批判性、理想性與超越性兼具的美學特徵，影響著中國傳統文化尤其是審美風尚的變遷。趙子抄《論李商隱任職秘書省的詩文創作心態與特色》（《蘭臺世界》2014 年 06 期）一文指出：李商隱利用秘書省任職的有力條件，以積極樂觀的心態對詩文創作進行大膽嘗試與創新，使得詠史詩創作在題材的擇取和藝術的創新方面取得了很高的成就，以致後期創作了《夢澤》《賈生》《龍池》等傳世名篇，正是這一特殊的環境使李商隱七絕詠史詩創作從萌芽走向成熟。

李商隱以無題詩為代表的愛情詩一直是備受矚目的經典，學界對它們的研究也經久不衰。本年度與此相關的研究成果也比較集中。陸嬋娣《李商隱無題詩的文體學探析》（《名作欣賞》2014 年 12 期）一文認為：雖然無題詩在李商隱的詩歌全集中數量只是佔了很小的比例，但從文體學的角度看，它的出現擺脫了傳統愛情詩歌中模式化和風格萎靡的傾向，提升了情感日記詩創作的心靈因素，為後人抒寫幽微的心理體驗提供了成功的範例。基於從文體學角度對無題詩進行的研究尚是一片空白的現狀，作者指出：一種新文體的出現不是孤立的、偶然的，它與文體學傳統、作家個性、風格、文學思想等都有著千絲萬縷的聯繫。無題詩的產生，顯然並非一時一地之作，數量也少，但不管有意無意，這些詩歌的質量高，影響大，千古傳誦卻又難以模仿，還是值得關注的。唐冬萍《論李商隱愛情詩的藝術魅力》（《安徽文學》2014 年 12 期）一文認為李商隱愛情詩的藝術魅力表現為以下三個方面：①李商隱的愛情詩具有一種意境深邃的朦朧美；②李商隱的愛情詩含蓄蘊藉，內涵豐富，讀來耐人尋味；③李商隱愛情詩的藝術魅力還在於他那富有個性特徵的藝術技巧。張國軍《論李商隱和他的無題情詩》（《長春師範學院學報》2014 年 01 期）一文指出：李商隱以無題名篇的愛情詩為後人津津樂道。他無題詩中纏綿悱惻的意象，隱晦迷離的境界，體現了詩人對人生的獨到感悟。作者還指出，在對其詩歌進行解讀時不必硬要去坐實某篇某句的寓意，否則會顯得穿鑿附會而意義全無。因為正是託意空靈、興寄幽微的迷離詩境，才是李商隱無題情詩別具一格的風韻所在。李婧竹《淺析李商隱無題詩用典的意義》（《文學教育》2014 年 06 期）一文指出，李商隱是用典的大師，他無題詩的成就離不開用典。文章從李商隱在無題詩中借典故以塑造審美意境與情感氛圍等方面分析了用典對無題詩的意義，指出義山通過以典達情、融典入境，成功造就了無題詩永恆的藝術魅力。喬陽《從另一種視角解讀李商隱的愛情詩》（《語文學刊》2014 年 02 期）一文

認為：在李商隱的詩歌創作中，最為人傳誦、影響最大的當屬愛情詩。從文學理論中文學四要素「世界—作家—作品—讀者」四個方面來具體解讀李商隱深情纏綿、綺麗精巧的愛情詩，能夠更加全面地把握它們。劉馨陽《從無題詩看李商隱的審美觀》（《科技致富嚮導》2014 年 20 期）一文認為，李商隱無題詩的審美觀主要體現在：①淒美綿密的婉約和堅韌不拔的風骨中；②朦朧愛情的幻念和苦尋理想的寂寞中；③壯志幻滅的悲瑟和坎坷一生的感傷中。張建軍《李商隱無題詩的藝術美》（《企業家天地》2014 年 07 期）一文指出：李商隱獨創的無題詩，情思沉摯婉轉，辭藻精麗典雅。其中蘊含著朦朧含蓄、淒豔哀婉和色彩濃鬱的藝術美感，這些審美內涵的形成是和他堅韌不移的思想風骨結合著的，更與他的人生遭際和時代風氣有著很大關係。韓文達《淺論李商隱愛情詩的藝術特色》（《青年作家》2014 年 16 期）一文認為，李商隱的愛情詩藝術特色表現為：①詩歌意境朦朧惆悵；②藝術手法巧用比興、象徵；③善用典故，深化主題；④曲折變化的章法和反覆縈回的抒情技巧。

2. 文章藝術研究

本年度學界對李商隱文章藝術的研究成果，主要集中在駢文研究方面。遼寧大學韋異才的碩士學位論文《杜牧與李商隱駢文比較研究》認為：杜牧和李商隱都創作了數量可觀的駢文作品，代表了晚唐駢文創作的成就，而他們的駢文作品在思想內容與藝術形式上既有明顯的相同之處，又存在很大的差異，對他們的駢文作品進行比較研究，有助於深入地把握晚唐時期駢文創作的特點。文章主要分為三個部分。首先，作者在第一部分側重介紹了杜牧、李商隱所處的時代背景和文壇創作傾向。並強調：對華美豔麗風格的追求，是這一時期作者們在創作各種文體之時不約而同的好尚；創作的重心，也從古文轉移到美文上來，出現形式美的復歸。接著，文章的第二部分將杜牧與李商隱駢文作比較，從思想內容和表現方法兩方面分析了二人駢文創作的異同。在分析二人在駢文創作藝術手法的差異時，作者認為主要體現在五方面：①用典密度和顯晦程度不同；②對偶精工程度不同；③散化程度不同；④表現手法各有所長；⑤文章整體風格不同。最後，文章的第三部分對杜牧、李商隱駢文創作異同的原因進行了分析。作者認為：社會和文壇環境以及駢文文體本身的因素，是他們駢文創作呈現出相同之處的原因。家世背景的差別，思想觀念的分歧以及個人際遇的迥異是他們駢文呈現出不同風貌的原因所在。盧春豔《李商隱駢文創作的典範性》（《中國文學研究》2014 年 02 期）一文指出：《四六叢話》將李商隱

駢文視為駢文創作的典範，這種典範性一方面表現為李商隱對駢文體制特徵和創作規範的注重與遵守，另一方面表現為在晚唐文風普遍繁縟華麗的情況下，對表意效率和表達效果的調和。作者進一步強調道：儘管李商隱在創作中表現出明顯尊體意識，但卻並不過分強調文章技巧和內容的標新立異。文章著重從駢文的基本特徵入手分析李商隱駢文的創作：首先，作者從對偶方法上、對偶句式上、對偶句的句內關係上分析了李商隱駢文的對偶；其次，作者從明用、暗用、正用與反用諸方面分析了李商隱駢文的用典；再次，作者從韻腳、平仄角度分析了李商隱駢文的聲律；最後，作者從色彩的點染、形態的描摹、誇張、鋪張諸方面探討了李商隱駢文的藻飾。在文章的結論部分，作者又指出：李商隱的駢文創作致力於對表意效率和表達效果的調和，而這種調和使他的創作既具有了時代特徵，又表現出一種對文掩其質的創作弊病的糾正，具有作家的創作個性，而其典範性也由此凸顯。華東師範大學劉子聞的碩士學位論文《李商隱駢文研究》也對李商隱的駢文創作進行了較為系統探討。論文主體分為三章：第一章主要研究李商隱的古文情節，及其駢文寫作，並連帶分析了其業師令狐楚對其產生的影響；第二章具體探討李商隱駢文在典事與辭藻、聲律與對偶方面取得的成就，以此論證李商隱駢文所獨具的藝術魅力；第三章通過討論李商隱駢文的代人之作與自己之作，梳理李商隱駢文的創作模式，並重點揭示李商隱祭文的獨特魅力所在。此外，在論文的結語部分，作者還從總體上對李商隱駢文進行了總結概括，並簡要指出其價值和歷史地位。福建師範大學楊娟娟的碩士學位論文《李商隱公牘文研究》從應用文視角研究了李商隱的「公牘文」。作者在界定公牘文概念的基礎上明確考察對象，結合李商隱公牘文的創作背景，全面梳理了他的公文創作概況，把握主要的文種體式、創作分期和各階段的風格演變，並進一步挖掘了李商隱公文所涉及的思想內容及審美意蘊。通過對公文主體的研究，文章較好地實現了「重新認識李商隱公牘文寫作的原貌，以此彌補對李商隱公文研究的不足」的寫作目標。

（三）影響與接受研究

影響與接受是一個較受追捧的學術研究角度，李商隱的影響與接受研究也引起了學界較多的關注。孫玲玲《李商隱詩歌對宋詩的影響——以王安石、黃庭堅為例》（《讀與寫》2014 年 06 期）一文認為：北宋中期的王安石對李商隱的詩歌極為推崇，尤其是李商隱的七絕中，以議論入詩，對歷史人物發表新見卓識，以藉端寄慨的翻案之作，更是對王安石的七絕創作有著深刻的影響。

同時又指出：黃庭堅在對李商隱詩歌的接受過程中，也形成了新的認識。與李商隱詩歌相比，兩人在演繹原典，集合提煉，融成新境的手法上，如出一轍。黃庭堅在接受李商隱風格的基礎上，也形成了屬於自己的獨特風格，他並非簡單地對典故加以堆砌，而是在意義上也加以熔煉，產生了特殊的藝術效果。吳玉婷《論秦觀對李商隱的繼承性》（《企業家天地》2014 年 07 期）一文從秦觀的生平和創作背景入手，論述了他繼承李商隱的條件；從意象的選取和意境的締構，說明了他對李商隱的繼承；通過對秦觀前期詞作的鑒賞，探討了他在意象選取上與李商隱的相似。作者還強調：秦觀的晚期詞作，通過克制抒情，疊加意象，創造出哀厲淒絕的意境，這也是他與李商隱的相通之處。湖南師範大學何冰潔的碩士學位論文《論清代李商隱詩歌藝術批評》結合清代詩學理論，採用文本細讀法、影響研究法以及文獻研究法等研究方法，分析了清代李商隱詩歌藝術批評和接受情況。文章主要從四個方面對清代李商隱詩歌藝術批評進行了梳理及研究：①清人對李商隱詩歌風格深情綿邈、「曲折」及「頓挫」「穠麗」等特點的研究；②清代朱鶴齡、吳喬、林昌彝、葉燮、沈德潛、紀昀及程夢星等人提出的李商隱「興寄」之說；③清代紀昀、朱庭珍、何焯等對李商隱詩歌藝術手法的專門研究；④清代李商隱詩歌藝術批評的獨特價值及深遠影響。文章的最後，作者強調：清代李商隱詩歌藝術批評不僅是對李商隱詩歌研究領域的拓展，也構成了清代詩學的重要組成部分，清代李商隱詩歌藝術批評在李商隱詩歌闡釋史和中國詩學史上均有重要意義。

在現當代，有許多作家深受李商隱的影響，也有許多學者致力於李商隱的研究。本年度學界對此類學術現象給予了較多的關注。張陸洲《英雄失路，綿邈情深——論聞一多對李商隱詩歌的接受》（《湖北師範學院學報》2014 年 02 期）一文指出：聞一多詩歌創作受唯美主義的影響，有著穠麗繁縟的一面，這與晚唐詩風，尤其是溫、李一派的影響不無關聯。文章通過分析聞一多對李商隱詩歌的接受，力爭透視聞一多新詩創作與中國傳統詩歌之間的淵源關係，從而顯示聞一多綿渺情深的詩風取之於李而別於李的精神特質。中國社會科學院王俊傑的碩士學位論文《試論徐復觀的李商隱研究》一文指出：著名學者徐復觀在其翻案性宏文大作《環繞李義山（商隱）錦瑟詩的諸問題》中，一反傳統觀點，認為李商隱非李黨，一生和令狐綯維持了較為親密的交誼，並因「傾險」和「貌寢」而見惡於岳父王茂元，致使王家對其進行人身攻擊並廣為傳播，從而影響了新舊兩《唐書》對他的評價。接著，作者指出：徐文的觀點完全顛

覆了傳統觀點中對李商隱的評價，對其一生及其創作諸多方面進行了重新評估，也許限於當時某些資料尚未被完全發掘等原因，其研究成果也存在可待商榷之處。當然，瑕不掩瑜，其發覆之功勞必須得到充分肯定。文章在對李商隱詩集、文集、李商隱生平事蹟等的整理與詳細分析基礎上，對徐復觀的研究成果進行評述，並進一步提出自己的觀點。此外，文章又將徐復觀文章中散見的相關論述匯輯起來，觀察他對唐代文學的一些基本論點，適當擴大了本文的論述背景，將其李商隱研究置於整個唐代文學觀點基礎之上，對於充分瞭解徐復觀的唐代文學研究成果和更加充分地認識李商隱的人生經驗與創作實績，都有一定的意義。趙玄覽《董乃斌的李商隱研究》（《焦作大學學報》2014 年 04期）一文指出：董乃斌致力於李商隱研究多年，取得了較為可觀的成績，其代表作《李商隱傳》和《李商隱的心靈世界》，共同構成其李商隱研究的完整體系。前者歷敘李商隱的生平遭遇，後者致力於李商隱心靈世界的開拓，兩書在重出互見的同時，又勾勒出作者治學研究的發展軌跡。文章對董乃斌李商隱研究的獨到之處進行了如下總結：①濃厚的理論色彩；②深度的心靈解剖；③對散文研究的重視；④通達的詩歌解讀；⑤與現代作家文學淵源的揭示。

此外，葉嘉瑩主講、劉靚整理的《從西方文論與中國詩學談李商隱詩的詮釋與接受》（《北京社會科學》2014 年 06 期）一文從中西詩學相結合的角度探討了李商隱詩歌的詮釋與接收。文章指出：李商隱的詩是以難懂出名的，有關《錦瑟》的解說更是眾說紛紜。至於解說的方法、角度，可以結合中國詩學，可以運用西方文論，可以論詮釋，可以談接受。讀詩最重要的是「詩可以興」，這才是最重要的。

（四）比較和譯介研究

先來看比較研究。北京第二外國語學院劉暢的碩士學位論文《李商隱與保爾‧魏爾倫詩歌感傷美比較研究》指出：李商隱和魏爾綸，他們之間存在著時空、國別、文化、社會背景上的差異，然而，他們的詩歌都充溢著濃鬱的感傷情懷，表現出不同程度的朦朧美，尤其是在意象的運用和表現手法方面極為相似。作者認為，二人詩歌中感傷特質及其在詩歌發展中的意義是值得深入探討的。該研究可以使人們發現，二人詩歌所形成的感傷風格固然有其各自的個人經歷和社會歷史原因；與此同時，魏爾綸與中國傳統詩歌之間或存在著許多微妙傳承關係；此外，人類的基本情感、心理和思維結構等有許多共通之處，這種精神層面上的共性也使得反映它們的文學具有了超越時空的相似性。吳變

《王昌齡、李商隱詩中的女性形象研究》（《山東廣播電視大學學報》2014 年
02 期）一文對王昌齡和李商隱詩中的女性形象進行了比較研究，結論是：王
昌齡的女性形象除了思婦和宮女外，還有廣大民間的勞動婦女，他筆下的女性
形象具有寫實的性質，而李商隱筆下的女性形象更多地具有虛擬的性質，體現
了女性形象由寫實到虛擬的演進，但值得一提的是，李商隱的女性形象雖然具
有虛擬的性質，但最終都返回到了詩人對本體自我的關照。從作者的寫作視域
來看，確實呈現出從大到小的趨勢，由外在的發現轉向內心的探尋。從意象來
看，盛唐時期王昌齡筆下的那一輪高高的明月轉變到了晚唐時期李商隱筆下
閨婦的一彎娥眉，境界由闊大逐漸變得狹小。龍珊、柯軻《人生戲夢憶遊園，
世事無端恨經年——白先勇〈遊園驚夢〉與李商隱〈錦瑟〉的互文性分析》（《中
央民族大學學報》2014 年 06 期）一文指出：《遊園驚夢》與《錦瑟》文體各
異，意趣別樣，但從書寫內容、藝術情感和審美意蘊等層面審視，都呈現出鮮
明的互文性，蘊藉著世事滄桑、人生無常的意味，體現了作者經歷的精神困境
及其對人世的洞察、思考。岳成龍《李商隱情詩與倉央嘉措情歌比較》（《文教
資料》2014 年 15 期）一文認為：李商隱與倉央嘉措的愛情詩歌是民族文學的
精華，他們在詩中表現出的對愛情的真摯堅貞，對愛情中求不得與愛別離之苦
的缺失性體驗，對愛情的哲理昇華和意象中的愛情表達，皆有共性與個性相統
一的顯現與同而不同的反映。劉國文等的《李商隱詩和吳文英詞的比較研究》
（《時代文學》2014 年 02 期）指出：李商隱詩和吳文英詞，常被後人拿來比
照。這些人都敏銳地發現，作為藝術載體，李詩和吳詞一樣，均是創作主體的
內心詮釋、外化的具體體現。李詩和吳詞，雖體裁迥異，卻意味相同。兩者均
具有抒情美、典雅美和夢幻美的特點。

　　再來看譯介研究。勇薇《從李商隱的〈錦瑟〉試探唐詩英譯中的典故翻
譯》（《佳木斯教育學院學報》2014 年第 2 期）一文指出：唐詩英譯是項極為
複雜的工程，可分為不同翻譯流派，可從各種不同角度探討。該文則主要意
在涌過分析李商隱《錦瑟》一詩中的典故，對比幾個英譯版本，探討唐詩的
典故翻譯。中北大學吳雪玲的碩士學位論文《格式塔意象再造理論指導下唐
詩的英譯——以李商隱作品的不同譯本為例》一文在格式塔意象再造理論指
導下來分析唐詩的英譯，提出唐詩翻譯的重點在於唐詩原本意象的再造及意
境的重視。作者分析了當前的唐詩譯介現狀：越來越多的國內外學者熱衷於
翻譯唐詩，然而大多數譯者通常是從傳統角度進行唐詩翻譯的。他們認為對

等是最重要的標準，從而更注重詩歌的語言形式而忽略了譯詩的整體意境美。萬曉安《功能對等理論下詩歌的翻譯對比賞析——以李商隱〈無題〉詩為例》（《邊疆經濟與文化》2014 年 01 期）一文認為：把功能對等理論應用在詩歌翻譯中，指導詩歌的翻譯，有一定的意義。因為詩歌的意、形、音韻特點，恰巧與功能對等理論中所提及的意義、風格形式基本一致。中南大學耿會靈的碩士學位論文《接受理論視域下李商隱詩歌英譯研究》一文以接受理論為理論框架，運用期待視野、視野融合及文本的召喚結構這三個概念，輔以具體的實例，從韻律再現、意象再現方面探討李商隱詩歌的跨文化美質再現，也取得了一定的成功。

（五）文學思想研究及其他

李商隱對文學和人生的理解，也是學界討論的熱點。王晶《李商隱文學思想淺探》（《情感讀本》2014 年 02 期）一文指出：李商隱對文學創作持有的觀念體現了他作為文學大家獨樹一幟和兼容並包的深思洞見。文章從三個方面來論述李商隱的文學思想：①反對獨尊周孔，儒道釋兼取；②追求偶對文飾的語言美；③提倡抒情言志的創作。較恰當地總結了李商隱對文學創作和鑒賞的見解。王會霖《論李商隱詩的深層思想意蘊》（《鴨綠江》2014 年 12 期）一文指出：李商隱的抒情詩成就很高，特別是無題詩，他善於構造多層次的朦朧意境，上承六朝的文學淵源，把傷感的情緒融入朦朧的詩境中，使其詩歌格調高雅而又富含哲理。作者認為，在解讀李詩時應結合他當時的處境、遭遇，去把握他內心真正的訴求。

此外，還有一些文章能夠從一些比較特別的視角去探討李商隱的創作，也取得了一定的成績。葉留香、徐毅《李商隱詩中的「一」新解》（《文史資料》2014 年 05 期）一文認為：李商隱的詩歌以意境著稱，他詩歌中「一」的運用數量多、含義廣、手法巧妙，使用化實為虛，變動詞為名詞等方法，使「一」與整首詩達到妙合無垠的境界。文章著重分析了「一」字在李詩中的運用。作者還強調：從對李商隱詩歌「一」字的分類中可以看出，雖然現代人有現代人的標準和眼光，但研究古詩，必須站在古人的角度，結合當時的社會制度、風俗習慣來研究。趙憚李《論李商隱女性化的創作機制》（《青年文學》2014 年 11 期）一文認為李商隱的女性化審美觀照具體表現在以下幾點：①李商隱所運用的麗藻意象群；②其女性化的語言表達方式；③李商隱詩歌作品對女性的關注；④李商隱轉向內心的詩歌書寫。在分析女性化的表達方式時，作者指出：

女性的思考方式偏於感性化、形象化、具體化，講求主觀性和感受性，缺少理性的思路和完整的邏輯，而李商隱跳躍、破碎的語言使其詩歌具有巨大的可闡釋性，其生成的朦朧意境給閱讀帶來無限的樂趣。郭強《李商隱詩歌的認知詩學研究——概念隱喻、概念轉喻視角》（《湖南工業大學學報》2014 年 04 期）一文指出：李商隱詩往往意象繁複，意境迷離，作品的表達和闡釋均有較大張力，對詩篇解讀造成一定的阻力。運用傳統的自覺和體驗式闡釋對作品的內部語義充分發掘的同時，相對忽略了對作品意義生成的外部認知因素的關注，認知語言學的詩學途徑解決了詩歌語言結構和意義的互動，顯示了概念系統對詩歌語篇意義的處理過程。

二、杜牧研究

2014 年杜牧研究依舊呈現穩步前進的姿態，產出學術論文 30 餘篇，成果數量上雖不及李商隱研究，但整體質量上卻取得了令人欣喜的上升。現將本年度研究情況綜述如下：

（一）詩文藝術研究

杜牧女性題材詩歌的研究是個熱點。馬詩明《淺議杜牧女性題材詩歌》（《遼寧教育行政學院學報》2014 年 01 期）一文認為：杜牧出身於世宦家庭，生性豪爽俊逸，風流倜儻，不論是對歌姬女還是對後宮佳麗，都飽含著真摯深切的感情，對那些處於社會弱勢地位的女性更會自覺地予以深切的同情和憐惜。杜牧讀史業儒的教育經歷，使其具有強烈的社會責任感，因而對晚唐浮華奢靡的社會風氣甚為擔憂，對那些被歷史指責為亡國禍水的女人，杜牧的態度一向是冷峻而凌厲的，並借批評這些女子的驕奢淫逸，諷諫當權者的昏庸無能，愛憎分明的感情，使杜牧的女性題材詩歌體現了強烈的詩情美。朱少克《杜牧詩中女性形象及其深層內涵》（《青年文學家》2014 年 24 期）一文指出，杜牧借助一些女性的不幸遭遇，來表達自己「士不遇」的情結。詩人把這些女性視為知音，自己和他們一樣始終逃不脫悲慘命運的支配。他描寫女性時往往是以這些女性的命運為主線，全力刻畫她們悲慘的人生，給人無比淒涼之感。作者還談到，杜牧筆下的每個女性幾乎都是唐王朝命運的影子，她們經歷過極盛時期，但不可避免地逐步走向衰老、死亡。蔣紅莉《王昌齡與杜牧宮怨詩之比較研究》（《語文學刊》2014 年 02 期）一文指出：王昌齡與杜牧宮怨詩最大的相似之處在於借他人酒杯澆自己心中之塊壘；含

蓄蘊藉的藝術手法，抒發了人道主義情懷。同時又存在很大差異：王昌齡怨詩主題單一，杜牧則豐富；王昌齡多採用華美的宮中景物作為詩歌意象，而杜牧則採用蕭瑟淒涼的自然景物作意象，而且杜的詩歌比王的詩歌更多理性的批判思維。

除了女性形象外，杜牧詩中還有其他值得研究的人物形象。王彪《杜牧詩「漁父」意象芻議》（《華夏文化》2014 年 01 期）一文指出：杜牧詩「漁父」意象，多採用客體審視、主體自喻兩種表現手法。客體審視即將「漁父」作為審視的對象、客體，用以抒發感情的寫作手法，潛意識中對「漁父」的價值觀念、生活方式仍有保留。主體自喻即以「漁父」譬喻自我的一種寫作手法，轉變為一種價值認同。作者還強調：積極進取和消極頹廢是杜牧思想的兩條主脈，反映了杜牧思想的矛盾性。兩者在杜牧一生此消彼長，映照出現實生活的沉浮狀態。「漁父」意象是反映杜牧消沉思想的一個標誌。

杜牧的絕句也值得深入研究。王冬梅《論杜牧七言絕句的藝術特色》（《新聞世界》2014 年 12 期）一文認為：杜牧的作品藝術成就很大，有爽朗俊逸，情韻悠揚的藝術特色，思想上觀點獨到，見識高明，手法上各種表現方式獨到。作者還指出，杜牧七言絕句具體表現手法有：①翻倒法；②對比法；③數字入詩。

杜牧的詠史詩也頗受重視。何廷智《試論杜牧的詠史詩》（《金田》2014 年 04 期）一文從三個層次論述了杜牧的詠史詩，它們依次為：①杜牧的生平與詠史詩的形成；②杜牧詠史詩的題材類型；③杜牧詠史詩的創造性貢獻。馮雁春《杜牧〈感懷詩一首〉的「史詩性」》（《山西大學學報》2014 年 04 期）一文認為：安史之亂以後，唐王朝開始走下坡路，到了晚唐，唐政權更是動盪不寧，藩鎮割據，宦官專權等問題屢次出現。杜牧作為一個有抱負的青年，時時刻刻為朝廷的安危擔憂。《感懷詩二首》是杜牧可考最早的一首詩，全詩一百零六句，較完整的呈現了唐王朝由盛轉衰的過程，具有詩史的性質。

杜牧的賦和駢文也都有學者給予了關注。徐東海《辭賦與諫書——杜牧〈阿房宮賦〉新論》（《蘇州科技學院學報》2014 年 01 期）一文強調：杜牧撰於晚唐世變之際的《阿房宮賦》，並非一篇單純的詠史賦，而是作者深受史學與賦學諫諍文化傳統濡染，以賦論合流為體，以借古諷今為用的當代諷諫書寫，其中或許不乏新型諫書及其變創的實驗意圖。因此，藉由「辭賦與諫書」文化跨界的書寫側面，或許可以為杜牧《阿房宮賦》在唐宋賦學流變史的重要

地位，提供另一則參考注腳。文章從以下幾個方面進行了論述：①《阿房宮賦》新體文賦意義的重新審視；②世變與諫臣：唐代諫諍文化關照下的杜牧身影；③過秦與諫唐：《阿房宮賦》的賦體變創及其諷刺意圖；④論諫與諷刺：從《與人論諫書》看《阿房宮賦》的諫諍策略；⑤杜牧《阿房宮賦》：辭賦與諫書合流下的晚唐新體文賦。對杜牧駢文的關注，則有遼寧大學韋異才的碩士學位論文《杜牧與李商隱駢文比較研究》，在李商隱年鑒模塊已經介紹，此不贅述。

（二）作家思想及文學觀研究

本年度對杜牧內心世界的探討進一步深入，如杜牧的特定心態與情緒等都有學者談及。張曉姍《從杜牧的政治愛國詩看晚唐士人的濟世補天心態》（《哈爾濱師範大學學報》2014 年 01 期）一文指出：以杜牧為代表的晚唐士人，不甘心國家就此沉淪，他們抱著濟世補天的心態，採取上書獻策、賦詩諷喻等多種途徑，期盼能夠喚醒中央統治集團，挽救國家，擺脫頹敗的運勢。文章通過以下三個部分充實了自己的論述：①「濟世補天」心態的現實闡釋；②「濟世補天」心態之嬗變與聚焦；③「濟世補天」心態產生的意義。在第二部分作者又通過三點論述表現了杜牧複雜的內心世界：①對國家領土完整與社會繁榮穩定的渴望心態；②對內部攻訐與階層矛盾鬥爭的厭惡心態；③對統治階級的失望和幻想心態。龐傑《杜牧詩歌中的三大悲傷情緒》（《學語文》2014 年 05 期）一文認為，杜牧的詩歌彌漫著濃厚的悲傷情緒，這種情懷主要由以下三個方面的內容承載：①憐憫生民百姓；②慨歎自己仕途；③懷念感慨他人。

杜牧的兵家文學觀也有學者集中精力進行了發掘。李珺平《論杜牧以意為主的兵家文學觀》（《北京師範大學學報》2014 年 06 期）一文指出：以意為主不僅是杜牧對詩文創作的具體看法，更是一種文學觀，是杜牧兵家思想與兵學觀念對文論的浸潤，內在潛藏著杜牧的兵家思想與兵學觀念，即不把「意」侷限於某家、某派、某思想之中，而把它作為每一次具體創作活動的前提和目標，以「意」為詩文創作的核心，是杜牧的創造。許凱、楊慎等不能從兵家角度理解杜牧，被後人詬病，蘇軾、王夫之等由此角度理解杜牧，可算知音。李珺平另有《作為兵家的杜牧——杜牧文學思想的定位研究》（《美與時代》2014 年 07 期）一文也談到：杜牧是一個兵家人物。這是因為，杜牧有注釋古代兵書的專門性著作《孫子注》，有多篇專門討論兵事的實用性很強的論文，還寫下了與歷代或當時兵事相關的許多詩歌。

（三）接受與影響研究

杜牧主動接受杜甫、韓愈的影響。王笑梅《論「杜詩韓筆」對杜牧創作的影響》（《芒種》2014 年 08 期）一文指出：杜牧詩歌筆力勁健，風格俊爽，此種風格的形成，除了力矯時弊的意圖之外，也是杜牧向杜、韓等前輩詩人學習的結果。韓愈「自樹立，不因循」的創新精神和高超的語言能力為杜牧全面接受並運用於創作實踐之中。杜牧詩歌有為而作的創作宗旨和對思想性的重視，表達了士大夫的責任感，這一創作傾向顯然受到杜甫「詩史」的啟發。作者還強調：杜牧在突出文學理性內涵的同時，並不忽視對藝術表現力的追求，這實際上得益於他對「杜詩韓筆」創作經驗的正確認識。

杜牧作品對姜夔的詞產生了影響。李巍《姜夔詞對杜牧詩的化用及緣由》（《遵義師範學院學報》2014 年 04 期）一文認為：姜夔愛化用唐詩，尤其偏愛杜牧之詩，細觀其化用杜牧之詩作，內容上多懷人、惜別，感情上主悲傷，詞風上尚柔靡，藝術手法上則含蓄。究其原因，除了因其自身在經歷與感情上與杜牧有相似之處外，還與晚唐詩風和宋詞詞風的契合有關，這共同促成了姜詞對杜牧詩的偏愛。

杜牧詩文在明代的接受與傳播經歷了曲折的歷程。蘇鐵生《試論杜牧詩文在明代的接受與傳播》（《學術交流》2014 年 05 期）一文指出：明代前期，文人對杜牧詩文的評價貶抑多於讚揚。明代中期，文人逐漸重視杜牧的詩文，對杜牧詩文的評價褒貶不一。明代後期，由於復古思潮的衰微，文人對杜牧詩文的評價讚揚多於貶抑。此外，明人以杜牧詩入畫，收錄杜牧書法，明傳奇中演述杜牧風流曠達的才子形象，為我們瞭解明人對杜牧及其詩文接受擴大了空間。杜牧及其詩文在明代的接受和傳播與崇尚盛唐、貶抑晚唐的詩學思潮相關，也與復古思潮的衰微、宗教思想的滲透和杜牧詩賦的情調密切相關。

杜牧在元明清有著多元的形象。蘇鐵生《從杜牧形象的重塑看元明清戲曲的審美取向》（《戲劇藝術》2014 年 03 期）一文指出，元明清戲曲材料對杜故事的改寫有如下特點：①對杜牧故事的主要情節和人物有較大的增刪；②為激活觀眾的「期待視野」，元明清戲曲中的杜牧被重塑成一個酒病詩魔，或智略超凡，或品行低劣，或滑稽可笑的藝術形象；③借杜牧形象的重塑宣洩元代和清代士夫文人懷才不遇及玩世情懷，宣洩清代士夫文人反對分裂、主張統一的願望，宣洩清代士夫文人的淪落境遇及憤世情懷，或藉以召喚觀眾一同參與娛樂消閒。

杜牧在朝鮮也發生著影響。季南《中朝詩家對杜牧七律創作風格的批評》（《科技文匯》2014 年 10 期）一文指出，縱觀中朝兩國詩家對杜牧七言律詩風格的批評，可以得出如下認識：①中、朝兩國詩家都對杜牧才氣大加讚賞，對總體創作風格做出了大體一致的批評；②中、朝兩國詩家都一致認為杜牧的詩歌存在「拗峭」的特點；③中國的詩家們分析杜牧詩歌中存在「拗峭」特點的原因——為了矯正當時文壇的不正之氣；而朝鮮詩家只是承認杜牧詩中有「拗峭」特點，但沒有進行詳細的辨析。作者還強調，綜合朝鮮詩家討論的觀點，能避免本民族視角的侷限，更容易獲得對杜牧七言律詩風格更全面客觀的認識。

（四）行跡與史料考索

吳靜《杜牧筆下的池州景觀》（《池州學院學報》2014 年 04 期）一文指出：位於安徽南部的池州曾是唐代詩人杜牧任官之所，雖係貶職，但此處怡人的風景沖淡了詩人懷才不遇的憂愁。會昌四年杜牧由黃州遷池州刺史，任職兩年期間留下多篇詩文。這些作品中所描繪的清溪河、九華山、秋浦河、杏花村等景觀，不僅展現了唐代池州的風貌，也保留了詩人的情懷，對於今天如何更好地開發它們、使之更具歷史氣息有著至關重要的價值。

方向紅《略論杜牧的黃州紀遊詩》（《黃岡職業技術學院學報》2014 年 01 期）一文認為：杜牧會昌二年至四年貶謫黃州，在貶居黃州的三年多時間裏，杜牧有多首展現地域文化的紀遊詩。這些詩作內容充實，意蘊深遠，既表現了黃州的地理自然景物和社會風土人情，又寄寓了詩人對歷史和現實的感慨。在藝術手法上，色彩詞和數詞在詩中的巧妙運用使其具有很強的表現力。

孟國棟《新出石刻與杜牧研究箚記》（《江海學刊》2014 年 02 期）一文指出：近年來，石刻文獻的大量出土和刊布，為解決唐代文史研究中一些懸而未決的問題提供了切實的依據。作者所指出的兩條關涉杜牧交遊及詩文繫年方面的新資料，一則有助於杜牧友人韋楚老名字的辯證；另一則有助於《皇甫鈺除右司員外郎鄭澣除侍御內供奉等制》的繫年。這兩則材料都能夠為杜牧的研究提供有益的參考。

以上即是對本年度李商隱、杜牧研究情況的綜述。在收集綜述材料的過程中，筆者發現兩個問題：一、李商隱研究的論文在數量上依舊遠遠多於杜牧研究的論文，表面上依舊保持著「重李輕杜」的格局；實際上，本年度杜牧研究的論文在總體質量上卻顯得更加厚重、飽滿。這一方面是由於學界加

強了對杜牧研究的力度，另一方面也反映了李商隱研究出現了「退熱」的情況。二、從事李商隱、杜牧研究的人員越來越以剛步入學術殿堂的青年人為主，這一方面是薪火相傳的可喜現象，另一方面也讓人對「小李杜」研究的深刻性與嚴謹性產生擔憂。

王叔岷莊學研究方法管窺

　　王叔岷是當代學術史上一位成果豐碩的傑出學者。對他的治學之道進行總結，可以為我們研究文化遺產提供可貴借鑒，有助於學術研究的進步。在王叔岷的學術生涯中，莊學研究是一條貫徹始終的線索。在這個領域裏他取得的成就舉世矚目。因此，通過管窺王叔岷的莊學研究方法來蠡測他博大精深的學術思想，不失為一條可行路徑。如欲見王叔岷莊學研究的獨特面目，那麼他在《莊子》文獻校勘方面的經驗必須予以特別關注。然而，本文不願過多重複王叔岷《斠讎學》一書的內容，而是試圖以研討王叔岷有關莊學的論述為基礎，著重把自己閱讀時所領受的學術教益展示出來。

一、校勘漸入義理，義理反哺校勘

　　章學誠在《文史通義‧博約》篇裏將學術研究分為「求知之功力」與「成家之學術」兩個階段，並進而指出：「學與功力，實相似而不同。學不可以驟幾，人當致攻乎功力則可耳。指功力以謂學，是猶指秫黍以謂酒也。」〔註1〕從「秫黍」到「酒」，所需的是一個「釀造」的中間環節。也就是說，學者在夯實基礎以後，還要通過獨特的「釀造法」，使自己的學問進益至功力、性情渾融一體的境界。這種學術觀相當科學。王叔岷在治莊學時注重校勘與義理的雙向建構，善於發揮「校勘」與「義理」的相互促進作用，正是章學誠這種治學思路的極好體現。

　　王叔岷治莊先從校勘入手。一九四一年，王叔岷一考進北京大學文科研究

〔註1〕葉瑛：《文史通義校注》，中華書局，1985 年版，第 161 頁。

所，就開始了校勘《莊子》的工作。他謹遵恩師傅斯年的教誨：「洗淨才子氣！下苦工校勘《莊子》！三年內不許發表文章！」〔註2〕在二十八歲那一年就完成了二十多萬字的《莊子校釋》一書。書中許多充滿卓識的論斷都得到學術界的認可。很多莊學研究名著，如錢穆《莊子纂箋》、陳鼓應《莊子今注今譯》，都曾參考引用此書成果。可見，王叔岷從治學之路的第一站起就「跨進實事求是的正路」〔註3〕。對於校勘工作的必要性王叔岷有很深刻認識。在一次講座中，王叔岷將「為什麼要校勘古書」的原因歸納很全面。他認為：「古書流傳的時代愈久，研讀的人愈多，內容變動就愈大。」〔註4〕的確，古籍裏古意的更動、古字體的變更、古寫本傳抄的疏失、隋唐以來各種刻本的異文等原因都會使古書失去其本來面目。王叔岷治莊而必先從校勘入手，也正是為了儘量還已經面目全非的《莊子》以本來面目。

王叔岷的校勘方法既有繼承又有創新。梁啟超曾言：「想研究子書，非先有人做一番注釋工夫不可。……要想得正確的注釋，非先行（或連帶著）做一番校勘工夫不可。」〔註5〕只有這樣才能實現研究的最後目的，即「知道這一家學說的全部真相，再下嚴正的批評」〔註6〕。梁啟超在提到清儒之校勘成就時還強調：「他們注釋工夫所以能加精密者，大半因為先求基礎於校勘。」〔註7〕這是十分正確的看法。也正如張舜徽所言：「古書流傳日久，訛舛滋多，或誤奪一字而事實全乖，或偶衍一文而意誼盡失，苟非善讀書者，據他書訂正之，則無以復古人之舊，此校勘之役所以不可緩也。」〔註8〕讀書必先擇精善之版本，此乃學術常識。然而如果不嫻於校勘，精善的讀本就無從獲取。同時，校勘工作與文字、音韻、訓詁之學也有密切的關係。這些都是「專門之學」，如果不善於從前賢那裡學習經驗，很難無師自通。好在我國歷來都不乏此學之擅場者，上至劉向、揚雄、班固、鄭玄，都以小學名家，下逮唐朝陸德明、顏師古等人，也是淹通經典。他們最長於稽核文字版本的異同，發現其中隱滯之疑點。到了清代，許多學者更以校經訂史為畢生事業，他們對前人留下的文化遺產悉加勘正，力求恢復古本之真，最終取得了陵軼漢唐的成就。

〔註2〕王叔岷：《校書的甘苦》，《慕廬論學集》（一），中華書局，2007年版，第52頁。
〔註3〕《校書的甘苦》，《慕廬論學集》（一），第52頁。
〔註4〕《校書的甘苦》，《慕廬論學集》（一），第49頁。
〔註5〕梁啟超：《中國近三百年學術史》，湖南人民出版社，2010年版，第220頁。
〔註6〕《中國近三百年學術史》，第220頁。
〔註7〕《中國近三百年學術史》，第221頁。
〔註8〕張舜徽：《廣校讎略》，中華書局，1963年版，第79頁。

關於他們治學的方法，孫詒讓在《札迻序》中總結得很準確：「綜舉厥善，大氐以舊刊精校為依據，而究其微旨，通其大例，精思博考，不參成見，其諟正文字訛舛，或求之於本書，或旁證之他籍，及援引之類書，而以聲類通轉為之鈐鍵，故能發疑正讀，奄若合符。」〔註9〕前人這些寶貴經驗對陳垣、張舜徽等校讎名家都產生過重要影響，王叔岷當然也不例外。王叔岷也有自己的新開拓。關於這點，他自己有詳述：「清乾隆、嘉慶時代，如戴東原、段玉裁，王念孫、引之父子等，都是最傑出的校勘、訓詁人才。他們在校勘、訓詁方面的成就，可以說前無古人。我們吸取他們一點一滴所積成的寶貴經驗，應該更邁進一步，應該發揚新的校勘學和新的訓詁學。校勘學的內容應擴大，訂正字句之外，應該包括訂正章節、篇第，及輯佚、辨偽等。」〔註10〕王叔岷早在一九五九年，就由臺北中研院負責出版了《斠讎學》一書。該書指明了校勘學前進的一些新方向。但王叔岷並沒有止步於此。他覺得「訓詁學的內容，應該更精密。承襲先賢的舊義外，應該提出許多新義」。〔註11〕因此，一九六五年王叔岷又發表了一篇《古書虛字新義》，在這篇論文裏王叔岷提出四十二個字的新訓釋。並以此為基礎著成《古籍虛字廣義》一書，為校勘、訓詁這兩門關係密切的學問開闢了新境界。

王叔岷重視校勘，但他並不滿足於為校勘而校勘，而是要借助校勘的成果來闡發義理。王叔岷曾自述治學之法曰：「岷生性魯愚，研讀古籍，必自字句之校勘、詮釋始，未敢輕言微言大義。夫自細視大者不盡，自大視細者不明，視小者弊在破碎，破碎故不能盡大；視大者弊在疏略，疏略故不能明細。何況小未必能盡，大亦未必能明邪！」〔註12〕雖自謙「未敢輕言微言大義」，但實際上王叔岷一生都在朝著這個目標努力，並收穫了豐碩的成果。他在《莊子》文本之校勘訓釋、思想系統之提挈發明方面，都頗有撰述。但這是一個循序漸進的過程。王叔岷從早年起就有闡發《莊子》義理之作。對於早年的撰述，後來王叔岷曾自評：「就闡發莊子義理而言，近年所撰《莊學管窺》，實較《莊子通論》充實」。〔註13〕可見，隨著知識的不斷積累，王叔岷對義理的闡發也越

〔註9〕 《廣校讎略》第86頁。
〔註10〕 王叔岷：《古書中的校勘訓詁問題》，《慕廬論學集》（一），中華書局，2007年版，第67頁。
〔註11〕 《古書中的校勘訓詁問題》，《慕廬論學集》（一），第68頁。
〔註12〕 王叔岷：《莊子校詮·序論》，中華書局，2007年版，第23頁。
〔註13〕 王叔岷：《莊學管窺·序》，中華書局，2007年版，第1頁。

來越精深。上文提到，一九四四年王叔岷完成《莊子校釋》一書。該書從出版之日起，就引起了莊學研究界的重視，參考引用者，至今不衰。然而王叔岷卻對這本書抱有不滿，他說「《莊子校釋》乃岷少年之作，用力雖勤，不過校釋古書之初步嘗試」；又說「惟內容偏重校勘、訓詁，於義理極少發明。亦所謂糟粕之學而已」。〔註14〕一九四九年春，王叔岷首次在高校開講《莊子》，他自定的講學原則就是「以校勘、訓詁為基礎，以義理為終極」〔註15〕。可見，王叔岷雖然在《莊子》一書的校勘上做了大量工作，但他並不滿足，其最終目標是通過確定一個最接近《莊子》原貌的文本，來探討莊子精神和莊學精髓。王叔岷對《莊子》義理的闡發，主要彙集在《莊學管窺》《先秦道法思想講稿》《莊子校詮》諸專著中。此外，《慕廬論學集》中所收的莊學專論數量也相當可觀。至於散見於其他研究論著中的關於莊學義理的片金碎玉式的精闢見解更是俯拾即是。這些都是他借助校勘闡發莊學義理的實績。

　　王叔岷在《莊子》義理研究上取得成果後，又善於用這些義理來「反哺」校勘。例如他根據《莊子》義理為《莊》書三十三篇所立的新系統，就能很好地說明這一點。王叔岷認為：「《莊子》全書內容，不外養生、處世、齊物、全德、內聖、外王六大系統，又可通而為一。得其環中，以應無窮，在學者之善於體會耳。」〔註16〕根據這一指導思想，再結合「郭本莊子內、外、雜三十三篇之區畫分合，既非莊書舊觀，而定於郭氏之私意」〔註17〕的歷史實際，王叔岷把《莊子》三十三篇重新組建成了下面這個新系統：（1）全書的序言：《寓言》；（2）講無待：《逍遙遊》；（3）講養生：《養生主》《達生》《至樂》《刻意》《繕性》《讓王》《盜跖》；（4）講處世：《人間世》《山木》《外物》；（5）論齊物：《齊物論》《秋水》；（6）論全德：《德充符》《田子方》；（7）論內聖之道：《大宗師》《知北遊》《漁父》；（8）論外王之道：《應帝王》《駢拇》《馬蹄》《胠篋》《在宥》《天地》《天道》《天運》；（9）雜陳養生、處世、齊物、內聖、外王之旨：《庚桑楚》《徐无鬼》《則陽》；（10）《說劍》，專記莊子對趙惠文王說劍事，頗似戰國策士之雄談；（11）《列禦寇》，兼述處世、養生及齊物、內聖之義，篇末記莊子死；（12）全書總論：《天下》，綜述道術淵源及諸子與莊子之流派異

〔註14〕詳見《莊子校詮·序論》，第2～10頁。
〔註15〕《莊學管窺》，第2頁。
〔註16〕《莊學管窺》，第27頁。
〔註17〕《莊學管窺》，第25頁。

同，未附論惠施。王叔岷此舉真可謂藝高人膽大。新系統一立，原本雜亂之《莊》書各篇，立刻變為一部系統的「哲學著作」。從對義理的體會入手，進而推導出一個符合邏輯的「新版本」，這不得不說是校勘與義理的成功結合。以上說的是宏觀方面，在解決具體問題時，王叔岷同樣善於以義理為指導來進行探究。例如對《養生主》篇中「為善無近名，為惡無近刑」一句的解讀，即可以體現這一研究思路。在莊學史上，對這句話的理解一直是眾說紛紜。郭象的理解是：「忘善惡而居中，任萬物之自為，悶然以至當為一。故刑名遠己，而全理在身也。」〔註18〕郭象此說哲理深邃，但是他把莊子的「為善」「為惡」解釋為「忘善惡」似與實際不符。司馬彪注云：「勿修名也。被褐懷玉，穢惡其身，以無陋於形也。」〔註19〕他把「為善」「為惡」都理解為修飾名譽之舉，則是把「善」「惡」都看成了美詞。實際上，《莊子》原文中明顯把「善」「惡」對舉而言。郭沫若也曾就這一問題談過自己的見解，他認為「為」乃「象」的誤字。他說：「象善象惡兩個象字，書上都誤成『為』字去了，古文『為』從爪象，故容易訛變。外象美不要貪名聲，外象醜不要拘形跡，守中以為常，那便可以安全壽考了。」〔註20〕從文字學角度得出的結論令人耳目一新。而王叔岷的解讀如是：「所謂善、惡，乃就養生言之。『為善』謂『善養生』。『為惡』謂『不善養生』。『為善無近名』謂『善養生無近於浮虛』。益生、長壽之類，所謂浮虛也。『為惡無近刑』謂『不善養生無近於傷殘』。勞形、虧精之類，所謂傷殘也。」〔註21〕王叔岷直接從莊學義理出發推理出了類似結論，可謂殊途同歸。可見，一旦抓住莊學之精髓，校勘訓詁中遇到的細部問題往往就能夠迎刃而解。

二、立論崇尚圓通，求證力爭篤實

劉勰《文心雕龍‧論說》篇在談到論說文寫作要訣時認為：「原夫論之為體，所以辨正然否。窮於有數，追於無形，跡堅求通，鉤深取極；乃百慮之筌蹄，萬事之權衡也。故其義貴圓通，辭忌枝碎，必使心與理合，彌縫莫見其隙；辭共心密，敵人不知所乘；斯其要也。」〔註22〕此言雖是單就論說文而發，然

〔註18〕〔清〕郭慶藩撰，王孝魚點校：《莊子集釋》，中華書局，2012年版，第116頁。

〔註19〕《莊子集釋》，第116頁。

〔註20〕胡道靜主編：《十家論莊》，上海人民出版社，2004年版，第118頁。

〔註21〕《莊子「為善無近名為惡無近刑」新解》，《莊學管窺》，第109頁。

〔註22〕《文心雕龍注》，第328頁。

而其中關於立論與求證的方法卻能夠適用於所有學術論著。所謂「義貴圓通」「心與理合」是就立論而言，所謂「窮於有數，追於無形，跡堅求通，鉤深取極」是就求證而言，只有這兩個方面相資為用才能得出令人信服的科學結論。

王叔岷的莊學研究也自覺遵循這一法則。一九四二年，王叔岷撰成《莊子通論》一文，此文以一「遊」字貫通全篇，受到時賢好評，然而他自己卻並不十分滿意。他認為此文「立論雖尚圓通，殊欠篤實耳。」〔註23〕由此可見，王叔岷對自己莊學論著的要求是「圓通」與「篤實」兼備。例如他對司馬遷理解《莊子》之程度問題的探究就很好地體現了這一方法。王叔岷認為「史公於莊子之理解，尚隔一層」。然而歷來的莊學研究者不僅取信《史記‧莊子列傳》的史料，對其所闡發的莊學義理也多奉為鵠的。王叔岷此說雖頗為驚人，他的論證卻言之有據，並不會讓人產生似是而非之感。他首先輯存了《莊子》軼文一百六十條，通過參校比對，確認司馬遷可能見及的只有十六條左右。接著對這十六條材料和司馬遷涉及莊子的其他言論細加剖析，最後認定：「史公謂莊子之言『自恣以適己』。不知莊子更能由『適己』而『忘己』。史公於老、莊、申、韓四人，獨謂『老子深遠』。不知莊子之空靈超脫，實較老子深遠。史公謂莊子『滑稽亂俗』。不知滑稽多智，乃莊子所鄙棄。」如此看來，說司馬遷對莊子的理解略有隔膜似無不可。王叔岷雖發此議，但並沒有無視司馬遷的真知灼見。他認為司馬遷謂「莊子散道德放論，要亦歸之自然」的看法是「深切瞭解莊子之言」，是「非後世空談莊子之自然者可比也」。〔註24〕再如王叔岷對郭象「為人行薄，竊向秀注」公案的評斷，也很好地體現了他善於用辯證眼光研究問題，借助細緻的材料來進行論證，從而由篤實而達圓通的學術理路。王叔岷首先根據《晉書》和《世說新語》的記載推斷「少有才理」「有儁才」的郭象「當能自為義解，何致出以剽襲」；接著對《莊子釋文》《列子注》及其他典籍所引向、郭之注詳加纂輯，得到「向有注郭無注者四十八條」「向郭注全異者三十條」「向郭注相近者三十二條」「向郭注相同者二十八條」。由此得出結論：「郭注之於向注，異者多而同者少，蓋郭雖有所採於向，實能推而廣之，以自成其說者也。……向秀之注，雖亡於宋，但就余所考得者，已足證《世說‧文學篇》《晉書‧郭象傳》所言之不足據信也。」〔註25〕王叔岷通過這種「兩

〔註23〕《莊學管窺》，第 2 頁。
〔註24〕詳見《司馬遷與莊子》，《莊學管窺》，第 85～103 頁。
〔註25〕詳見《莊子向郭注異同考》，《莊學管窺》，第 113～130 頁。

相舉證」的方法，使一個聚訟紛紛的疑案「磔然已解，如土委地」（《莊子·養生主》）。既不使郭象含冤，又不埋沒向秀的功績。可見王叔岷的求證方法是篤實的，所得結論是圓通的、令人信服的。

王叔岷校莊、詮莊並不滿足於僅將自己的思考結果呈現出來，而是盡量發露思考軌跡，指明去取過程。唯其發露思考軌跡，我們方能見出他求證的篤實；唯其指明去取過程，我們更能見出他立論的圓通。例如《莊子校詮》對《逍遙遊》篇中「鯤」字的解釋就很好地體現了這一特點。書中首先直接引《釋文》的訓釋：「鯤，大魚名也。」以此來表明自己認同鯤是一種大魚的觀點。接著說明歷來注家有兩種看法。一種看法認為鯤是小魚之名，如方以智曰：「鯤，本小魚名，莊子用為大魚名。」《爾雅·釋魚》也認為：「『鯤，魚子。』凡魚之子名鯤，《魯語》：『魚禁鯤鮞』，韋昭注：『鯤，魚子也』」。段玉裁也指出：「魚子未生者鯤。鯤即卵字，許慎作卝，古音讀如關，亦讀如昆。」馬其昶《莊子故》引楊慎的觀點來進一步發揮此說曰：「《國語》：『魚禁鯤鮞』，乃魚子。莊子以至小為至大，便是滑稽之開端。」與此相反的一種觀點認為鯤是大魚之名。如錢穆《莊子纂箋》引王念孫曰：「昆聲字多有大義，故大魚謂之鯤，大雞謂之鶤，音昆。」《玉篇》亦云：「鯤，大魚也。」擺出兩種觀點之後，王叔岷進一步強調，鯤應該是一種大魚，例如《文選》注宋玉《對楚王問》就有：「鳥有鳳而魚有鯤」之說，鳳是鳥中大者，鯤是魚中大者。莊子只是把它進一步誇張為幾千里之大而已。王叔岷最後總結道：「鯤有大魚、小魚兩說，《莊子》此文，蓋取大魚之義。鯤化為鵬，只是大物變化為大物耳。非以小魚為大魚之名；或以至小之鯤為至大之鯤，如方、楊說也。莊子以性足為大。此齊物之義，非以絕小之鯤為絕大之鯤便是齊物，如郭說也。」〔註26〕至此，王叔岷將他的思考軌跡和去取過程全部發露在讀者面前，讀者順著這個思路一路走下來，收穫到的不僅是一個點狀的知識，更是一條線狀的思維路徑。

王叔岷研究莊學時極少使用「某某主義」這樣的哲學術語來進行分析。這樣做的好處是，不至於執著於某一家某一學派之觀點，而陷入偏激。他最關注的是《莊子》　書對人心性的影響及莊學思想在人們日常生活中的積極作用。這些恰恰是莊子一書最具現實意義的地方。正如錢穆在《莊老通辨》一書中所言：「莊子之修養論，而循至於極，可以使人達至於一無上之藝術境界。莊生之所謂無用之用，此惟當於藝術境界中求之，乃有以見其真實之意

―――――――――――――

〔註26〕詳見《莊子校詮》，第4～6頁。

義也。」〔註27〕學界對莊子人生觀、修養論的關注並不充分，專門討論這一問題的研究著作更不多見。正如張采民所言：「即便有人涉及，也多持全盤否定的態度。如有人說莊子的人生觀『是最庸俗、最低級的思想行為』；甚至有人把莊子的人生觀說成是『沒落的、悲觀絕望的奴隸主階級意識的反映』，並給他扣上虛無主義、阿Q精神、滑頭主義、悲觀主義等種種大帽子。這些看法雖然包含某些正確的因素，但未免以偏概全」；並呼籲「應從立體的角度，從各個不同的側面剖析莊子的人生觀，以求作出客觀公允的評價」。〔註28〕其實，王叔岷一直在進行這方面的努力。例如《先秦道法思想講稿》在討論「莊子思想概論」時，分為「內聖修養」「養生問題」「齊物觀」「處世態度」四個方面來展開，這些方面都與人格形成、人生修養有直接關係。坐忘境界是內聖修養必臻之佳境。王叔岷認為：「當儒家大談禮樂仁義之戰亂時代，莊子獨能更上一層樓，遣去流於形式化之禮樂仁義，而達到坐忘之最高修養。借孔子、顏回之問答，以表達其一己之修養層次。」〔註29〕在解釋《大宗師》篇：「已外天下矣，吾又守之」之句中的「守」字時，王叔岷認為：「所謂『守』，正是修養之工夫，非無故也。此謂內心修養，漸進而得道之境。」〔註30〕關注點也在內心修養之道。談到莊子關於養生問題的意見時，王叔岷舉《讓王》篇之語：「帝王之功，聖人之餘事也，非所以完身養生也。今世俗之君子，多危身棄生以殉物，豈不悲哉！」王叔岷對這段話的理解是：「莊子則以修身為極致，即是以內聖為極致。老子亦偏重外王，與莊子偏重內聖亦有別。外王即君人南面之術，亦即平天下之道。莊子偏重內聖，故重養生。」〔註31〕事實上，莊子此言乃有為而發，其中包含著對社會深刻的批判，其「完身養生」的主張也是在提倡一種救世的方式。王叔岷的論斷之所以沒有涉及這個方面，是因為他覺得莊子雖亦欲救世，但從個人的修養做起是比較切實、操作性比較強的方式。

　　王叔岷立論尚圓通，求證尚篤實，與他的教師身份和教學理念也有關係。唯有立論圓通，才能培養初學宏觀的視野和辯證的眼光；唯有求證篤實，才能示初學以可入之門徑。這就說明了為什麼他在詮莊過程中，時時不忘對初學循

〔註27〕　錢穆：《莊老通辨》，三聯書店，2002年版，第287頁。
〔註28〕　張采民：《莊子研究》，中華書局，2011年版，第143頁。
〔註29〕　王叔岷：《先秦道法思想講稿》，中華書局，2007年版，第93頁。
〔註30〕　《先秦道法思想講稿》，第94頁。
〔註31〕　《先秦道法思想講稿》，第95頁。

循善誘。正如他在闡發《莊子校詮》撰寫宗旨時所言：「岷之《校詮》為便於初學，引用舊說，郭注、成疏之外，力求其詳。前人引舊說未備；大都全錄之，意在便讀者知舊說之所以然。」〔註32〕王叔岷十分推崇兩部莊學著作。一部是錢穆的《莊子纂箋》，這本書共採摭一百五十八家前修及時賢學說，最稱完善。然而卻有與王叔岷詮莊理念牴觸之處，即「惟所引眾說，為求簡潔，僅錄結論。研習莊子，須有數年之功苦者，始能知錢書之佳勝」〔註33〕。如何才能讓初學尋到門徑呢？王叔岷從前人那裡汲取了經驗：「如清儒高郵王念孫、引之父子下及孫詒讓校釋古書，旁徵博引，詳錄其說，則所啟示於初學者多矣。」〔註34〕錢書最大特色就是能顯自家辨擇諸說的毒辣眼光，而王書的鮮明特點則在於發露思考軌跡、指明去取過程，最終達到便於初學研習的目的。王叔岷推崇的另外一部莊學著作為王孝魚點校之《莊子集釋》。這部書以清末郭慶藩《莊子集釋》為基礎，補充了九種資料，「於各家之說，為求詳明，皆錄全文。此頗便於初學」。〔註35〕不僅如此，王孝魚校補之《莊子集釋》，還「詳引諸家之說，正文在前，注釋在後，既不隔斷文義，又可備悉諸說之詳細內容」。〔註36〕這種行文模式和內容處理方式同樣頗便於初學研習。王叔岷評斷上述兩部書編撰方式之利弊，其重要標準之一就是是否便於初學，這樣親切的見解與他的教師身份和「實事求是」的教學理念密切相關。王叔岷曾說過：「教師們要使學生的品德、學識都好，在平時須得培養一種良好的學風，即是實事求是的學風。……大學是研究學問的最高學府，用『實事求是』這句話來談我們應該培養的學風，我認為是相當恰當的。」〔註37〕堅持一種立論尚圓通、求證尚篤實的治學態度在這裡即體現為對初學的時刻掛念和對良好學風的不懈追求。

三、重視融會貫通，強調體驗同情

讀書治學重視融會貫通，強調體驗、同情，前賢言之甚備。朱熹談讀書：「凡看文字，諸家說有異合處最可觀，如甲說如此，且扯住甲窮盡其詞；乙說如此，且扯住乙窮盡其詞。兩家之說既盡，又參考而窮究之，必有一真是者出

〔註32〕詳見《莊子校詮‧序論》，第 13～14 頁。
〔註33〕《莊學管窺》，第 29 頁。
〔註34〕《莊子校詮‧序論》，第 4 頁。
〔註35〕《莊學管窺》，第 29 頁。
〔註36〕《莊子校詮‧序論》，第 4 頁。
〔註37〕《培養實事求是的學風》，《慕廬論學集》（一），第 97 頁。

矣。」（《朱子語類》卷十一）所謂「參考而窮究之」，即是指示一種貫通「甲說」「乙說」之方法。〔註38〕程端禮《讀書分年日程》也認為：「凡玩索一字一句一章，分看合看，要析之極其精，合之無不貫。去了本子，信口分說得出，於身心上體認得出，方為爛熟。」〔註39〕此說不僅重視融會貫通，更強調「體認」的重要性，比朱子之言還要深入一層。從宏闊處著眼，要求融會貫通；從細密處著眼則要求善體驗、能同情。例如朱子有「少看熟讀，反覆體驗」之教，即是強調體驗工夫的重要，只有如此「才是學窮精微法」。〔註40〕關於「同情」，陳寅恪曾強調此一態度的必要性說：「凡著中國古代哲學史者，其對於中國古人之學說，應具瞭解之同情，方可下筆。……表一種之同情，始能批評其學說之是非得失，而無隔閡膚廓之論。」〔註41〕學有本源的王叔岷對上述治學法門都進行了很好繼承。這些治學的方法態度在他的莊學論著中體現尤為明顯。

王叔岷治莊重視融會貫通，首先體現在他能夠打通先秦諸子，考鏡莊學源流。例如關於莊子與老子的區別與聯繫，王叔岷指出：「老莊立論重點亦不同，老子偏重人事，莊子偏重天道；老子偏重外王，莊子偏重內聖；又老子重生，故言『長生久視之道』。莊子則外生死。亦較老子超脫。惟莊書中於老子最為尊崇，莊子固是宗老者。特莊子之學不為老子所限耳。」〔註42〕又如王叔岷詳辨楊朱之學與莊子之學的區別，同樣讓人大開眼界。他論證道：「岷謂楊朱取為我，莊子重忘我，其學迥異。常人迷我（不知我為何）；智者為我，大智忘我。楊朱，智者也。楊朱之學是為我之學。莊子，大智人也。莊子之學乃忘我之學。不容相混者也。」〔註43〕再如針對「韓非集法家術、勢、法三派之大成，……其於莊子之學亦頗有關，惜尚乏人論述」的學術現狀，王叔岷提出「韓非、莊子之學，大本異其趣，韓非甚輕莊子，然又頗有取於莊子」的重要論斷。他接著論證道：「莊子達道家之極致，韓非極法家之大成，二人並尊崇老子，其學亦必有相關者矣。……韓非於思想、故實、文辭，皆有所取於莊子。不過取之以助己說，固未有尊崇莊子之意也。」〔註44〕原來所謂韓非與莊子有關

〔註38〕杜松柏：《國學治學方法》，中國人民大學出版社，2011 年版，第 91 頁。

〔註39〕《國學治學方法》，第 92 頁。

〔註40〕錢穆：《朱子讀書法》，《學籥》，九州出版社，2011 年版，第 18 頁。

〔註41〕陳寅恪：《審查報告》，見馮友蘭《中國哲學史》，中華書局，1961 年版，附錄第 1 頁。

〔註42〕《莊學管窺》，第 6 頁。

〔註43〕《莊學管窺》，第 11 頁。

〔註44〕詳見《韓非子與莊子》，《莊學管窺》，第 49～63 頁。

係，並不是指二家之精神內核相同，僅是指韓非常取莊子之思想以助其說而已。由上面這些例子可見，王叔岷很重視辨析莊學與其他諸子之學的區別，其「辨章學術，考鏡源流」之意深矣。王叔岷之所以要辨明莊子學派與其他諸子學派之間的關係，是因為他對莊學有一種深刻而獨到的理解，他認為：「所謂家，為一學派。既為學派，則有限度，有範圍。而莊子之學，『其理不竭，其來不蛻，芒乎昧乎，未之盡者』。實不宜以一學派限之。莊子之學乃超學派之學。」〔註45〕莊子之學為超學派之學，故莊學之研究亦須有超學派之視野。莊子之學，無有範圍，無有限度，故研莊者亦應有不為一家一派所限的宏闊視野，結合社會歷史的發展規律研究莊子。只有如此，才能揭示莊學的本原、開掘莊學的精蘊。

王叔岷治莊重視融會貫通，還體現在他能打破學問界限。這主要體現在他能把莊學研究的成果運用到其他學術研究中去，使其他研究成果也打上「莊學專家」的烙印。這樣一來，他對莊學的理解自然也會更加深刻。例如他的《陶淵明詩箋證稿》就能體現這一特點。因為有深厚的莊學底蘊，王叔岷的箋釋往往能更準確、更深刻抓住要領。例如對「晨耀其華，夕已喪之」之句的箋釋，王叔岷深入地指出了它與《莊子‧逍遙遊》篇：「朝菌不知晦朔」的時間觀之間的關係；並得出結論：「疑陶公所詠榮木，本莊子『朝菌』而來。」〔註46〕同樣的例子還有不少，如在釋「應盡便須盡，無復獨多慮」時，王叔岷指出「此首言委運，亦即順化。與莊子外生死之旨合。」並進一步結合其中所體現的「上與造化者遊，而下與外生死無終始者為友」（《莊子‧天下》）的人生哲學，推斷出「陶公晚年之思想，已達此境矣」的深刻見解。〔註47〕此外，王叔岷對《形影神》三詩的闡釋也體現了他在莊學上的造詣，他指出這三首詩「為探討陶公思想進益之跡，極重要之依據。陶公富於詩人之情趣；兼有儒者之抱負；而歸宿於道家之超脫。三詩分陳行樂、立善、順化之旨，為陶公人生觀三種境界。順化之境，與莊子思想冥合，此最難達至者也。」〔註48〕將陶公道家思想之淵源開掘得精闢、深入，非有得於莊學者不能為此。同時，我們也有理由相信，對陶淵明這些莊學色彩極為濃鬱的詩句的涵詠和玩味，必定也能反過來加深王叔岷對《莊子》的體會。

〔註45〕《莊學管窺》，第 27 頁。
〔註46〕王叔岷：《陶淵明詩箋證稿》，中華書局，2007 年版，第 19 頁。
〔註47〕《陶淵明詩箋證稿》，第 92 頁。
〔註48〕《陶淵明詩箋證稿》，第 73～92 頁。

　　王叔岷治莊重視融會貫通，還體現在他對「以詩證莊」方法的運用上。首先，王叔岷通過「以詩證莊」的方式來輔助文字之校勘、文句之訓詁。例如王叔岷在解釋「瓠落」一詞時指出，「瓠落」同「濩落」。進行論證時所用材料都是從詩歌中得來。它們分別是杜甫《自京赴奉先縣詠懷》詩中「居然成濩落，白首甘契闊」之句、李頎《東郊寄萬楚》詩中「濩落久無用，隱身甘采薇」之句、李商隱《七月二十九日崇讓宅讌作》詩中「悠揚歸夢惟燈見，濩落生涯獨酒知」之句、蘇軾《贈李兕彥威秀才》詩中「魏王大瓠實五石，種成濩落將安適」之句。通過這些詩句，我們可以得知唐宋時人所見通行本莊子的用字情況，並由此得出正確的訓釋。〔註49〕又如針對《逍遙遊》中「而後乃今培風背負青天」一句的句讀問題，王叔岷舉蘇軾《復次放魚前韻答趙承議陳教授》詩「槍榆不羨培風背」之句為例。此詩以「風背」連續。王叔岷通過證明認為「從『風』字絕句為長」。〔註50〕舉大詩人蘇軾的詩句作為誤用之例來輔助論證自己的觀點，既能增強說服力又能廓清誤解。其次，「以詩證莊」有助於義理之闡發。如訓釋「衡氣機」，引蘇軾《答孔常父見訪詩》「豈復見吾衡氣機」，指出其義即是神氣平和的機兆。〔註51〕又如訓釋《天下》篇惠施「泛愛萬物，天地一體也」之句時，舉蘇軾《觀魚臺》詩「若信萬殊歸一理，子今知我我知魚」之句來闡述惠子此言的哲理，並指出他們都是受了莊子「由夢覺體悟物化之理」哲學思路啟發。〔註52〕王叔岷莊學論著中「以詩證莊」的例子很多。根據筆者粗略統計，僅《莊子校詮》一書，就有 125 例左右。「以詩證莊」的方法不僅將詩歌和《莊子》這兩門同具詩性的學問貫通了起來，還增添了學術研究的趣味性。

　　至於王叔岷治莊強調體驗、同情，首先表現在他對莊子「體驗工夫」的體認上。王叔岷向來反對將莊子之學視為空談的說法。他指出：「莊子陳義甚高，皆由體驗而來，與空談者迥異。」〔註53〕莊子的人生觀、世界觀從何而來？王叔岷指出它們與體驗的關係，他說「莊子由於親身體驗，悟出物物相累，厲害相招之理。不為利害所困，唯有跳出利害」，因此他強調「莊子能破除是非、得失、悲歡、窮達、乃至生死種種觀念之束縛，蓋皆由體驗而來」。〔註54〕王

〔註49〕《莊子校詮》，第 32 頁。
〔註50〕《莊子校詮》，第 9 頁。
〔註51〕《莊子校詮》，第 293 頁。
〔註52〕《莊子校詮》，第 636 頁。
〔註53〕《莊學管窺》，第 15 頁。
〔註54〕《莊學管窺》，第 16 頁。

叔岷認為莊子之義不是從幻想中來，而是皆由體驗中來；從體驗著眼，從實處著手，此為王叔岷莊學研究之一大特點，值得注意。在談到惠施之學與莊子之學的不同時，王叔岷也看到了「體驗」之重要性：「惠施之學，由別離、詭異，而趨近於齊同、淳正，乃其知識之進境，非由修養體驗而得，此即其所以『弱於德，強於物』者也！」〔註55〕同樣，老子之學之所以與莊子之學為近，是由於「老子所言有關人生問題，於修身、處世，其用無窮。皆由道之體驗而發，所啟示於人者深矣」〔註56〕。莊子之學特重實際體驗工夫，非止於言談，這是王叔岷在其莊學論著中反覆強調的觀點，由此也可以看出王叔岷治莊之卓然自得處。王叔岷在談自己從事校讎事業的經歷時，曾自問：「一個最重情感的人，為什麼一生從事沒有情感的學問？」〔註57〕實則我們從王叔岷的莊學研究歷程中就能看出，正是因為王叔岷把自己的情感注入到研究中，才使學問變得真切動人。

王叔岷治莊強調體驗、同情，在他本人的詩歌創作實踐中也有所體現。王叔岷曾說過：「《莊子》一書之義蘊，循環無端，著而不著，最難瞭解；然亦不難瞭解。性情與莊子近，則展卷一讀，如獲我心；性情與莊子不近，雖誦之終生，亦扞格不入。」〔註58〕王叔岷此處所強調的「性情與莊子近」，正是接受主體「同情」莊子、「體驗」莊子的必要基礎。王叔岷不僅是個有學問的學者，還是個有才情的詩人。因此它能夠將對生活的體驗融入對莊子的體悟中；反過來，他對莊子的體悟又能深化他對生活的體驗。數十年中，王叔岷一直堅持將他在生活中對莊子的體認和在莊子中得到的生活啟示用詩歌的形式表現出來。這就產生了《讀莊餘韻》這部獨特的詩集。王叔岷自序此集曰：「四十年間，出處屢易，感慨良多。所賦詩篇，頗有涉及莊子者，茲迻錄若干首於後。詩道性情，吟詠性情，貴存其真。岷讀莊雖未達莊，然此諸詩，差足見岷之情懷，亦既岷之真性情所寄，庶未悖莊子葆真之旨與？」〔註59〕只須具體分析幾首王叔岷的作品即能證實他所言不虛。「一化何曾別死生，莊周夜夢蝶身輕。春蠶留得餘絲在，好償人間未了情。」（《病重》）體現了他對畢生熱愛的事業的執著與超脫。「悲懷三月無從遣，始信莊生擊缶難。忍對庭話迎夏放，亡妻

〔註55〕 《惠施與莊周》，《莊學管窺》，第43頁。
〔註56〕 《先秦道法思想講稿》，第46頁。
〔註57〕 王叔岷：《我與斠讎學》，《校讎學》，中華書局，2007年版，第1頁。
〔註58〕 《莊學管窺》，中華書局，2007年版，第1頁。
〔註59〕 《讀莊餘韻》，《莊學管窺》，附錄二第263頁。

手種不堪看！」(《悲懷》)體現了他與妻子的伉儷深情。「山木日自寇，膏火夜自煎。一病竟昏厥，扶持賴群賢。」(《偷閒》)抒發的是他重病後的感慨。「既愛幽人隱在丘，亦從城市任浮遊。莊周入俗而超俗，萬古高風絕匹儔！」(《高風》)表達的是他「入俗而超俗」的處世哲學。通過這些詩作形象生動的言說方式，我們更能直接體會到王叔岷畢生熱愛《莊子》、孜孜不倦研究《莊子》的原因。正如他自言：「一讀《莊子》，胸襟豁然，朗澈通明，喜不自勝！自是之後，博學泛覽，日求進益，皆以《莊子》之旨為依歸，所謂不期其然而然者矣。」〔註60〕話語中飽含著莊學情愫和頓悟之趣，令人嚮往。

綜上所述，王叔岷治莊由校勘漸入義理，以義理反哺校勘；在校勘與義理的雙向建構過程中，每立一論必力求其圓通，每證一說必力爭其篤實；通過「以愚自守」之態度和「融會貫通」之視野，做成「堅實有力」之學問。當然，校勘乃專門之學，重在方法傳承，王叔岷在此學中雖多發前人未發之義，然亦「僅能承繼清學的餘緒而已」〔註61〕。雖則如此，王叔岷治莊方法之特殊面目也是無法消泯的。因為他的才情學問並未囿於校勘一隅，而是「義理、考據、辭章兼備」〔註62〕。這一特點在《莊學管窺》《先秦道法思想講稿》諸莊學專著中均有體現。在《莊子校詮》一書中則體現得至為明顯。是書著成於王叔岷晚年，以厚重之學力為基礎，注入本真的性格、情感和豐富生命體驗，最終成就了宏通博大的風貌。這種熔「校勘」與「詮釋」於一爐的治莊方法，正是王叔岷「大小兼顧，弘纖並照」〔註63〕治學理念的最好體現。

〔註60〕《莊學管窺》，第 2 頁。
〔註61〕胡文輝：《現代學林點將錄》，廣東人民出版社，2010 年版，第 240 頁。
〔註62〕楊樹達評《莊子通論》語，詳見《慕廬憶往——王叔岷回憶錄》，中華書局，2007 年版，第 66 頁。
〔註63〕《莊子校詮·序論》，第 23 頁。

文學的求索與文化的關懷——讀蔣寅《視角與方法：中國文學史探索》

　　毋庸諱言，文學史研究一度面臨如下困境：首先是宏大敘事的浮泛化，具體表現為在論及文學史演進過程時往往流於時代背景與作家生平的簡單疊加，而文學史在特殊歷史語境中的具體演進情形則被付之闕如；其次是具體研究的碎片化，雖然也有學者鑒於浮泛化之弊，開始轉向具體文學家、文學現象與文學話語的研究，但是這類研究大多或侷限於文獻梳理與人物考證等文學外部研究範疇，或侷限於文本分析與藝術闡發等文學內部研究範疇，對於像如何將文學外部研究與內部研究相結合、如何將個別文學現象之價值與文學乃至文化發展演進的整體過程相勾連等更為重要的問題則語焉不詳。如果學界不對當前這種兩極化困境予以足夠重視，勢必會引起文學史研究在結構上的斷裂，危及文學史作為一個體系完備之學科的合法性。令人欣慰的是，當前已經有具有學術敏感度的學者察覺，並紛紛給出應對之策。蔣寅就是這種具有強烈學術敏感度的學者之一。結合上述文學史研究的症候，他開出了一副療效顯著的藥劑，即視角的轉換與方法的更新。《視角與方法——中國文學史探索》（北京大學出版社，2018 年 11 月第 1 版）一書收錄的三十篇文章，就是著者在親嘗百草之後篩選出的藥材：分而嘗之，每一味藥材都有獨特的功效與作用；合而煎之，可成為一劑攻治痼疾的良藥。

一、文學的求索：視角的轉換與方法的更新

　　學術研究如果想產出真正意義上的「新成果」，無外乎兩種途徑：一是幸逢新史料與新文獻的發現或出土，在此基礎上一則可通過直接整理而產生新

成果，一則可以借助新史料與新文獻改寫舊成果而產出新成果；二是採用新的
視角與方法來研究傳世文獻甚至早已為人熟知的經典文獻。從第一種途徑產
出新成果的困難在於，在文獻數字化與集成化逐漸完備的當代，宣稱在圖書館
或藏書家那裡發現新材料已經不太符合實際。如此一來，只有坐等新出土文獻
的問世，而被動的「坐等」除了與學術演進的動能構成顯而易見的悖論之外，
並不能為之提供積極助力；即便有新的出土文獻問世，如果沒有新的視角與新
的方法來展開研究，那麼研究的當代性與現實意義仍無法凸顯。試問，如果研
究今日出土文獻的方法與清代人、宋代人甚至漢代人研究其時出土文獻的方
法別無二致，那麼這些文獻在當代出土的意義是否能得到正確論定？如果沿
用漢宋以來的方法對新文獻進行排比、校勘、注釋，然後束之高閣等待後世的
知音者，那麼我們只是漢宋學者的「同代人」，我們的當代性何在？可見，新
的視角與方法在學術研究中是必須的。

　　何謂視角？何謂方法？如何理解視角、方法與理論的關係？所謂「視角」，
顧名思義，就是人類看待事物的角度，這一語詞源於人類對視覺的特殊依賴。
正如奧斯瓦爾德·斯賓格勒所言：「我們所使用的『敏銳的』『敏感的』『洞察
力』『分辨力』『眼力』等字眼，更不必說邏輯的術語，全都是取自視覺世界。」
〔註1〕可見，學術研究中所謂的「視角」是一種比喻的說法，它並不是指肉體
的眼睛借助光線來「看」世界，而是指訴諸「心靈的慧眼」來把握和理解世界。
心靈的慧眼欲把握和理解世界須訴諸於思維的方法，思維的方法則離不開理論
的指導。如此一來，所謂視角、方法與理論雖然名稱有異，但在把握與理解世
界時是「三位一體」的。蔣寅在他的文學史探索中著力於視角的轉換與方法的
更新無疑是把握住了學術創新的要義，同時這也基於他對視角、方法與理論之
關係的清醒認知。在《視角與方法·自序》中，他指出：「在實際研究中，我其
實一直將視角與方法等同於理論，以為任何視角和方法都出於理論的導向，比
如有了原型理論，才有對神話角色原型意義的研究；有了後現代史學『歷史即
是敘述』的理論，才有對陶淵明傳記和形象的重新理解……所有這些異於傳統
研究模式的研究都建立在一種新的理論平臺上。」〔註2〕他又曾在不同場合反

〔註1〕〔德〕奧斯瓦爾德·斯賓格勒著，吳瓊譯：《西方的沒落》（第二卷：《世界歷
　　　史的透視》），上海三聯書店，2006年版，第4頁。
〔註2〕蔣寅：《視角與方法——中國文學史探索》，北京大學出版社，2018年版，自
　　　序第6頁。

覆強調「理論即是方法，有理論即有方法」，同時將「發現問題」視為更為前提的問題，認為「有了問題才談得上理論和方法」。這充分表明，在著者看來，視角、方法與理論在闡釋時可以分而言之，在操作時卻是「三位一體」的。有了這種清醒的認知，著者在求索文學真相與文學史規律時，自然就能借助新理論產生新視角，選擇新方法得出新結論。

先以《基於文化類型的文學史分期論》為例說明之。一切縱向的歷時的研究都必須直面歷史分期問題，文學史研究也不例外。本來，歷史就像是「抽刀斷水水更流」的泱泱大河，是連續的、一貫的，根本不可能有靜止的橫截面，故而所謂歷史分期就像是河流的上游、中游與下游，只是人為賦予的名稱，是人的意識的建構物。但是就像河流有了上游、中游與下游的分段之後，人們才能對不同河段的水文條件、植被生長、農業灌溉等具體情況進行調查與比較一樣，只有對歷史進行分期才能更有效地把握和分析紛繁複雜的歷史現象。歷史分期是人為的，而人的觀念又帶有強烈的主觀性，那麼什麼樣的分期標準才是合適的？明顯有別於歷史學的文學它的分期又應該採用何種標準？著者敏銳地認識到文學史分期是關乎文學史研究全局的重要問題，故而他提出應對文學史分期進行「再嘗試」，從而探索一種更有效、更有概括力的分期模式。經過多年思考，他提出了一種「基於文化類型的文學史分期理論」，這一理論旨在「將 20 世紀以前的中國文學史分為三段，以貴族文學、士族文學和庶民文學三種類型來概括中國古代文學的發展歷程及其階段性特徵」。〔註 3〕這一分期模式是新穎的，進一步印證了文學史分期「多元化」的可能性。著者在勾勒文學史進程圖時提出的「複調的文學史運動觀」更具有理論創新意義：「文學史是個複調的運動過程，在歷史上任何一個時期都存在著不同文學要素的共生和互動。這種複調的文學史運動觀，在我們的文學史認知乃至歷史研究中似乎尚未得到清晰的認識。」〔註4〕對「複調的文學史運動觀」的闡發，對文學史運動方式的鮮活呈現與對文學史運動複雜結構的深刻揭示，是最富於創造性的理論貢獻。當然，我們在這裡隱約看到了巴赫金複調小說理論的影子，但是巴赫金的複調理論主要用於分析陀思妥耶夫斯基的小說，而著者的複調理論則是用於分析整個中國古代文學史。

〔註 3〕《視角與方法——中國文學史探索》，第 36 頁。
〔註 4〕《視角與方法——中國文學史探索》，第 41 頁。

再以《絕望與覺悟的隱喻——杜甫一組詠枯病樹詩論析》為例說明之。杜詩幾乎是每個中國古典文學研究者都必讀的經典，但似乎很少有人對杜甫的以下四首詩予以特別關注——《病柏》《枯棕》《病橘》《枯楠》。大多數讀者在細讀這四首作品之後肯定能立刻感受到杜甫歎老嗟病的心境以及「感時傷世」「憂國憂民」的情懷，但這也是長久以來文學史給杜甫貼上的標籤，我們沒能也無法讀出更多的新意。對很多人來說，這四首詩的作用就是再一次印證杜甫身上的標籤。如果沒有新的理論視野，這四首詩根本不會「被發現」，更遑論發掘其中蘊含的「絕望與覺悟的隱喻」。而著者正是憑藉新的理論視野，發現這四首詩儼然一首邏輯貫穿的「組詩」，在它們中間有一條隱形的線索一脈貫通。正如著者所言：「實際上，這組作品中包含著詩人對個人、社會、王朝前所未有的深刻思索，涉及個人前途黯淡、民生凋敝、君主失德乃至王朝沒落諸多重大主題，這些思索導致杜甫晚年思想的若干重大變化，也使這組作品成為他晚期創作中最具思想深度的開拓。」〔註5〕通過對這組作品的精細解讀，著者既看到了杜甫「從個體到群體的幻滅」，又看到了杜甫「王朝信念的絕望」，還看到了他「文章千古事的覺悟」。這著實令人驚歎，這根本不是我們想像中的「文本的精細閱讀」應有的樣子。所謂的「文本細讀」難道不該像羅曼·雅各布森在解讀波德萊爾的《貓》時所做的那樣嗎？即把文本視為一個獨立自足的世界，拋開一切「文學的外部研究」因素可能帶來的影響，深入到文本內部去分析文本的形式、結構乃至語法、句法、韻律、節奏。不可否認，這樣純粹「文學的內部研究」有助於深入理解文本，但文學研究並不能止步於此，所以學界雖然承認形式主義與結構主義文論在發掘文學的「文學性」方面的功績，但對它們陷入絕對的「內部研究」方法並不滿意，進而提倡將文學的「內部研究」與「外部研究」結合起來。著者在解讀杜甫的這組枯病樹詩時正是如此，他運用了文本細讀的方法，且進一步「聯繫杜甫前後思想的變化」，如此一來，就擴展了這組詩的闡釋空間，使之超出了文本本身。那麼，著者是如何想到要將文本細讀與杜甫前後思想的變化聯繫在一起呢？是因為他認識到杜甫的心路歷程與詩風嬗變有著密切關係。這是受到英國詩人奧登「蛻變說」的啟發：「奧登強調的是偉大作家的創作一生都會經歷若干轉折，甚至到晚年都不曾定型。以此衡量偉大詩人杜甫的創作，相信我們都會同意奧登的說法。杜甫的

〔註5〕《視角與方法——中國文學史探索》，第343～344頁。

詩歌創作明顯經歷了多次蛻變，這些蛻變構成了杜詩的階段性。」〔註6〕這再一次證明了視角、理論與方法密不可分。

最後以《清代詩學與地域文學傳統的建構》為例說明之。文學的地域性特徵在明清文學發展史中表現得日日益突出，尤其是詩歌選本，顯示出以地域為視角展開詩學研究的自覺意識。著者再一次敏銳地認識到：「這種意識是詩歌創作觀念中區域性視野和創作實踐中地域性特徵的自然反映，也是我們研究清代文學首先必須注意的重要問題。」〔註7〕在闡明清代地域文學研究的重要性之後，著者從四個方面展開具體論述：地域文化和地域文學的發展，清代風俗論和文論中的地域意識，地域文學傳統的自覺和建構，詩論中的地域差異與地域傳統意識。這四個問題都是清代地域文學研究的核心問題，著者通過系統論證，最後得出如下結論：「在清代文學中，地域意識已是滲透到人們思想深處的一個不可忽視的變量因素，經常在具體的文學批評和論證中潛在地影響著論者的見解和傾向性。」〔註8〕這一結論的意義在於它提醒我們在研究清代文學和清代文化時必須時時將清人的地域觀念當做一個重要的影響因素加以考量。

此文還有兩個貢獻。其一是在人類學理論中的「文化區」概念啟發下系統考察了清代的「風俗論」。中國古代風俗理論與風俗建設實踐是一個值得研究的領域，它不僅是一個文化研究的「富礦」，其「移風易俗」的理論與方法更具有強烈的現實借鑒意義，它豐富的歷史文獻及理論智慧足以撐起一門中國特有的「風俗學」，是在全球化的今天向世界發出中國聲音的有力載體，惜乎這一領域尚未引起學界的足夠重視。著者拈出「清代的風俗論」概念，並對其內容進行了論述，在「風俗學」研究中具有一定開拓意義。我們完全可以依循著者的方向對歷代「風俗論」進行全面梳理、研究，將這門中國特有的「風俗學」建構起來。其二是借用羅伯特·芮德菲爾德的「大傳統」與「小傳統」概念來重新審視整個古代詩歌文學與地域性鄉邦文學的關係。芮德菲爾德的「大傳統」與「小傳統」概念是用於描述精英文學與通俗文學的對立，著者結合中國古代文化的獨特性與實際情況對這一對概念的內涵進行了創造性置換，取消其相互對立的特徵，而賦予其大環包容小環的新特徵。在地域

〔註6〕　《視角與方法──中國文學史探索》，第339頁。
〔註7〕　《視角與方法──中國文學史探索》，第549頁。
〔註8〕　《視角與方法──中國文學史探索》，第573頁。

觀念日益自覺的明清時代，「人們在學習、模仿和創作之際，所面對的不是精英—城市—經典與通俗—鄉村—流行的選擇，而是在整個傳統和局部傳統之間進行選擇。」〔註9〕之所以說著者對芮德菲爾德「大傳統」與「小傳統」概念的改造是創造性的，是因為「大傳統」與「小傳統」的環套模式確實非常適合闡釋中國古代文化整體傳統與地域傳統之間的關係。

限於篇幅，上文只舉了三個例子，其實通觀《視角與方法》一書，幾乎每篇文章都體現了視角、方法與理論的高度融合。例如在《20 世紀文學史學》中對文學史基本構成和文學史態度的思考，在《關於中國古代文章學理論體系——從〈文心雕龍〉談起》中對中國古代文章學理論體系「趨向於凝固，拒絕接受新因素」現象的反思，在《一種更真實的人地關係與人文生態——中國古代流寓文學引論》中對根據籍貫談論地域性的常規做法保持警惕的同時強調流寓文學研究的可行性，在《〈左傳〉和〈戰國策〉說辭的比較研究——兼論春秋、戰國的不同文化性格》中從《左傳》《戰國策》說辭風格的不同發現其中隱含著「兩種文化的更迭」與「兩種理想的追求」，在《一個歷史定論的檢驗與翻案——張正見詩歌平議》中「發現」張正見這位被歷史遺忘的詩人並對他的詩歌藝術予以客觀評價，在《杜甫與中國詩歌美學的老境》中從「老」的角度把握杜詩美學層面的統一性，在《杜甫是偉大詩人嗎？——歷代貶杜論的譜系》中從幾乎被頌讚淹沒的杜詩學中勾勒出一幅杜甫負面評價史的完整畫卷，在《權德輿與貞元後期詩風》中對權德輿詩歌「反抗日常經驗與遊戲化」特徵及其在中唐詩壇重要作用進行深入挖掘，在《乾嘉之際詩歌自我表現觀念的極端化傾向——以張問陶的詩論為中心》中深入分析極端自我表現化傾向對獨創性觀念的溶解，在《古典詩歌傳統的斷裂與承續——中國現代詩歌中的傳統因子》中一反在現代詩歌中發現「現代性」的慣性思維發掘出現代詩歌的傳統因子等等，無不充分體現了著者視角、方法與理論的高度融合。

著者擅長在研究中運用各種理論，也擅長視角的轉換與方法的更新。他運用理論的方式主要有兩種，一種是先深入探究某些理論，進而獲得一個獨特的研究視角，然後再對適合運用該類理論的某一專題進行深入考索；一種是先發現問題，然後在具體研究中，借助某些理論與自己的研究相印證。無論採用哪一種理論運用方式，著者都不是機械地套用理論，而是將之視作「思維的刺激物」來輔助自己轉換看問題的角度、加深自己看問題的深度。

〔註9〕《視角與方法——中國文學史探索》，第 559 頁。

二、文化的關懷：精神的淬煉與心靈的塑造

通讀《視角與方法》之後，筆者除了獲得新知的充實感和領會到視角、方法與理論融通共生之道的欣悅感之外，為什麼總感覺還有一股更深的震撼力縈繞心間？原來《視角與方法》中不僅有冷峻的知識理性之思，還充滿溫暖的文化關懷。其實，著者在《視角與方法》中對文學研究的文化視野重要性早有清醒認識，正如他在《自序》中所言——「文學與歷史、文化的大背景密不可分」「文學研究具備文化視野是非常必要的」「自己的論著其實也總是在為文學問題尋求文化詮釋」「文學是文化的一個子系統，它的變化取決於文化系統的制約作用」。[註10] 可見著者對文學與文化的關係以及文化視野在文學研究中重要性的認識系統而深刻。筆者認為，著者對文化視野的重視取決於他強烈的文化關懷意識，這種關懷意識又主要表現為他對中國文化精神與古人心靈世界的關注與抉發。

對人類精神世界與心靈世界的關注是一切人文學科永恆的主題。矢志建立一門精神科學，並將「精神」作為這門科學的研究對象的主張，應該發軔於德國現代生命哲學家威廉·狄爾泰，他深刻地認識到精神科學與自然科學在研究對象和研究目的上存在明顯差異。正如有論者所指出的那樣：「在狄爾泰看來，有兩個世界，一個是物理世界，一個是精神世界。精神世界是一個內在的宏觀世界，是人類生命和精神生活的純粹世界，它與處於人類心靈之外的物理世界是迥然不同的。……在精神世界中，充滿了主體的人的情感、想像、意志，以及人類活動的觀念、價值、目的等，是無法加以精確觀察測量的。」[註11] 可見，狄爾泰力主創造一種新的方法論即精神科學的方法論，藉以重新解釋人類的生命活動和心靈圖景。如果真的存在這樣一門精神與心靈的科學的話，那麼文學藝術無疑在其中佔據重要地位，因為文學藝術在表現人類精神與心靈方面的獨特功能是任何其他人文學科無法取代的。狄爾泰所面對的是西方 19 世紀末「科學理性」一統天下的文化格局，唯理主義的冷峻桎梏日益令人窒息。事實上狄爾泰所面臨的苦惱，當今世界並沒有消泯，在工業化浪潮的裹挾下，人類如何安放自己的精神與心靈，依然是個嚴峻問題。可見，著者以文化精神與心靈世界為切入點展開文學研究，不僅把握住

[註10]《視角與方法——中國文學史探索》，自序第 3～6 頁。
[註11] 胡經之主編：《西方文藝理論名著教程》（下卷），北京大學出版社，2003 年版，第 47 頁。

了人文科學的命脈，還具有強烈的現實意義。通過辛勤探索將中國文化優秀精神與中國古人豐富心靈世界發掘出來，不僅能予當下中國人以鑒鏡，還能向世界提供源於中國的獨特生存美學。從這個層面而言，著者的探索成果，不僅是屬於中國的，也是屬於世界的。《視角與方法》無疑是這方面成果的一次集中展示。

　　首先，對古典文學的精神史意義予以了特別關注。在《古典文學的精神史意義及其研究》中，著者將文學對於精神史的意義歸結為四個方面：其一，文學對於精神史的感性記錄和生動再現，有助於認識和把握民族精神的豐富內涵；其二，文學對文化核心價值生成的深刻參與，使它在很大程度上成為精神史的直接依託；其三，文學對傳統的高度整合作用，加速了民族精神的發育及自我意識的形成；其四，文學以自己的形式直接參與了民族精神塑造，它的效果和影響力是其他意識形態無法比擬的。〔註12〕由此可見，無論是哪個民族，在民族精神建構過程中都離不開文學的助力。至於中國古典文學在民族精神建構中所發揮的特殊意義，著者將之概括為以下幾個方面：首先，中國古典文學作為考察民族心理和精神成長過程的重要渠道，加速了整個民族自我認識的過程；其次，在封建專制體制禁錮思想的歷史語境中，中國古典文學經常充當思想解放的先鋒，吹響觀念變革的號角；第三，由於中國古代思想建設在形式和內容上的匱乏，促使文學在很大程度上成了民族文化精神和文化意識的集中表達；第四，在中國歷史上，文學相對於其他意識形態來說，與各階層人士的日常生活關係最密切，對人的思想意識和日常行為準則影響最深。〔註13〕在對文學史研究的精神史取向可能存在的侷限加以反思的基礎上，著者提出「放棄一般史學的整體性、實證性原則，而代之以文學的抽象性和典型性原則」，並進而主張「採用一種不同於前人的模式，將歷時性與共時性相交融，歷史綜合與典型抽象相結合，不僅關注文學對精神的反映和表現，更重視文學對精神的參與和建構，以全面展現華夏民族歷史上文學與精神交相作用的動態過程」。〔註14〕可見，著者關注到古典文學的精神史意義，還對借助古典文學建構民族精神的可能性、可行性以及操作路徑進行了系統思考。這一研究「不僅與當前的精神文明建設，就是與未來華夏民

〔註12〕《視角與方法──中國文學史探索》，第13～16頁。
〔註13〕《視角與方法──中國文學史探索》，第17～21頁。
〔註14〕《視角與方法──中國文學史探索》，第27～28頁。

族的精神建構都有著密切的關係。」〔註15〕

其次，對中國古老神話原型中閃耀的精神理想予以了特別關注。在懷疑論者看來，白紙黑字的「信史」尚不可信，更遑論發源於人類「童年時期」猶如夢中囈語的神話。但是神話真的完全不可信嗎？在考古學井噴式發展的當代，在被譽為「實證中華文明5000年」的良渚文化遺址與被譽為「堯舜之都」的陶寺文化遺址被先後發現之後，如果我們還想追尋中華文明更早乃至最早的記憶，該從何處著手呢？神話，尤其是那些具有原型意義的神話無疑提供了一條能夠直達歷史記憶的邃遠之地的通道。雖然我們不必像《地球編年史》的作者撒迦利亞·西琴那樣，通過對蘇美爾楔形文字和諸文明神話的解讀，最終將蘇美爾文明的誕生歸源於太陽系「第十二個天體」，但是通過對神話流傳過程中保留的「集體無意識時代的社會、自然認知和信念」的探索，追溯先民古老的精神印記，是穩妥可行的。正如《作為文學原型的精衛神話》所言：「有時，相對本身的文學價值而言，神話更值得重視的文學史意義是作為原型為後代的文學作品所傳承和重塑，在漫長的文學史中積澱為某種精神內涵的象徵符號。」〔註16〕在能夠作為原型的中國神話中，著者對精衛神話特別注意，認為「精衛的形象因填海這不可能的癡舉而變得充滿英雄氣概，成為蘊含巨大精神內涵和多種解釋可能的悲壯角色」。〔註17〕著者對精衛神話能成為精神理想化身的原因也進行了分析：「這渺小的絕望的努力與意志的決絕、恒久所產生的巨大反差，不僅表現出復仇的決心，更傳達出了一種普濟眾生的悲憫情懷……這種品質，在以明哲保身的人生態度為主流的中國社會向來是最缺乏的，因此精衛就成為一個閃耀著特殊光彩的原型，隱現在後代的文學中，並經常成為精神理想的化身。」〔註18〕精衛弱小的形象作為「勇於同命運抗爭、百折不撓的人格力量的象徵」與其「不惜為信念犧牲的殉道者的悲壯色彩」，已經被「與華夏民族不畏強暴、敢於抗爭、疾惡如仇、知恥明志、矢志不移、百折不撓的精神和人定勝天的信念聯繫起來，給後人以長久的激勵」。〔註19〕

第三，對文學家的心靈衝突與心態變化予以了特別關注。著者在探索文學家的精神與心靈世界時，非常重視心態史研究範式的重要性，《古典文學的精

〔註15〕《視角與方法──中國文學史探索》，第31頁。
〔註16〕《視角與方法──中國文學史探索》，第147～148頁。
〔註17〕《視角與方法──中國文學史探索》，第149頁。
〔註18〕《視角與方法──中國文學史探索》，第150～151頁。
〔註19〕《視角與方法──中國文學史探索》，第169頁。

神史意義及其研究》一文指出：「中國古典文學以豐富的詩歌作品及濃鬱的抒情性為其體裁與美學的基本特徵，這決定了古典文學與心態史有著最密切的關係。作為文學中最直接、最強烈的情感、觀念表現形式，詩更集中地展現了各個時代人們的思想、情感活動，尤其是心靈狀態。因此，詩史從廣義上說就是華夏民族的心態史，是民族心靈顫動、變化、表現的歷史。對詩歌作品中所表現的心態的研究，能讓我們不僅瞭解各個時代詩人的精神狀態和思想傾向，為精神史研究提供一個參照系，還能瞭解不同時代的詩人所關注的焦點問題，從而洞見他們自我體驗及對人性開掘的深度。」〔註20〕正是基於這種對心態史價值的認識，著者在研究文學家尤其是詩人時往往會特別關注他們的心靈衝突與心態變化，對偉大詩人屈原及其《離騷》的研究就是一例。在《理想的衝突與悲劇的超越──心態史上的屈原》中，著者指出：「由理想的衝突到心靈搏鬥，由心靈搏鬥進而到死亡的宣示，《離騷》的心路歷程向我們展視了一個高貴靈魂的莊嚴毀滅，這莫大的悲劇意味永遠啟示人們去作生與死的沉思，尤其是當面臨著同樣生存境遇的時候。」〔註21〕為了更深入地解讀屈原從理想衝突到心靈搏鬥，再到死亡宣示的心路歷程，著者先分析了《離騷》中所體現的屈原不可調和的心靈衝突，進而探討了自殺作為生命的一種選擇的深層精神根源，最後又從個人與宗族一體化關係的解除視角分析了屈原的心靈衝突在後世逐漸被誤解的原因。在文章末尾，著者又創造性地將屈原自殺與陶淵明歸隱作為精神史上的典型加以並觀，並指出：「在這兩個例子中，文學在很大程度上已不是自殺和歸隱行為的記錄和裝飾，而簡直就是它本身；文學使這兩樁純粹個人的行為成為對思想史有意義的事件，並引起廣泛關注，反過來又影響士大夫的觀念和行為。古典文學與華夏民族精神建構的關係在這兩個問題上表現得非常充分，非常典型。」〔註22〕再一次將文學的精神史、心靈史研究上升到華夏民族精神建構高度，這也再一次印證《視角與方法》所體現的文化關懷的深度與廣度。

此外，《一種更真實的人地關係與文學生態》對身處異地的流寓者心靈中產生的隔閡感、疏離感及一旦獲得心理調適後的怡情感、融入感的闡述，《超越之場：山水對於謝靈運的意義──謝靈運與山水詩的關係再檢討》對魏晉之

〔註20〕《視角與方法──中國文學史探索》，第 29 頁。
〔註21〕《視角與方法──中國文學史探索》，第 195 頁。
〔註22〕《視角與方法──中國文學史探索》，第 241 頁。

際特有的悲愴生命情調和相應情感美學的關注以及對作為「精神超越之場」的遊覽詩與作為「自由的象徵性佔有」的山水詩的解讀，《吏隱：大曆詩人對謝朓的接受》對大曆詩人接受謝朓的心理氛圍的分析，《反抗・委順・淡忘——李白、杜甫、蘇軾的時間意識及其思想淵源》對作為文學作品中「一個鬱結的情結」的時間意識與個體生命意識之關係的探討，《走向情景交融的詩史進程》對「移情」說與「心象」說的闡發等等，無不展現著者對中國文化精神與古人心靈世界的關注與抉發。

著者的關注與抉發，其意義並不僅限於這些關注與抉發本身，它們還有更重要的意義，即精神的淬煉與心靈的塑造。淬煉誰的精神？塑造誰的心靈？是讀者。作品有它的客觀效果，讀者更有自己的主觀能動性，正如特里・伊格爾頓在介紹接受美學時所說的那樣：「文學作品的文本不是放在書架上的：它們是表明作品含義的過程，只有在閱讀的實踐中才能實現。對於文學的實現說來，讀者與作者同樣重要。」〔註23〕這一接受理論同樣適用於學術著作的讀者。可以想見，當讀者讀到著者對文學的精神史意義、精衛精神的內涵與屈原偉大心靈中的激烈衝突等問題的闡發時，一旦在精神上感受到震撼、在心理上感受到共鳴，那麼他勢必能感受到精神的洗禮與心靈的昇華。這時淬煉精神與塑造心靈的渦輪已經自動旋轉起來，誰也止不住。

三、餘　論

每當發現《視角與方法》中某篇文章的視角、方法與理論對自己久思無果的問題具有直接的啟示意義時，我都會產生猶如透過一扇窗戶看見一片原野的豁然開朗之感。例如，我認為如果想對「清代聲韻詩學」的階段性特徵有清晰的認知，必須抓住一些對「清代聲韻詩學」的發展產生重要影響的事件，並藉此確定關鍵的時間節點。只有以這樣的時間節點為分水嶺前後串聯，才能抓住「清代聲韻詩學」各個發展階段的獨特性。當讀到《視角與方法》中《乾隆二十二年功令試詩對清代詩學的影響》一文引述並分析了大量聲韻文獻時，我驚喜地意識到，乾隆二十二年（1757）科場恢復試詩正是自己一直尋找的關鍵時間節點上的重要事件之一。著者已經系統地論證了科場恢復試詩對試帖詩學與蒙學詩法之勃興的刺激作用，我只要進一步將聲韻在試帖詩學與蒙學詩

〔註23〕〔英〕特里・伊格爾頓：《文學原理引論》，文化藝術出版社，1987 年版，第91 頁。

法中的地位加以梳理、論證，就可以相當有力地證明這一重要事件在「清代聲韻詩學」演進中的意義。

再例如，我一直堅持認為自己所謂的「詩韻學」與傳統意義上的「音韻學」是兩門不同的學科，「音韻學」業已是語言學轄屬的一門分支學科，如果「詩韻學」研究得足夠充分的話，也完全可以成為文學研究下面的一門分支學科。但是怎樣才能清晰地說明「詩韻學」與「音韻學」的區別與聯繫？說明二者的聯繫不難辦到，因為二者都以「韻」為研究對象，很多人本來就誤以為二者是一種東西，最關鍵的問題在於如何說清二者的區別。《視角與方法》中有這樣一篇文章，題為《從目錄學看古代小說觀念的演變——兼談目錄學與文學的關係》，文章別出心裁地從目錄學角度探討了古代小說觀念的演變，並清晰地勾勒出從《漢書‧藝文志》到《四庫全書總目》的小說觀念演變的路徑。這使我恍然大悟：我何不從目錄學的角度看看古人韻書觀念的演變？如果古人對韻書功能的判定出現了為文學服務與為語言學服務的區分，那麼不就有力地證明了「詩韻學」與「音韻學」的不同嗎？通過對歷代目錄學著作的考察，我發現，從收錄了魏晉南北朝這一韻學自覺時代的大量韻書的《隋書‧經籍志》開始，韻書就兼具文學功能與語言學功能。但是在很長的歷史時期內，韻書的主要功能都是為文學創作服務，即主要是為詩歌創作提供押韻的科學參照。只有到了音韻學大起的清代，《廣韻》等韻書才日益成為音韻學研究的對象，而早期韻書作為詩歌押韻參照的功能，則被「詩韻」取代。這一點在《清史稿‧藝文志》中有清楚地體現，其經部小學類韻書之屬中收錄的數十部著作，基本屬於顧炎武以降的清代音韻學家的研究著作，而清代大量的被稱為「詩韻」的押韻參考書卻未見收。這表明《清史稿》的編纂者們的確是把「詩韻」與「音韻」分而視之的，他們的觀念可以代表清人主流看法。

又例如，我有幸從曾留學日本的胡照汀學兄處獲睹虎關師煉所撰《聚分韻略》（日本國立國會圖書館藏古寫本）的影本。直觀地看，這部日本韻書無論從名稱還是內容看，都與宋代的《禮部韻略》有很大相似性，想必是受到《禮部韻略》一系韻書的影響。李子君曾撰《日本真福寺藏〈禮部韻略〉版本考》（《華夏文化論壇》，2009），《日藏宋本禮〈禮部韻略〉刊印時間及版本問題》（《齊齊哈爾大學學報》，2012）等文探討《禮部韻略》在日本的流傳情況，表明《禮部韻略》確曾在日本發生重要影響。但《聚分韻略》與《禮部韻略》最大的不同在於，虎關師煉將其所收韻字進行了「棋布隊類」的分類，先分出乾

坤門、時候門、氣形門、支體門、態藝門、生植門、食服門、器財門、光彩門、數量門，以上十門「皆有部伍」，然後「復捃摭讀而虛者以為兩部」，即虛押門、復用門，凡所收韻字皆於正文中不憚煩復地標明所屬門類。這明顯是在以一種獨特的方式將類書的特點融入到韻書之中，其目的則是為了強化《聚分韻略》的文學功能。在獲睹異書的欣喜之餘，對於如何研討卻一時無從下手。待讀到《視角與方法》中《李攀龍〈唐詩選〉在日本的流傳和影響——日本接受中國文學的一個側面》一文時，看到著者對《唐詩選》在日本流傳情況的考察尤其是對蘐園諸子在《唐詩選》流行中作用的關注，我想到何不將《禮部韻略》作為日本接受中國韻書的一個側面，探討其在日本的流傳和影響？在探討過程中正好可以將虎關師煉的《聚分韻略》作為一個研究支點，探究《禮部韻略》及相關或相似韻書在日本古代文學中的作用。

綜上可見，一部成功的學術著作，其學術價值不僅在於提供高深的新知，還在於其研究範式能夠對某一領域的研究困境予以有效回應，更在於能為後學提供取之不盡、挹之不竭的啟迪。可以說，著者的《視角與方法》是一個指示正確方向的路標。

建構樂府學的不懈努力
——讀吳相洲《樂府歌詩論集》

　　《樂府歌詩論集》（商務印書館，2013 年 8 月第 1 版）是吳相洲十多年來
一直關注樂府歌詩，致力於利用現代研究觀念和方法研究樂府歌詩的重要成
果。《論集》以樂府歌詩為本位，探索和發現它們在詩歌史上的特點和價值，
並逐漸拓展到對樂府歌詩產生的文學史背景的研究。《論集》發掘了樂府歌詩
作為文學精品在文學史上的重大意義，為學界對文學史認識的深化提供了助
力。這本學術論集由《樂府編》《歌詩編》《詩史編》三個部分組成，共收錄了
19 篇論文。每一編都先從理論的宏觀概括開始，逐步展開對各論題的微觀研
究。其中《樂府編》收 6 篇文章，先談關於建構樂府學的思考，然後具體討論
唐代古題樂府入樂及李白、王維、元白的樂府詩創作問題；《歌詩編》收 7 篇
文章，先談對歌詩研究的理論思考，然後具體研究永明體與音樂及佛經轉讀的
關係、唐人的歌詩創作與歌唱活動等專題；《詩史編》收 6 篇文章，先對唐詩
繁榮原因進行重新闡述，然後探討了劉希夷、杜甫、孟郊、李商隱、李賀諸詩
人的創作問題，側重於描述他們在唐詩發展史中的地位。

　　《論集》的學術特色主要體現在新領域的開拓、老問題的出新、淺研究的
深入、偏見解的勘正四個方面。要想說明一部論文集的特色，必須深入發掘每
一篇論文的特殊價值，而不能只限於泛覽。故擬對論集中的文章重新進行分
類，力求將特色展現出來。當然，有些論文一身兼有多個特點，這裡只依其最
著之特色進行分類。

一、新領域的開拓

先看《關於建構樂府學的思考》一文對「樂府學」的開拓。樂府作為一種古老的詩歌體裁，已經誕生二千一百年之久。人們對它的欣賞和研究從未衰歇，顯示了這一獨特詩歌樣式的恒久生命力。《樂府詩集》作為收錄和研究這一詩歌樣式的代表性成果，問世已近千年，並一直以其「徵引浩博，援據精審」的學術品格著稱於世。但是，學界對《樂府詩集》的研究並不充分，堪比於《詩經》《楚辭》《文選》的學術價值遲遲未被發掘。它不僅沒有像其他文化經典一樣成為專門之學，甚至在學術高度發展的今天，還有被遺忘的危險。因此，著者在《關於建構樂府學的思考》一文中籲請學人關注這門學問。著者首先在文中追溯了樂府發展的歷史，提出「樂府本有專門之學」的論斷。因為禮樂關係治國大事，許多史家特別注意記錄樂府活動情況。除了正史以外，魏晉南北朝隋唐時期，出現了一批個人著作，或記錄樂府情況，或辨析樂府歌詞的含義。同時，有人專門收錄樂府歌詞。到宋代，仍有許多人致力於樂府詩研究和編輯。著者指出的這些情況表明，建立現代樂府學具有相當深厚的歷史基礎。

文章接著指出：（一）樂府研究價值極高。著者認為：「中國是一個詩的國度，而詩往往又與樂和舞共生，回到其原生態是揭示這些詩歌特點的必由之路。」〔註1〕這樣一來《樂府詩集》一書的重要價值就得引起足夠重視。《樂府詩集》囊括資料豐富，不僅收錄歌詩文本，還記錄了大量作為樂舞歌詞的信息資料，後人可以通過對《樂府詩集》的研究，來描述和解釋由漢到唐詩歌史某些特點。同時《樂府詩集》收錄了大量文學精品，這些精品在文學史上意義重大，深入認識這些作品，有助於文學史認識的深化。（二）樂府研究分量極重。單就《樂府詩集》一書來說，其中所收樂章歌謠共百卷，不僅數量遠遠超過《詩經》《楚辭》《文選》，時間跨度也是它們所不及。在對其進行研究的過程中，所承擔的工作分量必定會非常大，所遇到的難題必定會非常多。例如追尋眾多作品產生的具體情境和特點，從文獻、音樂、文學等多個層面對其做全方位考察等。而正是因為這些亟待進行的工作和亟待攻克的難題存在，才更說明樂府學研究的重大意義。（三）樂府研究所需知識極繁富。《樂府詩集》徵引了大量文獻，涉及歷史、典章、名物、地理、民俗等方面知識，尤其是音樂舞蹈知識顯得特別重要。著者呼籲對《樂府詩集》展開全面研究，對這些傳統文化的精

〔註1〕本文所引述吳相洲觀點，皆出自《樂府歌詩論集》，不再出注。

髓進行一次深入的總結。

　　如何開展樂府學研究工作呢？樂府學研究的基本內容是什麼呢？著者認為：「就研究範圍而言，狹義樂府學是指關於《樂府詩集》的研究，而廣義樂府學應該包括《樂府詩集》以後的樂府詩。」著者把樂府學研究的基本內容分為三個大方面。第一是文獻研究，包括：（一）《樂府詩集》的版本、校勘、注釋、箋證、編年；（二）《樂府詩集》的成書、引述、來源、演變等研究；（三）《樂府詩集》的分類依據、收錄標準、資料來源、作品補正等。第二是音樂研究，包括：（一）所涉音樂體制研究；（二）曲調、術語的考證；（三）各類樂府詩流傳變化過程的描述；（四）各曲調音樂特點及其對曲辭的決定作用。第三是文學研究，包括：（一）內容上，不僅要關注作品的題材，看它寫什麼，還要考察它的主題，看它表現什麼，同時還要考察它的人物，看它與作者之間的聯繫；（二）形式上，應該關注句式、體式、用韻、對話的插入等等；（三）風格上，通過文學批評方法的運用，探求其藝術風格的豐富性和多樣性。關於這三大研究內容的關係，著者指出，在文獻、音樂、文學三個層面研究當中，文獻研究是基礎，音樂研究是核心，文學研究是目的，三者缺一不可。關於樂府學的建設，還有三點重要思考：首先，建構現代意義上的樂府學是文學史研究之必然。其次，詩樂之間的內在聯繫是樂府學的學理基礎。第三，從音樂角度研究樂府的可能性。這些思考有助於發掘出樂府詩的研究價值。

　　《歌詩研究的理論思考》一文對「歌詩」的研究路徑也有擴寬。著者認為，中國古代許多詩歌都與音樂共生，歌唱是古代詩歌一種重要存在形式，詩歌很多特點的形成都與這種存在形式密切相關，要想深入認識這些詩歌的特點，就必須考察這種存在形式。有關歌詩研究的理論前人雖然有了不同程度的揭示，可是還很不系統。於是著者就借《歌詩研究的理論思考》一文對歌詩問題進行了深入探究和系統梳理，主要考察了兩個問題：第一，詩與樂之間的本質聯繫；第二，歌詩研究與傳統詩歌研究理論的對接。

　　首先，著者指出，詩歌與音樂之間的天然聯繫是歌詩研究的學理基礎。詩和樂是兩種藝術，各自可以獨立存在，其形式就是純粹供人們閱讀的詩和沒有歌詞的音樂。然而當這兩種藝術結合到一起時，會產生更加美妙的效果。這說明二者之間具有某種本質聯繫。其本質上的一致性，使它們相合而成為一體；本質上的差異性，又使它們不斷地走向分離。總而言之，詩的音步、音強、平仄、韻腳都可以從樂的音密、音長、音強、音高、音色等方面來分解，詩聲與

樂聲之間存在著相互決定的關係。詩需要樂，詩待樂而昇華，而傳播，而實現感人心的價值。再說詩樂分離的一面。詩和樂本來是兩種藝術，各自可以獨立存在。詩從本質上說是語言藝術，有獨立的審美價值，不入樂，也可以起到感動人心的作用。

其次，著者強調，歌詩研究與傳統詩歌理論必須實現對接。傳統的詩歌研究關注詩人創作內容、形式、風格等要素。歌詩研究怎樣與這些要素銜接呢？著者以風格為核心進行了分析。詩作為音樂組成部分，其風格直接受音樂風格影響。把握風格是詩歌研究最高目標，從歌詩創作角度來研究，對追求這一目標大有助益。因此，著者從內容和形式兩方面進行了具體分析：（一）關於歌詩創作與詩人審美觀念。文人雅俗觀念與其創作風格形成密切相關，因為審美觀念是決定風格的最高因素，它決定著詩人的構思方式，也決定詩人的表現手法，進而作用於風格的形成。（二）關於歌詩創作在題材上的要求。某些人可能欣賞這類題材，某些人可能欣賞另一類題材，這就是歌詩創作在題材上對作者提出了要求。這種要求因演唱者而異，因聽看者而異，因演唱體裁而異。（三）歌詩在聲律和語言上的特殊要求也影響到詩人風格的形成。不同樂調、不同樂器本身就具有不同風格。所以有的詩評家曾直接以樂器來比喻詩人的風格。而語言與作品風格關係就更加密切了，語言本身就有通俗、典雅、明快各種風格。語言是作品最外在的形式，是表現風格最直接的要素。

二、老問題的出新

先看《「綺靡」新解》一文。不少學者對「綺靡」一詞有過解讀，但多從文字學角度入手，而著者認為，「綺靡」聲律上的含義應該得到更深入的挖掘，只有這樣才能把「緣情」和「綺靡」兩個概念順暢地連接起來，才能給「詩緣情而綺靡」這句話以準確的歷史地位。為了具體論證這一觀點，著者研究了「沈宋」在近體詩律最後完成方面的重要作用，認為兩位詩人是「緣情綺靡之功」的集大成者。而從這兩位詩人對近體詩的建設過程中可以看出「綺靡」與聲律之間的關聯。著者指出：陸機受到指責是一個誤會，而這一誤會出在「文華者宜於詠歌」上。講究聲律的詩便於入樂歌唱，而入樂歌唱的常常是以娛樂為主要內容的詩歌，批評者在批評這樣詩歌時，往往連帶形式一概加以反對。認定聲律是導致詩歌缺少風骨的直接原因，把六朝人講究聲律功勞一筆抹倒。著者指出，聲韻綺靡並沒有錯，錯就錯在這種聲韻綺靡的詩被大量運用到民間娛樂歌唱當中，從而遠離了風雅傳統。

　　再看《唐詩繁榮原因重述》一文。唐詩在中國詩歌史上取得了舉世矚目的成就，像一道彩虹，長久地高懸於在人類文化史的天空上。為什麼這道彩虹會出現在唐代？歷來學者都試圖做出解釋。著者歸納了 20 世紀以來的文學史家在描述唐代文學史時對這一問題做出的回答。這些文學史前輩大多認為，皇帝的提倡，佛、道的影響，前代經驗的積累等因素是唐詩繁榮的主因。然而著者卻覺得這些解釋還不能令人滿意。著者心中盤旋著如下疑問：上述揭示的很多條件在其他朝代同樣具備，何以只有唐代出現了這一奇觀？在眾多因果關係當中，哪一種關係至關重要？面對這些必須超越的障礙，著者對這一老問題進行了一系列新思考。

　　著者指出，要想揭示唐詩繁榮原因，首先應該明確什麼是唐詩的繁榮？是詩歌活動，還是詩歌活動的結果？事實上，我們今天是通過詩歌活動結果感受到唐詩繁榮的，而要想揭示唐詩繁榮的原因，則應該著眼於唐詩活動本身。看詩歌活動在唐人社會生活中所處的位置，從而發現唐人對這一活動關注程度和參與熱情。確立了這個基本中心意義重大。同時正確的研究方法也是決定工作成敗的關鍵因素。前人揭示唐詩繁榮原因，除了「皇帝提倡開啟了重視詩歌社會風氣」一條較為符合實際以外，多有說不到位或似是而非之處。因此著者強調，要以系統思維方法，分析詩歌活動各個層面，進而找到其間的因果關聯。

　　如何才能把這一問題說得明確而到位？著者提出：首先，要分析詩歌活動的功能。這樣就會發現，詩歌在唐代不僅是詩人抒情言志的一種形式，而且是文化建設的重要內容，政治成功的重要標誌，人際交往的重要工具，高尚生活的有效話語。其次，要分析詩歌活動的價值。這樣就會發現，詩歌在唐代不僅僅是個別人的創作行為，而且是人們精神生活的最高形式。在當時人的心目中，詩歌是高尚的生活元素。第三，要分析詩歌活動的機制。這樣就會發現，詩歌在唐代不僅僅是詩人的個人行為，而是群體性活動。詩人創作往往是在集會、酬唱當中完成。他們在相互交流切磋中，相互認證，提高技藝。第四，要分析詩歌活動的人員。這樣就會發現，詩歌在唐代不僅僅是文人學士的行為。其中還有朝廷的組織和提倡，還有廣大歌者、商人和教師的傳播，他們共同促進了詩歌的繁榮。

　　這樣一來，之前許多觀點的不足和偏頗之處也就顯露了出來：（一）所謂經濟繁榮為詩人們提供了四處漫遊的物質基礎，只能用來解釋盛唐詩歌繁榮某一方面，對唐代其他時段並不適用。而說到經濟繁榮，宋以後各代經濟繁榮

程度大大高於唐代，也未見出現詩人四處漫遊風氣。（二）所謂詩賦取士吸引了眾多士子致力於詩藝探索的表述也過於簡單。詩賦取士確實吸引了眾多士子致力於詩藝探索，但詩賦取士絕不能僅僅理解為科舉考試一端，許多詩人都由於詩名高著而直接步入仕途。（三）所謂政治相對開明使詩人們敢於直抒胸懷的表述也很不準確。這種表述把統治者和詩人關係定位為相對開明和自由的關係，過於消極。其實唐代統治者本來就沒有鉗製詩人思想的動機，他們積極鼓勵詩人們參與社會政治文化建設，充分尊重他們的個性。（四）所謂相關藝術的繁榮為詩歌藝術繁榮提供了滋養，並沒有特別強調歌者以歌傳詩的作用；所謂佛教道教的興盛促使詩人對人生和藝術有了更加深入的思考，以及前代詩人的各種創作試驗為詩人們提供了豐富的借鑒經驗，都難以看作是促使唐詩繁榮的特別條件，因為這些顯然不是唐代特有。著者從唐人的生活方式、精神文化角度探尋唐詩繁榮的原因，給出了新鮮的解答。

《劉希夷歷史地位重估》一文對「劉希夷的歷史地位」這一老問題進行了重新評估，對劉希夷詩歌的價值給予了充分肯定。著者首先指出，劉希夷是初唐後期詩壇上出現的一位重要詩人，在以往詩歌史描述中，人們常把他和張若虛相提並論。有趣的是二人創作都經歷了被誤解與被理解的過程。上世紀八十年代程千帆寫了《張若虛〈春江花月夜〉的被理解和被誤解》一文，論述了《春江花月月》被誤解與被理解的過程。目前《春江花月夜》已經得到人們的充分理解，而劉希夷詩被人理解的程度還遠遠不夠。因此這篇論文對劉希夷在詩歌史上的地位進行重新評價。著者首先為劉希夷在文學史上的被冷落「打抱不平」。他指出，劉希夷被人們接受一開始就不是很順利，大概到盛唐以後地位才逐漸鞏固下來，但是後來地位又不那麼穩固了。總的說來宋後詩評家對劉希夷創作評價不高。劉希夷的價值進入 20 世紀才不斷被人認識。

著者接著指出，劉希夷是初唐唯一一位開始兼具「骨力遒勁」「興象玲瓏」「神采飄逸」「平易自然」四大特點的詩人。盛唐詩歌總體風貌也叫盛唐之音，由骨力遒勁、興象玲瓏、神采飄逸、平易自然四點內容組成。這些特點經初唐不斷積累，到盛唐全面形成，到中晚唐發生變化。劉希夷是初唐詩人當中唯一兼備這四個特點的詩人，他是作為初唐詩歌創作總結者出現的，這才是劉希夷詩所應該享有的歷史地位。劉詩多為樂府，其表現邊塞題材的作品氣勢雄偉，骨力遒勁。劉希夷山水詩也寫得很成功。如《嵩嶽聞笙》就同時體現了興象玲瓏和神采飄逸兩個特點。最能顯示其平易自然風格的是大量使用重

複句式的樂府詩。著者在研究劉希夷詩歌後指出，劉希夷是初唐詩歌發展的總結者，他為初唐詩歌發展歷程畫上了近乎完美的句號，以實際創作預示著新的詩歌高潮即將到來。

具有同樣特色的還有《論孟郊詩的表述方式》一文。文章認為，孟郊詩有一種獨特的表述方式，即統分結合，意象裂變；這種表述方式能給人以清晰深刻的印象，但也剝奪了讀者的想像空間；這一表述方式既是孟郊性格使然，也體現了韓孟詩派的審美追求；這種表述方式既是對樂府詩表述方式的繼承，也可能受到了元結詩的啟發，對同派詩人以及晚唐詩人都有影響，宋人更把這一表述方式當做「孟郊體」的重要內涵。著者通過對孟郊詩作的分析，指出孟郊與眾不同的詩歌表述方式，有助於推進孟郊詩歌藝術研究的深入，對韓孟詩派藝術獨特性的探討也有價值。

三、淺研究的深入

《論李白樂府詩》一文對李白樂府詩的研究有所推進。李白最負盛名的是樂府歌詩。其詩集也一直以「歌詩」命名。自漢樂府產生以後，歷代詩人當中，創作數量最多和使用曲調最多的就是李白。這些樂府歌詩的創作承載著他對詩歌藝術理想的追求，表現出深刻的歷史內涵和高超的藝術水平，給他贏得了至高無上的詩名。著者指出，李白精通樂府之學，對流行曲調也很熟悉，包括從邊疆或國外傳入的曲調，並且精通樂府之學，善作樂府歌詩，這也是他被召入京的直接原因。李白為宮廷寫作歌詩是初唐以來宮廷詩人創造傳統的延續，其樂府多可以入樂歌唱，後人給予很高評價。

著者認為，李白古樂府詩創作的成功，關鍵在於巧妙地掌握了與古樂府的離合關係，既有對古題的回歸，也有大膽的創新，從而使這一逐漸消失的藝術重新煥發活力，也使詩人的情志得到了充分表達。李白懷著「將復古道，非我而誰」的使命感，對大部分古題一一模擬，創作時往往拋開後人增加或衍生的主題，努力恢復原始主題。李白不僅努力追尋古題最早文意，還在表現手法和文辭表達上力求恢復古樸風貌。代表其樂府創作成就的不是「離而實合」，而是「合而實離」。李白對古樂府表現力的提升，表現在將個別意志和情感上升為更具普遍性的意志和情感，表現在動人心魄的畫面和具有衝擊力的語句，拓展了樂府詩思維的廣度和深度。從整體上概括了李白樂府詩的成就，有助於體會李白樂府詩「合而實離」的藝術魅力。

　　《論王維樂府詩》一文同樣也對王維樂府詩歌的研究有一定推進。著者排查了王維樂府詩的文獻留存情況，並就王維歌詩被樂府採錄的可能性，他人樂府誤入《王維集》，傳世《王維集》與《樂府詩集》所收王維樂府差異這三個問題進行辨析，並得出結論：不能將王維的著作權剝奪，因為其中還有諸多疑點。著者對《王維集》中有疑點的詩是否歸屬王維的理由進行了分別論述。例如，認為一部分詩作不屬於王維的理由是：一、北宋刻本十卷《王摩詰文集》，首卷標明收錄作品的體裁是「賦、歌、詩、贊」，王維作品按這一順序排列。標示「翰林學士知制誥王涯」的三十首詩沒有與「歌、詩」排在一起，而是排在了兩篇「贊」之後，有「另外拿來」的嫌疑。二、《樂府詩集》收錄作品一般按時間先後排列，但《太平樂二首》排在白居易之後，《塞下曲》二首排在眾多中唐甚至晚唐詩人之後，緊鄰張仲素、令狐楚。同樣是《從軍行》，一首列於李白、王昌齡之間，另三首列於眾多中唐詩人之最後，緊鄰令狐楚。《樂府詩集》同題下所列詩人經常出現時間先後錯誤，反覆出現這種時間上的錯位，不能不令人懷疑。三、錯誤可能出現在樂府歌錄著作上。樂府歌錄作為宮廷藝人表演腳本，輾轉截取，不免張冠李戴。這些觀點有利於繼續尋找證據、徹底弄清王維樂府詩的流傳情況。

　　此文還探討了王維樂府詩的音樂形態。所謂「音樂形態」是指樂府詩所屬一切音樂活動形態。包括四個方面：一、創調情況，包括樂調創立時間、本事背景、所屬曲調等；二、表演情況，包括表演者、表演方式、表演場所、表演時間、表演目的、表演功能、表演效果等；三、流變情況，包括哪些樂府詩是選詞入樂、哪些樂府詩是依聲作詞、哪些樂府詩曾借用過別的樂調、哪些樂調曾經導致過樂府詩的割裂與拼湊、哪些樂府詩在哪些時期內曾經入樂、又在何時不再入樂等等。通過對王維樂府詩音樂形態的描述可以得出如下結論：第一，王維樂府詩具有很強的音樂屬性。第二，王維詩歌多被藝人選詞入樂，說明王維在當時具有很高的詩名。第三，王維許多樂府是當時的音樂精品，影響深遠。王維不僅為中國詩歌史作出了貢獻，也為中國音樂史作出了貢獻。

　　此文不僅對王維的樂府詩有研究，對王維的歌詩也進行了研討。著者指出，對某一詩人的認識，後人與詩人同時代人往往有一定距離，這不僅因為時代變化引起了人們審美觀念的變化，還與詩歌傳播形式密切相關。後人多通過閱讀文本方式來認識某個詩人，而同時代人除了這種方式之外，還可以通過歌詩傳唱這一途徑來認識。因而後人眼中的王維，與盛唐人眼中的王維可能有很

大差別。我們看王維的山水田園詩寫得很成功，所以說他是盛唐山水詩人的代表，其實盛唐人眼中的王維，首先應該是一個著名歌詩作者。王維在律詩創作上的成就與其歌詩創作密切相關。王維、崔顥之所以能成為沈宋後繼者，與其善作近體歌詩有著密切關係。王、崔二人也正是當時著名歌詩作者。精通音樂者在進行歌詩創作時，可以自覺地照顧到歌者的要求，在聲律上做一些準備。王維擅長音樂，將音樂才能運用到詩歌創作中，其詩有「詩中有樂」的特點，但是學界卻語焉不詳，此文從這個角度入手，頗具新意。

《論唐代詩人的歌唱活動》《論元白樂府創作與歌詩傳唱關係》和《論元白對古樂府傳統的顛覆》三文對唐人歌唱活動的考索和描述，有助於推進唐代詩人之歌及其傳唱情況的研究。著者強調，歌唱是唐詩的一種存在形態，其中有詩人之歌、樂人之歌和大眾之歌。元白新樂府一直是學界研究較多的課題，但其中一些最基本問題還沒有解決。例如可以提出這樣一個疑問：元白詩派創作新樂府的動機是什麼？著者發現，元白新樂府是對盛唐以來朝廷音樂反思的結果。元白固然是要實現「補察時政」目的，但他們所採取的形式有很強的針對性，即意在以這種新的歌詩取代朝廷的大雅頌聲和樂府豔歌，元白作新樂府就是作新歌詩。將這三篇文章放在一起相互參照，對唐代詩人歌詩創作的淵源與創新、表現與傳播可以有一個切實瞭解。

四、偏見解的勘正

《論永明體與音樂的關係》一文從邏輯和歷史兩個方面進行辨析，還原了永明體創立的歷程，並對 20 世紀以來盛行不衰卻偏離真實情況的一些論點進行了辯證。著者指出，自永明體產生之後，許多詩評家、詞論家、曲學家都認為詩歌韻律與音樂有關，如同詞曲有譜一樣，詩也有「譜」，詩律同詞律、曲律一樣，都是詩歌與音樂結合的產物。但進入 20 世紀以來，學界卻出現了相反觀點，認為永明體產生是詩樂分離的產物。淵實在《中國詩樂之遷變與戲曲發展之關係》一文中就持這種觀點。此後如朱光潛《中國詩何以走上律的路》、郭紹虞《永明聲病說》《聲律說考辨》等文章都力主此說。著者指出，永明體創立是詩歌與音樂相結合的產物，認為永明體是詩歌與音樂分離的產物的觀點沒有事實根據。

首先，著者對永明聲律說與音樂關係進行了分析。在《宋書·謝靈運傳論》《答陸厥書》《答甄公論》三篇文章中，沈約對詩歌音韻與音樂關係做了完整

闡述，即發明了一種新的作詩方法：詩歌聲律受到音樂旋律的啟發，詩韻通過合理組合能夠合於音樂旋律。因為詩律與樂律之間存在某種對應關係，講究音韻的詩便於入樂歌唱。四聲與五音的關係很密切。聲律說的核心是聲調，四聲與八病中的前四病都講聲調，所以標識字音高低的四聲與標識音律高低的五音之間的關係，就成了探討永明聲律說與詩歌入樂有無關係的關鍵。四聲和五音之間存在著對應關係。而八病和音樂的關係也很緊密。這一點從曲學理論裏能夠得到印證。曲學家在總結唱曲經驗時，提出了一系列禁忌。這些禁忌多與八病高度一致。八病和曲禁的實質就是要使詩的聲、韻、調錯雜相間，起伏變化，二者都是為了入樂的需要。文章結論是，詩律和樂律之間的規律性集中體現在音韻上，而永明新體詩最大的特點就是講究聲韻，說永明新體詩的聲律是為了方便入樂而設置，理論上是完全能夠成立的。

其次，著者對永明體產生與音樂關係進行了歷史的考察，並對「誦讀說」和「轉讀說」進行了辨析。著者主要從以下幾個方面入手考察：一、選詩入樂的需要；二、四聲八病的知識源於民間歌詩傳唱；三、永明新體詩多為入樂歌詞；四、來自唐人的印證。既然永明體的產生與音樂密切相關，那麼「誦讀說」和「轉讀說」的缺陷就很容易看出。著者指出「誦讀說」的缺陷主要有兩點：首先，永明以來大量新體詩是樂府歌詩，所謂「外在音樂消失」的說法不符合實際；其次，詩內在聲律與外在聲律密不可分，二者相得益彰，而非此消彼長，互相取代，更非勢不兩立。再看著者對「轉讀說」的辨析。著者不再順著語言學家的思路，即著眼於四聲八病等知識是否來自於梵文，而是換了一個角度，具體考察佛經轉讀和永明體創作這兩個活動之間是否有什麼關聯。著者指出：四聲知識來源是一回事，運用四聲知識是另一回事；佛經轉讀與永明體都是與音樂有關的一種活動，佛經轉讀時遇到的問題與永明詩人創作新體詩時遇到的問題有很大一致性，即都要解決字與聲的配合問題，這才是考察永明體產生是否與佛經轉讀有關的關鍵所在。掌握字與聲配合規律，也正是永明諸家所追求的理想境界。

著者從理論和事實兩個方面考察了永明體產生與音樂的關係，得出的結論是：永明體是詩歌與音樂結合的產物；沈約等人提出的以「四聲」「八病」為主要內涵的聲律說，不僅是出於方便誦讀的考慮，也是出於方便入樂的考慮，由永明體發展而來的近體詩是適合入樂歌唱的最佳形式；永明聲律說的巨大意義在於為那些不擅長音樂的人找到了一種簡單的便於合樂的作詩方法，

從而受到人們的廣泛歡迎；永明體創立與詩歌入樂有著密切聯繫，它的創立和完善從某種程度上說是在歌詞創作中完成的；那種認為永明體創立只是為了追求「內在音樂」以便誦讀的說法沒有事實依據；永明體產生或許與佛經轉讀有關，但目前尚未發現直接證據。這些分析展示了永明體與音樂的關係，頗具啟發性。

《永明體始於詩樂分離說置疑》一文也就永明體與詩樂關係展開論述，與《論永明體與音樂的關係》相輔相成。20 世紀以來，學界認為永明體是詩樂分離的產物，是詩人追求詩歌內在音樂以方便誦讀的結果，著者稱之為「分離說」。著者把「分離說」的內涵歸結為：一、詩到永明時期已經不入樂了，所以必須在文字本身尋找新的音樂，即講究文章聲律；二、沈約等人在談四聲的時候也談五音，但二者只是一個借用關係。而事實表明，永明以來大量新體詩就是樂府歌詩，詩內在聲律與外在聲律正有著密不可分的聯繫。自從永明體出現以後，入樂的詩、詞、曲，絕大多數都講究聲律。四聲和五音是兩套標音系統，但其間關聯的內涵是多層面的，歸納起來有三種：一、兩套都是用來標示聲調的，只是一個是舊的，一個是新的；一個是雅的，一個是俗的。二、一個用來標示音樂，一個是來用標示文字，二者各不相屬，如果有關係，那也是比喻或借用關係。三、一個是用來標示音樂旋律、一個是用來標示文字聲調，但這二者在樂人那裡有一種特殊關係，即都是用來標示音樂的，一個直接標示音樂，一個間接標示音樂，樂人可以根據字聲把詩唱入音樂。

《永明體與佛經轉讀關係再探討》同樣是《論永明體與音樂的關係》一文的姊妹篇。著者指出，時至今日，永明體產生與佛經轉讀關係到底如何，還是一樁未了公案。因為探討這些問題的多半是語言學家，他們只把目光集中在四聲知識來源上，對佛經轉讀和永明體這兩個主體本身沒有做細緻分析。佛經轉讀和永明體詩寫作都是與音樂有關的活動，二者所遇到的問題有很大一致性，即都要解決字與聲（詞與樂）的配合問題，這才是把二者聯繫起來的最重要依據，但要說永明體確實受到了佛經轉讀的影響，目前尚未發現直接證據。

《論唐代古題樂府入樂問題》緊扣唐代古題樂府入樂問題，對一些偏頗見解進行了勘正。唐人作古題樂府至少有以下幾種情形：一、古題曲調一直流傳，作古題以入樂；二、古題曲調被改造，作古題以入樂；三、古題曲調已經消失，作古題以入新興曲調；四、古題曲調已經消失，只擬古題而不入樂。著者指出，把唐人古題樂府創作統統歸為第四種，不僅不符合實際，也把唐人作古題樂府

動機看得過於簡單，很可能導致對大量古題樂府的創作效果、作品風格作出錯誤的判斷。著者還根據唐人樂府作品的實際情況，把古題樂府的創作形式分為以下幾種：一、為了適應古題演唱需要，在內容和形式上均按原來曲調要求進行創作；二、為了適應古題演唱需要，只在形式上按原來曲調要求進行創作；三、不考慮古題演唱的需要，在內容和形式上均模仿原來曲調要求創作；四、不考慮古題演唱需要，只在精神上模仿古題樂府，而以流行曲調進行的創作。這樣的分類釐清了唐人古題樂府的各類不同形式，便於分別研究，也避免了一些不必要的概念混淆。

綜上所述，《樂府歌詩論集》所收的十幾篇文章，在新領域的開拓、老問題的出新、淺研究的深入、偏見解的勘正諸方面均有成績，反映了著者的問題意識和解決問題的能力，體現了著者建構樂府學的不懈努力。通觀《論集》，其中既有全局把握，又有微觀探討，尤擅於把作家及其作品與社會歷史、詩學文化、時代精神貫通起來，這種學術視野與研究方法，值得借鑒。

張西平：問學於中西之間

　　2018 年 4 月 9 日，《梵蒂岡圖書館藏明清中西文化交流史文獻叢刊》新書推介會，在北京意大利使館如期舉行。《叢刊》第一輯已於 2014 年問世，第二輯也將在近期出版。《叢刊》自問世以來廣受好評，這批珍貴文獻的回歸，是繼敦煌文獻、西夏文獻回歸後，中國學術發展史上又一件大事。課題組負責人張西平教授，多年來致力於域外漢籍的收集、整理與研究，天南地北，碧海銀波，往返於五洲之內，問學於中西之間。這部《叢刊》凝結著他的心血與汗水。

漂洋過海　文獻回歸

　　梵蒂岡圖書館以其豐富珍藏聞名於世，尤為難得的是，館內藏有大批明清以來的中文圖書，涵蓋了宗教、科技、語言等多個領域，對研究中西文化均具有重要意義。然而長期以來，由於遠在海外，中國學者對之瞭解尚少，更難以利用。

　　1998 年 7 月，時任北外海外漢學研究中心副主任的張西平，受比利時南懷仁基金會之邀，赴魯汶大學參加「中西文化交流史國際研討會」。會後他遍訪巴黎利氏學社、巴黎外方傳教會和遣使會檔案館，以及羅馬梵蒂岡圖書館和羅馬耶穌會檔案館。1999 年，他再次來到羅馬，進行了三個月的訪書活動，從此開啟了他對歐洲藏明清文獻長達數十年的追蹤旅程。在這數十年當中，他曾多次到梵蒂岡圖書館查閱資料，幾乎翻閱了館內所有關於明清中西文化交流史的文獻，並做了足足 20 本讀書筆記。

　　憑藉研究傳教士漢學的學術敏感，張西平意識到這批文獻彌足珍貴。它們是來華傳教士與明清文人在中國書寫、木刻的善本古書，既包括傳教士自己的

作品，也包括中國教徒的原始文獻。明清之際，伴隨著地理大發現，葡萄牙人和西班牙人來到東亞，耶穌會入華。來華傳教士「和儒易佛」，以刊書作為傳教的重要手段。這是中華文明與歐洲文明和平對話的黃金時代，兩大文明相遇而沒有戰爭衝突，在人類歷史上也極為罕見。為了傳教事業，來華傳教士積極學習漢語文化，編撰各種字典辭書；同時，他們也翻譯和介紹歐洲的宗教、哲學與歷史；此外，傳教士還帶來了先進的天文曆算等科學知識。明清之際傳教士用中文寫作的書籍，達 1500～2000 部，它們是「西學東漸」最基礎的文獻，對於明清歷史、明清以來思想史、中國天主教史等多個領域的研究，都具有舉足輕重的地位。然而自晚清以來，因教案不斷等各種原因，這批文獻在國內所留甚少。幸運的是，它們在梵蒂岡圖書館卻得到了很好的保留。

2008 年，邁入耳順之年的張西平，回顧這數十年的尋書之旅，想到這批尚未回歸的古籍文獻，不禁感慨萬千。在巴黎飛往羅馬途中，他寫下了這首《六十抒懷》：

塞納河邊夕陽紅，翻書已到羅馬城。四海尋蹤興亡事，五洲書寫青春夢。海濤萬里常伴客，心思百年故園情。文章書寫繼絕學，安得心靜小樓風。

也就在這一年，張西平教授與好友任大援教授，提出整理出版這批文獻的構想。他們向清史編委會申請項目，為了立項順利，由編譯組於沛擔任項目組長。當張西平拿著他那二十本筆記來到清史編委會時，戴逸親自拍板，於當年批准了「羅馬梵蒂岡圖書館所藏明清中西文化交流史文獻收集與整理」項目。在多方支持下，經過五年的努力，項目組完成了複製工作，共複製回來 30 萬葉古籍。2014 年由大象出版社出版的第一輯《叢刊》，共影印梵蒂岡圖書館藏天主教類著作 170 部，分為 44 冊；第二輯西方科技與星圖輿圖類，將於年底出版；其餘漢外詞典、稿本抄本等部分，也將在近年陸續問世。作為一個國際性學術項目，此次合作成為中梵文化外交的典範。

六年國圖　學術轉型

張西平整理出版這批文獻的遠見，與他當初在國圖工作的經歷密不可分，正是在國圖期間，他開啟了從西方哲學到海外漢學的學術轉型。

作為「老三屆」高中畢業生，張西平在大別山下度過了他的知青歲月。在山區冬夜的煤油燈下，他培養起良好的讀書習慣。32 歲時，他從總後部隊院校考入解放軍政治學院，成為一名哲學教員。接著，他又考入中國社科院哲學

系，接受了完整的學術訓練。當時，他的研究方向是西方馬克思主義，畢業論文選的是盧卡奇。他翻譯的《歷史與階級意識》《社會存在的本體論》，以及後來在三聯「哈佛燕京叢書」中出版的《歷史哲學的重建——盧卡奇與當代西方社會思潮》，就完成於這一時期。

然而在張西平 40 歲之際，他在精神與學術上陷入困頓，工作也一時未有著落。經哲學所的老師和朋友，如葉秀山、王樹人、姜國柱等先生的介紹與推薦，時任國圖館長的任繼愈先生，接納了他。於是他調入國圖工作，開始新的生活。此時，張西平希望從西方哲學研究轉向中國哲學研究，於是就向任先生請教。經過兩三個月的慎重思考，任先生對他說，你可以做來華傳教士與明清之際思想變遷關係的研究。任先生的話，彷彿撥雲見日，讓處於思想迷茫期的張西平，看到一條嶄新的學術之路。沿著這個方向，張西平轉入明清中西文化交流史領域。

與此同時，一些學術先賢吸引了他的目光。方豪先生主編的《上智編譯館館刊》，成為他每日必讀之書；陳垣先生曾說過的，在明清中西文化交流史研究中「我們應該像《開元釋教錄》那樣，做一個基督教總目；我們應該像《宋高僧傳》那樣，為每個來華傳教士立個傳」，這成為他的奮鬥方向。六年國圖時光，提供給張西平前所未有的學術滋養。在國圖，他一本本尋找中西文化交流的歷史文獻和漢學書籍：在善本部，他見到了利瑪竇地圖殘卷、《北堂書目》搖籃本以及尚未編入《北堂》的傳教士手稿；在港臺室，他讀到了《天學初函》和《天主教東傳文獻》一批珍貴文獻。在參考部辦公室裏，他多次聽王麗娜老師講《紅樓夢》在國外的傳播，王麗娜編輯國圖漢學書目的理想，在很長時間裏也成為張西平的夢想。

隨著研究的展開，張西平發現傳教士不僅有中文著作，還有大量外文著作，他們不僅促進了「西學東漸」，也推動了「中學西傳」。為了研究傳教士外文文獻，張西平先後學習了德語、法語和拉丁語。就在這個時候，任先生提出，希望編輯一本反映國外研究中國學問的雜誌《國際漢學》。此時，張西平才知道有這樣一門學問。在漢學家彌維禮先生（張西平的德語老師）的資助下，《國際漢學》第一期於 1995 年在商務印書館出版，該雜誌成為張西平後來展開學術研究的陣地。

1994～1996 年，張西平在德國《華裔學誌》研究所做了近兩年訪問學者。《華裔學誌》是歐洲兩大漢學雜誌之一，當年在北京創刊時的主編是陳垣先

生，研究所主要從事傳教士漢學研究。當年老輔仁大學許多珍貴的圖書版本，有不少就藏在這裡。訪學期間，每天踏著林中落葉，聽著修道院的晚鐘，煙斂雲收，覃思多暇，張西平想清楚了什麼是漢學，也明白了任先生指給他的兩條路──傳教士文獻與國際漢學，原來是如此緊密地聯繫在一起。

回國後，轉型中的國圖，已經無法實現張西平的學術夢想。經文學所王筱雲介紹，張西平來到北京外國語大學，開始了他的第二次學術啟航。

耕耘北外　漢學新篇

1996 年，時任北外中文系主任的程裕禎，在拿波里教對外漢語時，瞭解到歐洲悠久的漢學傳統。回國後，他希望成立海外漢學研究中心，招攬懂漢學的人才。在這樣的情況下，張西平轉入北外工作。

當時的研究中心是個「三無」研究所，無編制，無費用，無辦公地點。每天上完課後，在一個不過五平方米的過道房間裏，張西平與二三好友，編輯任先生囑託的《國際漢學》雜誌。1998 年，在杭州「中西文化交流史國際研討會」上，北外校長陳乃芳得知研究所實情，會後決定每年給一萬元活動費用，於是研究所有了點固定經費。

在程裕禎的鼓勵下，張西平開始關注明清時期西方人的漢語學習史。1999年和 2001 年，他分別獲得國際漢辦項目「西方人早期漢語學習調查」和「西方人漢語學習專題研究」，從此開創出世界漢語教育史研究這個新領域。這個領域的研究成果，不僅為對外漢語學科提供了學科史的支撐，還促進了中國近代語言學史的研究。2004 年，張西平創辦世界漢語教育史研究學會，推動全國乃至世界該領域學者的共同耕耘，如今，這一領域已經紅紅火火地發展了起來。

在他的帶領下，北外的海外漢學研究取得了初步的成績。一方面他組織團隊，翻譯出版中西文化交流史的原典性著作，如《耶穌會士中國書簡集》《卜彌格文集》《馬禮遜文集》等。另一方面，他所提出的西方漢學歷經了「遊記漢學、傳教士漢學和專業漢學」三個發展階段的論斷在學術界產生了影響，他先後出版的《中國和歐洲早期宗教與哲學交流史》《傳教士漢學研究》《歐洲早期漢學史》等著作開始受到學術界的關注。

2005 年，郝平校長的到來，對張西平和他的海外漢學研究中心產生了重要影響。郝校長是學歷史出身，曾經留學美國，對美國漢學十分熟悉，因此他完全理解海外研究中心的學術價值，並撥專款支持中心的發展。在北外 65 週

年校慶上，郝校長正式提出「北外新使命——將中國介紹給世界」的口號，並將漢學中心的工作，從學術研究層面，提高到學校發展戰略層面。2008 年漢學中心正式從中文學院獨立出來，成為學校的獨立研究所，北外的人文學術研究有了新的方向。

在郝平校長的支持下，張西平於 2007 年申請到教育部重大攻關課題「20世紀中國古代文化經典在域外的傳播和影響」。他撰寫的《儒學西傳歐洲研究導論》，梳理了 16～18 世紀中國典籍在歐洲的傳播情況，並從歷史和文化比較的角度，揭示出以儒家思想為代表的中國文化，所具有的現代價值和世界性意義。2010 年，受全國哲學社會科學規劃辦公室的委託，他領銜「中國文化海外傳播動態數據庫」的建設。2012 年，北外牽頭，與其他著名大學共同成立了「中國文化走出去協同創新中心」。2014 年，他擔任國際儒聯副會長，致力於儒學與世界文明的平等對話。北外這所因外國語言文化教學與研究而著名的大學，開始將自己的學術研究與國家的文化使命緊緊聯繫在一起。

在張西平的帶領下，如今的漢學中心，不僅是北外科研的中堅力量，也是全國海外漢學研究的領軍機構。2014 年，北外漢學中心與法蘭西學院，在巴黎共同舉辦了「雷慕沙的繼承者：法國漢學 200 週年紀念」研討會，足見北外漢學中心在國內的學術影響。此外，任繼愈先生生前委託他擔任主編的《國際漢學》歷經 19 年努力，在北外彭龍校長的親自關懷下，於 2014 年獲批成為正式刊物，並在 2017 年正式成為 C 刊。一份純粹的民間學術輯刊，完成了他的華麗轉身，如今成為國內唯一一份研究中國文化海外傳播的專業學術刊物。期間張西平為此付出的辛勞可想而知。

如今，已逾古稀的張西平，依然筆耕不輟，思考諸多前沿問題，學術寫作與出版在有條不紊地展開。今明兩年，大象出版社將陸續出版他主編的 19 卷本《20 世紀中國古代文化經典在域外的傳播與影響》叢書；由他主編的《西方漢學書系》中兩部重要的名著——杜赫德的《中華帝國全志》和柏應理主編的拉丁文的《中國哲學家孔子》，在學術界的共同努力下，歷時多年翻譯也即將出版；《梵蒂岡藏明清中西文化交流史文獻叢刊》出版計劃在穩步推進，最終將會達到 150 卷左右。而具有開拓創新的西方漢學歷史文獻《羅明堅文集》《白晉文集》《雷慕沙文集》的文獻整理與翻譯的出版也在緊鑼密鼓的進行之中；北外中國文化走出去協同創新中心的代表性成果，張西平主編的 10 卷本《中國文化走出去年度報告》下半年也即將出版。張西平喜歡以夸父逐日，自

比對於學術的孜孜追求。他的《江城子・七十抒懷》正好可以表現他「年逾古稀，壯心不已」的心志：

> 秋風紅葉清水流，歲月悠，夢似舟。青春放纜，隨風漂流。越蠻過江烽火事，天亦藍，人不留。韶華不為少年留，中年愁，心不休。拾級登樓，閱盡五洲。恨不蒼天化為紙，寫不盡，憂與愁。

「交錯的文化史，互動的東西方」，是近期張西平一篇論文的題目，這句話真實地反映了他的學術追求。在世界中思考中國，在人類文明史的長河中重新評價中國文化的價值，在中西文化互動中重新理解西方，重新書寫世界史，走出百年來的「西方中心主義」，是他的學術追求。學問無問西東，學問需要長期的積累，學界需要一批像張西平這樣為整個中國學術的重建而埋頭苦幹、勇於開拓的人。40 年青燈黃卷的學術歷程，讓張西平對自己有了明確定位。他說時代賦予自己的使命，不是去追求個人的功名，而是在中西學術之間，架起橋樑，搬磚添瓦，打牢基礎、做足準備，為下一代學術的起飛做一顆鋪路石。

郝春文：與敦煌學一路走來

　　「從 1983 年考上研究生算起，到今年，我做敦煌學有 35 年了」，郝春文告訴記者。在這 35 年當中，他帶領團隊，開啟了英藏敦煌社會歷史文獻的釋錄工作，時至今日，已經完成 1～15 卷的出版發行。然而他繃緊的神經並沒有就此放鬆下來，「發布會以後，各方對我們的鼓勵很多，然而我自己卻有著深深的憂慮，僅完成一半的工作，就已經消耗這麼多年的光陰，接下來還有 15 卷要出，什麼時候能夠完成，我真的不敢估計。」或許正是這種如臨深淵、如履薄冰的憂患意識，使得他在任何時候都不輕易放鬆，因此能夠在長期的繁難工作中，一步一步地堅持下來。

「被動」踏入敦煌學的天地

　　在採訪之前，記者曾猜想郝春文與敦煌學初次邂逅的美麗情景：正如當年楊守敬參觀靜嘉文庫，看到滿目琳琅的皕宋樓舊藏時所受的震撼一樣，當初郝春文大概也是因為被敦煌文書深深吸引，才決心投入一輩子的熱情來從事這項研究吧！然而，事實與記者的猜想截然不同。郝春文坦言，自己是在導師的安排下，「被動」進入敦煌學領域的。

　　「我本科時喜歡秦漢史，看《史記》，看《漢書》，打算考上研究生之後繼續研究秦漢史。」1983 年，剛從北京師範學院（今首都師範大學）歷史系畢業的郝春文，又順利考上該校的碩士研究生，學習中國古代史專業，師從寧可先生。「寧先生當時是中國敦煌吐魯番學會的秘書長，於是一開學就安排我和另外一位同學通讀敦煌文書，那一年他總共招了三個研究生，其中兩個都做起了這項工作。」就這樣，郝春文與敦煌文書有了最初的交集。

上世紀 80 年代的中國，敦煌學的發展可謂如火如荼。郝春文回憶，「由於十年『文革』，當時國內的敦煌學與日本法國等國家都有差距，出於愛國心理，國內上上下下都憋著一股勁，中國的敦煌學，就像當時中國的經濟一樣，呈現出一種向上的態勢。」1980 年，《敦煌研究》創刊；1983 年，中國敦煌吐魯番學會成立，季羨林先生任第一任會長；1984 年，敦煌文物研究所基礎上擴建的敦煌研究院成立。正是經過幾代學者的共同努力，中國的敦煌學在 80 年代以後走上了快速發展之路。

「那時候我們看敦煌文書，只能看縮微膠片，英藏的和法藏的，縮微膠片除了國圖以外，只有少數幾所高校和科研機構才有。當時的膠片質量不行，尤其是法藏的，模糊不清，有時候一整天對著黑乎乎看不清的東西，心情非常壓抑。」於是在日復一日的文書研究中，郝春文逐漸萌生了這樣的想法：為敦煌文書做釋錄！「作為從事歷史研究的人，我能感覺到這批文書的史料價值，它們當中有很多是原始檔案，因而比傳世的文獻更接近歷史真實。可是由於膠片不易看到，看到也未必能夠看清，並且敦煌文書大多是寫本，有大量的異體字、俗體字，學界對之利用甚少。如果能夠把它們像『二十四史』那樣釋錄出來，學界利用起來就會方便很多。但當時的條件還不成熟，只能做一些準備工作，我就通過做卡片的方式，來梳理每一件文書的學術史。」

「上帝之手」的第一次推動

80 年代後期，敦煌學界普遍感到靠縮微膠片做研究不可靠。於是 1987 年，中國社科院歷史所張弓和宋家鈺兩位先生遠赴英國，和英方商定了用最新的攝影技術和刊印技術，重拍、重印英藏敦煌文獻中佛經以外的漢文文獻，當時，郝春文以青年學者的身份，參與到這項《英藏敦煌文獻》的編纂工作中。

郝春文感慨道：「如果說之前看縮微膠片是在黑夜裏走路，深一腳淺一腳；那麼看這次重拍的照片，就像在十五的月亮下，亮堂堂的；當然，後來看到原件，就像在大白天。可是，在月亮下基本上就能看清了。」這時他感覺到做全面釋錄工作的時機已經成熟。

「從 1989 年到 1995 年，還是在做進一步的準備工作。直到 96 年，北京市開始規劃『百人工程』項目，第一批就資助了我和北師大的趙世瑜先生兩個人。項目給了我 5 萬元的啟動經費，當時的 5 萬元還是蠻多的，我工資才一百多，因此我把它比喻成『上帝之手』的第一次推動，有了這筆資金，我們的項目也就正式開始了。」

　　就這樣，郝春文的團隊，開始了英藏敦煌文獻第1～3卷的釋錄工作。然而隨著工作的展開，郝春文發現特別模糊的地方以及朱筆校改，在當時的黑白照片上根本反映不出來，為了精準的整理和研究，只能去英國核對原件。「1999年到2000年，北京市和國家留學基金委聯合資助我到英國訪學一年，在這一年之內，我完成了1～6卷圖版的核對。出國那會兒還登報了，那是北京市第一次派出10個人去各國學習。登報之後，有人提出質疑，說應該世界史的和理工科的出國留學，怎麼還有一個中國古代史的？」郝春文笑道，「可以說，正是北京市先後給我的這兩次支持，推動著我不得不做這件事了。」

出版社也希望青史留名

　　登報不僅帶給郝春文質疑的聲音，更為他帶來出版的喜訊。不久，科學出版社的策劃編輯閆向東主動找到郝春文，說希望出版這套書。「閆向東是北大考古系畢業的，他很知道這套書的價值，第1卷一下子就與我們簽了20年的版權，並開玩笑地說誰掛上了這套書的責任編輯，誰將來就能青史留名。」郝春文忍俊不禁，「第1卷的版式是黃文昆先生設計的，黃文昆是研究敦煌壁畫的，那時他剛從文物出版社退休，科學出版社聘他負責此書的編輯。你看我們第1卷書的封面是青色，就是為了象徵青史留名。」

　　然而，2001年第1卷出版後，由於郝春文無法提供出版補助，第2～3卷的出版便停滯了下來。就在這時，社科文獻出版社的編輯雁聲找到郝春文，說可以不要出版補助，希望繼續出版這套書，這讓郝春文非常感動。「雁聲的理念我很贊同，她說出版社出書分兩種：一種是短期內收益的，就是為了賺錢；而另外一種是具有社會效益和傳承文化功能的長線產品，是為出版社掙名的。就這樣，第2～3卷拿到了社科文獻出版社。」

　　可是沒過多久，雁聲又從社科文獻出版社回到她原來的社科出版社，她本想把這套書也帶走，但是其他的書都讓帶，唯獨這套書被當時社科文獻出版社的老總留了下來。「其實我很不願意換責任編輯，因為這套書的專業性太強。其實之前北京出版基金也找過我，說給100萬，但要指定出版社，這些指定的出版社連繁體字的書都沒出過，我就沒有同意。雁聲走了以後，社科文獻出版社為了出這套書，先後專門進了三個古籍編輯，他們很下工夫，所以後來就一直在社科文獻出。之前的第1卷，修訂後，也拿到社科文獻出了，這樣整套書的銷量就一下子上來了。並且這套書的每一卷出來後都幾乎得獎，因此也為出版社帶來了效益。」郝春文不無欣慰地說。

社科文獻出版社的這套《英藏敦煌社會歷史文獻釋錄》，封面是厚重的黃土色，彷彿在呼應敦煌的戈壁和歷史。當記者無意中看到一張照片：青色的第1卷放在攤開的黃土色的15卷當中，便產生了一種奇妙的觀感，就彷彿是茫茫沙漠裏的一片綠洲。

從「小作坊」到「手工工場」

「早年的時候電腦還沒有超大字符集，遇到生僻的字，只能自己造，一卷下來得造好幾百個字」，郝春文指著他那變形的右手手腕，「那時候天天用這隻手按著鼠標造字，久而久之就感覺手不對勁了，現在只能用左手拿鼠標。項目剛開始那幾年，我帶著幾個學生整理文書，他們在前面弄，我在後面改，非常辛苦，幾乎每一卷出來，我都得病一次。」

2010 年，國家社科基金重大招標項目首次向基礎性研究開放，郝春文申請到了當年的國家重大項目。「那是我們敦煌學的第一個國家重大項目，也是首師大的第一個國家重大項目。有了資金的支持，我們的隊伍壯大了，工作模式也有了改變，如果說之前是『小作坊』式的生產，現在就是『手工工場』了。從 2011 年開始，我們辦起了『讀書班』，『讀書班』最早在日本興起，對我們啟發很大。國內比較早的，在我們前後，有北大、社科院等幾個，但我們是堅持最久的一個。」

讀書班由課題組成員和研究生組成，每週舉行一次集體會讀，在會上討論整理文書的程序、體例和方法，同時解決整理工作中遇到的難題。

「敦煌文書包羅萬象，需要各學科知識。每一件文書的學術史，光靠查閱目錄索引根本不行，必須閱讀全部研究敦煌文獻的專著和論文。我想我們的整理，應該要把敦煌學百年的研究成果反映出來，將讀者領到學術的前沿，這就需要群策群力。況且眾手修書，難免體例不一，因此需要在讀書班上強調體例和細則。」

「讀書班的舉辦，對於提高文書整理的質量確實很有幫助，因為每一件文書至少經過六雙眼睛，多至十雙眼睛。後來我們又設立了讀書班中心組，成員包括各子課題負責人和讀書班的骨幹。其實讀書班還是為了培養人才，想通過讀文書的方式訓練研究生的文獻功底。表現好的就可以進入中心組，這就算正式參與項目了，這樣一種方式，也保證了課題組的人才來源。」

說到培養人才，郝春文頗為自信，他說到目前為止，自己培養的 60 人次的研究生和博士後，都去了很好的平臺，包括人、北、清、師和中國社會科學

院這樣最好的教學和科研單位。然而，工作方式轉變後的郝春文，卻比以前更累了：確定每一卷收錄的文書，逐條處理各負責人和中心組的意見，審讀二校樣……「每次打開文檔，是一百頁，又一百頁。以前出第 1～3 卷的時候，我還把它們放在床頭，每晚都翻翻。現在出版後我連看都不想看，因為每件文書都已經審了六七遍，真的要吐了。」即便如此，郝春文依然感慨「三十多年的歷練並未讓我達到駕輕就熟的境界，反而更加感到從事此項工作永遠要保持如臨深淵、如履薄冰、如臨大敵、戰戰兢兢的謹慎態度，稍有不慎，就會留下遺憾甚至錯誤。」

讓敦煌文書走出敦煌學的圈子

2001 年，《英藏敦煌社會歷史文獻釋錄》第 1 卷出版後，孟彥弘和胡同慶曾分別為之撰寫簡介和評介。胡同慶評價郝春文「立足於敦煌，視野卻跳出敦煌，這是未來敦煌學的發展方向。」孟彥弘也說這項工作具有雙重意義，「一方面，可以使『敦煌學』本身從基礎性的工作中脫出身來，向更深、更廣處推進；另一方面，作為非敦煌學家的一般歷史研究者，可以直接將這套錄文作為自己研究的資料加以利用，從而使敦煌文書真正突破『敦煌學』的範圍。」

在談到敦煌學的發展前景時，郝春文也表示，敦煌文書只有放到中古時期廣闊的社會背景中去，經過各個學科的研究，才能真正發揮它們的價值。

這 6 萬多件敦煌文書，「對研究我國中古時期的政治、經濟、軍事、宗教、民族、歷史、社會、民俗、語言、文學、音樂、舞蹈、科技及中西交通等都具有十分重要的參考價值」，然而「在敦煌文獻發現已過百年的時候，這批材料仍不能為各學科一般研究者充分利用，對它的整理和研究仍侷限於少數專門研究敦煌文獻的學者，這種情況應該說是不正常的。」郝春文補充道。

近些年來，敦煌文獻圖版的出版情況著實令人振奮：《英藏敦煌文獻》《俄藏敦煌文獻》《法藏敦煌西域文獻》《上海博物館藏敦煌吐魯番文獻》《天津藝術博物館藏敦煌文獻》《北京大學圖書館藏敦煌文獻》《甘肅藏敦煌文獻》《浙藏敦煌文獻》《中國國家圖書館藏敦煌遺書》等陸續出版。這些精良的圖版為敦煌文獻研究者提供了便利，但仍不適用於一般研究者。雖然，近年來也出現了一大批敦煌文獻的分類釋錄本，和一些從理論上總結整理敦煌文獻的文章，但畢竟難窺全豹。因此，全面釋錄本應運而生。郝春文說，「我們的整理就是要為各個學科的研究服務，我們一開始就是為了把敦煌文書推向整個學術界。」

在國外撒一些敦煌學的種子

　　由於歷史原因，敦煌文書流散各國，因此敦煌學從一開始就具有國際性。「各國對敦煌文書做的第一步工作就是編目」，郝春文介紹道，「像英國、法國、俄國這些國家，文書由圖書館等公益機構收藏，編目基本上沒有什麼難題。日本的情況比較特殊，由於一些文書是私人收藏，只能通過私人關係才能看，當然也有一些日本學者在做這件事情，不過這對歷史研究的影響不是很大，因為私人收藏的大多是佛經。」

　　在談到國內外敦煌學的研究現狀時，郝春文顯得頗有底氣，「上世紀 80 年代以前，國外的敦煌學研究在很多領域一度領先，然而中國經過這三四十年的奮起直追，情況有了很大的改變。現在，敦煌學的大多數領域，包括歷史、宗教、敦煌石窟等，我們都已經領先國外；只有胡語研究，像梵文、于闐文、回鶻文這些，國外還具有優勢。我們不僅在很多領域領先，還掌握了敦煌學的國際話語權，可以用中文來開國際研討會，並且我們在研究範式、研究話題上也能與國外打通，這讓其他學科很羨慕，如果其他學科也像這樣，中國的學術就國際化了。」

　　季羨林先生曾提出「敦煌在中國，敦煌學在世界」，郝春文深表贊同。「《詩經》裏說『他山之石，可以攻玉』，國外的研究視角往往與我們不同，這對學術研究來說是好事。從 2003 年開始，我們成立了敦煌學國際聯絡委員會，成員由各國的敦煌學知名學者組成，我們輪流在各國辦國際會，目前已經陸續在日本、俄國、美國、英國辦了很多次，希望以此來推動各國敦煌學的發展。此外，我在耶魯任客座教授，也辦了敦煌文書讀書班，但讀書班大多數是中國留學生，只有一個美國學生，這種現象使我很憂慮，現在國外的年輕人對中國古代的興趣普遍降低，他們似乎對中國現當代的東西更感興趣，國外的敦煌學乃至整個漢學都在萎縮。」即便如此，郝春文說今年去普林斯頓大學客座，會依然爭取把讀書班辦下去，希望在國外撒一些敦煌學的種子。

第五編

評伏俊璉編《古代文學特色文獻研究》

　　伏俊璉、徐正英主編的《古代文學特色文獻研究》（中國社會科學出版社，2016 年第 1 版）是「四川省古代文學特色文獻研究團隊」「中國人民大學古典文獻研究中心」「西華師範大學國學院」聯合推出的學術輯刊。編者指出，新文獻的發現與研究、電子文獻和數據庫的研發與應用，以及文獻學理論與方法的探索，使新時期的文獻整理與研究呈現出與以往不同的特點。尤其是新文獻與電子文獻的出現，不僅意味著研究範圍的擴展，更促進了研究視野、觀念與方法的轉變。進入 21 世紀，綜合的歷史的文獻研究方法日益受到重視。基於這種學術背景，編者順應學術發展需要，推出《古代文學特色文獻研究》這部輯刊。

　　第一輯收錄論文 20 餘篇。可按研究內容大致分為四類：

　　第一類，出土文獻與文學研究。例如，《敦煌本〈醜婦賦〉校注商榷》《論〈敦煌講經變文研究〉的成就與不足》《敦煌歌辭〈發憤長歌十二時〉寫本細讀研究》《碑誌中的皇唐玉牒——以新刊唐代墓誌勘正李唐宗室世系一例》《今本〈竹書紀年〉所載早期鄭國史地問題疏辨》等文即是此類。

　　第二類，地方志文獻與文學研究。例如，《敦煌本〈王昭君變文〉源自蜀地考》《巴蜀文化與巴蜀文學》《司馬相如「買官」「竊色」「竊財」辨》《質疑王祥臥冰求鯉三題》等文都有意識地對地方志文獻加以有效利用。

　　第三類，藝術文獻（音樂、美術文獻）與文學研究。例如，《從樂府詩到曲子詞》《論曹植與佛教音樂關係的演變》《清人黃金臺〈聽鸝館日識〉中小說、戲曲資料探釋》《寫本文化語境中的敦煌孟姜女曲子》《敦煌本〈董永詞文〉戲

劇化問題探論》等文皆屬此類。

第四類，文史文獻與文學研究。例如，《中國古名家言總說》《〈屈原列傳〉理惑》《吳仁傑〈離騷草木疏〉版本源流考》《雜文與賦體雜文》《先秦兵書對漢賦的影響——以〈孫子兵法〉為主》《從宋初類書文獻〈事類賦〉與〈青衿集〉看「西崑體」的詩學意義》《經史批判與祝允明復古文風的學術向度》《清代小說評點的徵實傾向與文獻價值》等文，都是以文史文獻為基礎進行的文學研究。

此外，該書還收錄了一些側重學術研討的序跋和書評。例如，《〈先唐文學與文學思想考論〉序》《〈儒學嬗變與魏晉文風建構〉序一》《〈讖緯與兩漢政治及文學之關係研究序〉》《評〈敦煌文學總論〉》《評〈空間與審美——文化地理視域中的中國古代文學〉》等，都是以序言和書評的形式對原著進行紹介，同時也表達了文章作者的相關理念。

由於是輯刊，其價值主要通過所收論文的研究成果體現出來。上面將該書第一輯的詳細篇目進行了簡要介紹，下面再對部分具體論文略加紹介，這樣更有助於瞭解該書的特色。

伏俊璉《司馬相如「買官」「竊色」「竊財」辨正》一文指出，司馬相如是漢代著名的辭賦家，後世不少人認為他的品行有瑕疵。批評司馬相如「竊貸」「竊色」者代有其人，時至今日，持這種觀點的還大有人在。為了駁斥這種偏見，作者就《史記‧司馬相如列傳》中「以貲為郎」「私奔成都」和「竊貸卓氏」等涉及司馬相如品行的幾個關鍵問題進行討論。作者得出的最終結論是：歷史上諸多對司馬相如的批評，是建立在對司馬相如時代的政治制度、法律制度、文化風俗理解不全面的基礎之上的。實際上，漢初文景時期曾實行「貲選」的選官制度，司馬相如「以貲為郎」正是基於這種國家法定方式，故而是合法的，不存在「買官」問題。而司馬相如和卓文君私奔成都，是採用當時娶寡婦常用的「協議搶婚」的方式，不存在「竊色」的問題。至於司馬相如和卓文君從卓王孫那裡得到了巨額財富，其中很大部分是當時法律規定的卓文君應得部分，不存在「竊財」問題。通過這樣的考辨，使長久以來人們對司馬相如的誤解得以渙然冰釋。

余作勝《蔡邕「二意」考辨》一文指出，《律曆意》《樂意》是蔡邕「十意」中的兩種，曾被收入《東觀漢記》，同時也有「十意」單行本流傳，大約在宋元時期散亡。不過，《律曆意》比較幸運，因以司馬彪《續漢書‧律曆志》的

名義附載於《後漢書》而得以較為完整地流傳至今；其「律」部資料源於京房
《律術》，記載的主要內容是京房六十律和候氣之法。《樂意》則完全散亡，現
在能見的只有「漢樂四品」等少數幾條佚文。作者還特別強調蔡邕《敘樂》與
《樂意》不是同書異名，二者也不存在隸屬關係，而是各自獨立的兩種音樂著
述。於文華《十意輯存》中的「二意」輯本，規模雖大，但嚴重背離輯佚學術
規範，既歪曲了文獻原貌，又摻雜了諸多誤輯之文，須審審待之，不可輕信。
關於「二意」的版本作者也進行了詳細梳理：《律曆意》與《樂意》自清代以
來，都形成了四個輯本，即四庫全書《東觀漢記》本、嚴可均《全後漢文》本、
於文華《十意輯存》本、吳樹平《東觀漢記校注》本。作者對四個輯本中的於
文華輯本進行了較為客觀的評價，他認為該本規模雖在諸本中為最大，但不是
依據嚴格的輯佚學術規範產生的輯本，不利於研究者對《律曆意》與《樂意》
的認識和利用，沒有多少文獻價值。通過這樣的梳理和考辨，為學界進一步研
究蔡邕「十意」系列作品提供了便利，從而降低了研究者陷入誤區的風險。

　　上面主要以《古代文學特色文獻研究》（第一輯）為樣本對該輯刊進行了
介紹，由此可見，該書不僅所收論文的研究對象很有特色，其研究視角也很有
特色。總的來說，該書可謂是對古代文學「特色文獻」的「特色研究」，對古
代文學研究的創新與深化有推動意義。

評周裕鍇《夢幻與真如
——佛教與中國文學論集》

　　佛教文化和文學博大精深，二者在中國歷史文化語境下更是有著千絲萬縷的關係，對其問尚有的「不少亟待開拓的處女地和有待討論的新問題」不斷進行發掘和思考，是《夢幻與真如——佛教與中國文學論集》（中國社會科學出版社，2016 年第 1 版）一書的著者一貫的興趣所在。在該書問世之前，著者已經出版過《文字禪與宋代詩學》《禪宗語言》《中國古代闡釋學研究》《宋僧惠洪行履著述編年總案》《法眼與詩心》等一系列同「佛學與文學」相關的專著。可見，《夢幻與真如——佛教與中國文學論集》一書，是著者在這個領域內不懈探索的最新成果。

　　該書以論文集的形式呈現，其中收錄了著者十多年來關於佛教與文學關係研究的 17 篇論文。這 17 篇論文大致可分為三組：第一組裏的 6 篇文章是對佛教語言文化史相關問題的研究；第二組裏的 6 篇文章是對佛教與文學相關問題的研究；第三組裏的 5 篇文章是對佛禪與文學批評相關問題的研究。具體內容如下：

　　一、佛教語言文化學研究。其成果為：《普請與參禪——論馬祖洪州禪「作用即性」的生活實踐》《老僧已死成新塔——略論禪林僧塔之體制及其喪葬文化觀念》《「文字禪」的用例、定義與範疇》《試論禪宗語言的乖謬性及其宗教意義》《惠洪文字禪的理論與實踐及其對後世的影響》《禪籍俗諺管窺》。這些成果在佛經的漢譯、注疏，禪宗的喪葬制度、生活實踐，禪宗的言意觀、文字禪的概念等方面都有新的開拓。

二、佛禪與文學研究。其成果為：《唐詩中的寺廟鐘聲》《賈島格詩歌與禪宗關係之研究》《宋代禪宗漁父詞研究》《夢幻與真如——蘇、黃的禪悅傾向於其詩歌意象之關係》《禪門宗風與宋詩派別》《晚唐皮日休送日本僧圓載歸國詩解讀》。其中對諸如賈島格詩歌、蘇、黃詩歌意象與禪悅的關係、繞路說禪、遊戲三昧、翻案法對詩歌寫作技巧和態度的啟示等問題的探討都很深入。

三、佛禪與文學藝術批評研究。其成果為：《惠洪與換骨奪胎法——一椿文學批評史公案的重判》《關於〈惠洪與換骨奪胎法〉的補充說明——與莫礪鋒先生商榷》《從法眼到詩眼：佛禪觀照方式與宋詩人審美眼光之關係》《「六根互用」與宋代文人的生活、審美及文學表現——兼論其對「通感」的影響》《興趣與音節：略談嚴羽詩學中復古傾向的真諦及其影響》。這些論文以探討佛禪對宋代文人審美觀念、藝術觀念的影響為中心，其中對六根互用與出位之思、奪胎換骨與詩意翻新的借鑒關係等問題的闡發尤其令人耳目一新。

縱觀該書，可以深切地感受到著者對佛教與文學關係問題的「真正學術意義上的」開掘可謂不遺餘力。具體而言，該書的學術特色可以概括為以下幾個方面：

第一，深厚的禪學素養。正如著者在《自序》中的自我剖白所言，隨著生活閱歷的豐富與學術研究的深入，佛教禪學安頓心靈的人生智慧對其產生越來越大的吸引力，因之「被動的工作需要一變而為主動的人生需求，研究興趣亦隨之而至」〔註1〕。在《後記》中著者再次意味深長地感慨說：「蓋人生雖如夢幻，不可憑依，而精性當悟真如，不生不滅，如是而已矣。」〔註2〕這些都說明，著者對禪學的研究乃出於真性情，而非簡單的為學術而學術。披覽《夢幻與真如——佛教與中國文學論集》一書，也能感受到著者在精研禪學與文學時所體會到的雙重之「悅」。

第二，獨特的問題意識。以《老僧已死成新塔——略論禪林僧塔之體制及其喪葬文化觀念》一文為例，蘇軾的名作《和子由澠池懷舊》詩有「老僧已死成新塔」之句，著者從這句廣為人知的詩句出發引申出對佛教禪宗的建塔制度及其有關生死喪葬等文化觀念這一問題的探討，令人耳目一新。並進一步指出，禪林中兩種喪葬觀念存在著衝突：一邊是精進修行的禪師對百丈懷海生死

〔註1〕周裕鍇：《夢幻與真如——佛教與中國文學論集》，中國社會科學出版社，2016年版，第2頁。
〔註2〕《夢幻與真如——佛教與中國文學論集》，第298頁。

平等觀念的守護與堅持，一邊是熱心宗教事務、擴充禪宗勢力的禪師對世俗儒家等級喪葬制度的認同與仿傚。〔註3〕

第三，紮實的文獻功底。以《禪籍俗諺管窺》為例，俗諺是禪宗最重要的修辭手段之一，從形式上看，可分為諺語和歇後語兩種。著者以豐富的文獻記載為基礎對之進行了探究。最終發現：一方面，禪籍中的俗諺來自民間日常生活，而賦予其獨特的宗教意義。另一方面，禪師臨時方便隨口創造的宗門語，也反饋於民間，變為一般非宗教性的俗諺。禪籍中俗諺的使用，與禪宗基本的宗教觀念和農禪的生存方式有關。〔註4〕

第四，精湛的詮釋技巧。以《「六根互用」與宋代文人的生活、審美及文學表現——兼論其對「通感」的影響》為例，著者在詮釋大乘佛教諸經尤其是《楞嚴經》中「六根互用」的觀念在北宋中葉以後士大夫習禪的背景下，逐漸向日常生活和審美活動方面滲透這一現象時，並不是泛泛而論，而是以蘇軾、黃庭堅、惠洪等人作為典型代表加以分析，最終將他們從個人修道體驗出發，追求六根通透、一心湛然無染的境界的自覺意識充分展示了出來。〔註5〕

第五，流暢的述學文體。以《普請與參禪——論馬祖洪州禪「作用即性」的生活實踐》為例，著者在闡述中唐馬祖道一為代表的洪州禪提倡的「作用即性」思想時，引用了大量文獻，未讀此文時，可能會因此產生會不會很枯燥的疑問，但實際情況並非如此。由於著者的述學文體精練而流暢，使讀者在不知不覺中就能進入閱讀狀態，並對洪州禪乃至整個南宗禪勞動實踐的佛學意義產生新的認識。〔註6〕

〔註3〕 《夢幻與真如——佛教與中國文學論集》，第23頁。
〔註4〕 見《夢幻與真如——佛教與中國文學論集》，第83～92頁。
〔註5〕 見《夢幻與真如——佛教與中國文學論集》，第254～285頁。
〔註6〕 見《夢幻與真如——佛教與中國文學論集》，第3～14頁。

評吳懷東《三曹與魏晉文學研究》

　　吳懷東的專著《三曹與魏晉文學研究》（2011 年，安徽文藝出版社），是由他所撰的二十篇論文結集而成。這些論文看似單篇散論，實際上卻內含體系，形成了一個完整的序列。該書選錄的前十篇論文，著重考察了曹氏父子對於建安文學新變的作用，以及樂府詩向文人詩演變的軌跡。後十篇論文，通過對支遁、陶淵明、顏延之等詩人的還原，深度解答了晉宋詩歌遞變中的諸多重要問題。可以說從第一篇《曹氏父子與建安文學》開始，到最後一篇《民歌升降與劉宋後期詩風》結束，著者清晰地勾勒出魏晉詩歌流變的全過程，並深刻地揭示了流變背後的原因。

　　縱觀《三曹與魏晉文學研究》，有兩點研究思路十分醒目。第一是著者打通了詩史，注重從特定的歷史文化背景來考察文學現象的發生、發展。正如著者所述：「這近二十篇論文大都屬於魏晉文學，從研究對象來說還是集中在幾個點上，分別是三曹父子及其家族、建安文學、陶淵明、晉宋詩歌演變，儘管有如此的差異，但是研究思路、研究方法和角度卻具有相當的一致性：不是描述，而是側重於解釋；不是就詩歌談詩歌，而是試圖挖掘、分析、闡釋某些影響文學活動卻被前人忽略的綜合文化背景因素。」〔註1〕

　　舉幾個例子來說，《經學盛衰與曹操詩歌革新》一文，就較早地從漢末經學式微的角度，來分析曹操詩學獨創性的思想根源；《支遁與晉末玄言、山水詩之變》一文，則側重從晉末玄學與佛學此消彼長的角度，來審視山水詩取代玄言詩的演進過程，並得出「佛學對山水詩產生之影響，從思想史角度看，是

〔註1〕吳懷東：《三曹與魏晉文學研究》，安徽文藝出版社，2011 年版，第 5 頁。

佛學取代玄學在上層社會的位置，引起了玄言詩中玄理與山水之分家，使得山水獨立」〔註2〕這一具有創建性的結論；《論儒、道互動與陶淵明思想矛盾及發展》一文，即從魏晉南北朝時期儒道互滲的角度，來動態考察陶淵明的思想矛盾和人格內涵。以上三篇文章，著者都是從思想學術的角度出發，來抉幽發微，從而準確把握了魏晉文學革新的深層原因。

此外，《論晉宋之際的政治轉型與文學革新》《顏延之詩歌與一段被忽略的詩潮》《民歌升降與劉宋後期詩風》這三篇文章，則注重從政局演變的角度，來揭示晉宋文學遞變的歷程。其中，著者對元嘉詩風的探討尤其耐人尋味，在著者看來，元嘉詩風並非一體，而是伴隨著政局的衍化，呈現出從謝靈運之山水詩到顏延之「誦美之章」再到鮑照擬樂府詩的流變過程。正是基於這樣的認識，著者敏銳地覺察出，以顏延之詩歌為代表的宋文帝朝宮廷詩風，勢必要與以鮑照、湯惠休為代表的民歌化詩風產生尖銳衝突，因此「顏與鮑、休之間的衝突絕非文壇耆老與詩壇後進之間文人相輕意義上的個人恩怨，而是反映了劉宋後期詩壇風尚的更替變化，表明一種新的詩風已經產生，而以鮑、休為代表的這種詩風開始向齊梁詩歌過渡和轉換」〔註3〕，從而為文學史上這樁著名的顏、鮑公案作了一個允當的解答。可以說，著者的這部專著，正是通過對魏晉時期綜合文化的多維透視，賦予了文學研究以思想的深度與歷史的厚度。

除了打通詩史這一貫穿全書的主線之外，該書另一令人矚目的研究視角就是溯流地緣。著者在「前言」中也寫到：「基於鄉情觀念，就對三曹及建安文學情有獨鍾。因為三曹籍貫譙郡，就是今天安徽的亳州市，曹氏父子算是今天安徽人的同鄉，當時我對這幾位安徽同鄉非常崇敬，嚮往他們那種敢作敢為的英雄主義，共鳴於那個時期直面生死的深情。」〔註4〕或許正是這股充沛的情感潛流，促使著者在研究曹氏父子時，能夠格外留心地域文化之於建安文學新變的影響。《論建安文學新變與發生的地域文化背景》一文，即充分論述了曹操「譙沛集團」及「汝潁集團」的地域文化屬性，指出這兩個集團的結盟，不僅出於地域的接近性，也出於文化偏好的趨同性，因為二者都是道家故地；同時，受道家尚通脫思想的影響，曹操能夠掙脫兩漢經學的束縛，不拘禮法，崇尚藝術，重視詩歌的抒情性，注意文學的形式美，從而促進了建安時代的文

〔註2〕 《三曹與魏晉文學研究》，第 163～164 頁。
〔註3〕 《三曹與魏晉文學研究》，第 289 頁。
〔註4〕 《三曹與魏晉文學研究》，第 3 頁。

學自覺。而《曹、孫集團在江淮地區的戰爭與建安戰爭文學》一文，則通過對曹、孫在安徽範圍內戰爭的梳理，揭示出以此為背景的建安戰爭文學的特性，及其對唐代邊塞詩的影響。由此可見，基於鄉情觀念，溯流地緣文化，不僅使得該書的字裏行間彌漫著動人的情感力量，更閃爍著著者聚焦區域文化特殊性的真知灼見。

如果說打通詩史更側重於從「時」的角度來考察文學活動的話，那麼溯流地緣則更側重於從「空」的角度來定位文學活動。正是由於時、空這兩個維度的相互交織，《三曹與魏晉文學研究》才不是平面的解說，而是立體的還原。

評王志清《唐詩十家精講》

　　詩歌是中國文學的高峰，唐詩是高峰裏的高峰。對唐詩的研究，理所當然地成為中國古典文學研究的重點和熱點。從唐詩誕生的那一刻起，就有無數的鍾愛者解讀它們、研究它們，無論是隻言片語的點評還是皇皇之巨著，都閃爍著智慧的光芒，灌注著如癡如醉的情感。但是，由於受傳統研究習慣和思維定式的限制，絕大多數唐詩研究成果都集中在作品箋注和材料考訂方面。不能否認，這些基礎工作是唐詩研究不可或缺的一環。可是如果研究進程僅止步於此，不對唐詩的審美內涵和人文意蘊進行深入的探索，是無法發現唐詩之所以為唐詩的「特殊基因」的。

　　近代以來，西方的文藝理論和研究方法逐漸被一批批學者運用於中國傳統詩學研究，其中不少學者以學貫中西的視野、中西結合的方法為唐詩研究注入了新鮮血液。王志清《唐詩十家精講》（商務印書館，2013 年 10 月第 1 版）正是這樣一部以「文本與史料互為詮釋，詩性與理性兩相交通」為旨歸、致力於解開唐詩密碼的創新之作。著者將研究的注意力集中在對「唐詩是怎樣煉成的」之奧秘的追問上，在研究詩的過程中著重研究人，研究唐代詩人，研究唐代詩人的生存環境、生存狀態與生存智慧。通過對唐代十位詩雄及其作品的詮釋，深入探索了一系列唐詩發生的本質問題。下面筆者結合自己的閱讀體會談談其特色。

　　首先，此書最大的特色是它「論世以知人，知人而論詩」的研究視角。著者在《弁言》中強調，力求將「人的研究」與「詩的研究」結合起來。只有先瞭解一個詩人的生存環境和他所處時代之狀況，才能真正瞭解這個詩人；只有瞭解了這個詩人，我們才有可能對他的詩作進行恰當的解讀及深刻的揭

示。也即是說，在研究唐詩的過程中要著重研究唐代詩人的生存環境、生存狀態與生存智慧，以及與之相關的背景信息。著者之所以如此強調人的因素在創作中的決定性作用，是因為在著者看來，只有採用這種「讀詩見人」的解讀思維，才能揭示出詩人活動的歷時性與共時性的二重構架，並進而體會詩人心性人格的靜態呈現與動態變遷。在這種現實與審美同趨並進的研究視角的指導下，著者選擇唐代詩人中最有代表性的十位詩雄來解讀，「以作家的經歷與心態為中介，以詩歌與史料的互為詮釋為依據，立足於觀察詩人的心智歷史與人文精神的這個特殊角度」〔註1〕，為我們重現了一個個既卓絕又親切、既可感又生動的唐代詩人形象。著者對這些詩人形象所進行的「傳記式」分析，深入剖析了他們的心理，全面展示了他們的性格，從而使我們能夠對這些詩人及其作品獲得更加全面而新鮮的認識。這種研究方法有其特殊價值，正如董乃斌所言：「今後如有人要撰寫這些名家的文學傳記，志清的論述可成為有用的參考。」〔註2〕

其次，在這種獨具特色的研究視角指導下，本書的建構形態也別具一格。全書以人為綱，各章以人為本，組成了一個既相互獨立又彼此勾連的完整體系。本書主體部分由十章組成，分別是：「沉雄富麗」的駱賓王、「橫制頹波」的陳子昂、「風雅備極」的王維、「神氣飄逸」的李白、「沉鬱頓挫」的杜甫、「奇氣溢出」的岑參、「變怪百出」的韓愈、「善出常語」的白居易、「怨鬱淒豔」的李賀、「襟抱未開」的李商隱。這十位詩人在時間上縱貫整個唐代詩壇，既具有風格上的概括性，又具有藝術成就上的代表性。著者挑選的這十位詩人，都是三百年唐詩發展史上非常具有典型性的一流人物，並且他們的創作或相輔而生、或相反相成，彼此之間無不具有千絲萬縷的血脈聯繫。正如著者所言：「在唐詩史中，這十個詩人每一位都具有不可或缺的『鏈接』性質，大略反映出唐詩發展的過程與詩風演變的軌跡。」〔註3〕這種「以人為本」的思路，不僅體現在各個章節的關聯性上，在單個章節的內容組構上也有體現。著者對每位詩人的研究，基本上都是先從探討詩人的生活壞境入手，進而探討在此種環境下形成的詩人性格。在充分瞭解了詩人獨特的人生歷程和個性之後，才著手對詩人的作品及其藝術成就進行研討。

〔註1〕 王志清：《唐詩十家精講》，商務印書館，2013年版，第24頁。
〔註2〕 《唐詩十家精講》，第3頁。
〔註3〕 《唐詩十家精講》，第23頁。

　　第三，此書在對唐詩進行研究時注重將細讀文本與深究內蘊相結合。在文學作品的欣賞和研究過程中，細讀文本是最基本也是最重要的一個環節，只有在細讀文本的基礎上才能對作品進行深刻的探究。賀貽孫曾如是自述讀唐詩時的切身體會：「反覆朗誦至數十百過，口頷涎流，滋味無窮，咀嚼不盡。乃至自少至老，誦之不輟，其境愈熟，其味愈長。」〔註4〕可見，細讀文本是深切體認唐詩「境」「味」的前提。只有這樣，唐詩的豐富內蘊才能被逐步揭示出來。可是，如何將細讀文本與深究內蘊結合起來呢？著者指出，一是要熟讀成誦，反覆揣摩；一是要深求詩歌中「曾經滄海」的高境。例如，在揭示王維詩歌「皆出常境」的山水化境時，著者就具體運用了這一方法。通過對《山居秋暝》中「空山新雨後」之「空」的闡釋，著者指出王維善於以畫的手段經營詩，使其詩以全新的山水「畫」的面貌出現。王維這種對瞬間閃滅之情感的敏銳追尋，這種在空間上表現為空、在時間上表現為寂的意象攝取與創制方法。如果不是細味其詩作的點點滴滴，是無法闡釋的如此之細膩和適切的。可是事物總是有兩面性，全書有些章節細讀的文字所佔比重略大，理論闡發相對較少，讓人稍感不足。

　　第四，理論研究與教學實踐相結合，也是此書一大特色。董乃斌《序》中有「志清的教學和研究是走在中國詩學的正路上」之讚賞，道出了《唐詩十家精講》一書理論研究與教學實踐相結合的重要特點。董乃斌進一步指出，王志清在《唐詩十家精講》中已經達到善於「提綱挈領地抓住問題的癥結，善於層層剝筍似的逼近問題的核心和實質」〔註5〕的教學境界。我們從聆聽過本書主要內容的學生反饋來信息可以看出，這種教學境界的確可貴。在一次優秀教師「網推」活動中，一位同學激動地說：「王老師講唐詩，注重講詩人的創作實踐和動手能力，總是能給我們新的啟發，新的認識，新的思考。」〔註6〕著者的教學實踐之所以能取得如此良好的效果，與他始終堅持的三個原則密不可分：一是重在研究詩人，研究詩人的創造「基因」和文化底蘊及其生成；二是嚴格恪守學術規範，力求在材料和視角上出新，而絕不作媚俗性質的戲說；三是實事求是，既不為尊者諱，也不無原則地拔高，讓詩神親切地走下神壇。

　　第五，此書還有一個特點，就是在全面探究詩人及其作品的同時，還兼

〔註4〕郭紹虞編選：《清詩話續編》，上海古籍出版社，1983年版，第136頁。
〔註5〕《唐詩十家精講》，第4頁。
〔註6〕《唐詩十家精講》，第372頁。

顧每位詩人在接受史上最受關注的問題。一個最受關注的問題，往往就是進入一位詩人藝術世界的窗口。著者論陳子昂，關注其褒貶不一的忠義辯說；論韓愈，關注其毀譽參半的德操品行；論李賀，關注其詩歌被古代選本迴避的現象；論李商隱，關注其驚豔晦澀的詩歌非議。這些問題，都是唐詩接受史上的熱點。不僅如此，對於爭論不休的論題，著者往往能以充分的論據為基礎提出一些令人信服的新見。例如，針對《唐詩三百首》放棄選錄李賀詩作的怪現狀，著者提出「詩教不容」說。選家之所以不選賀詩不僅是因為其不符合「俾童而習之」的目的，還與當時的科舉制度密切相關。科舉試帖詩盛行及其對「溫柔敦厚」之詩教的奉行也是促使該選本排斥險怪奇詭、綺靡淫豔之作的重要原因。著者從《唐詩三百首》的不同版本入手，考證了該選本的各類不同接受群體，發現該選本風行與試帖詩選本風行之間的密切關係，最終有力地說明《唐詩三百首》放棄選錄李賀作品是因為受了「啟蒙」和「詩教」雙重標準的排斥。

最後，值得一提的是，此書對當下人文精神缺失、道德情感貧乏和審美思維僵化的時代病症也具有一定的「治療」作用。《唐詩十家精講》把主要視域鎖定在「人」這個關鍵點上，以開發唐詩中的人性和人的精神之美為旨歸，這正好體現了當今社會對精神美和人性美的強烈訴求。著者認為「借唐詩來醫治我們的膚淺和庸俗，來超拔我們的精神，完善我們的人格」具有現實意義。例如，著者在解讀駱賓王詩歌壯懷多氣的審美追求時，特別強調詩人「深厚沉鬱的現實人生感受」和「強烈執著的自我意識」；在解讀王維詩歌的深刻內蘊時，特別強調詩人「清德素風的仁者之勇」；在總結李賀詩歌的藝術成就時，特別強調詩人「奪人心魄的奇思怪想」。唐代詩人對現實的深情關懷、對自由的深沉渴望、對國家的無限忠誠、對美好事物的不懈追尋，都是著者有意加以強調的人文養分和精神、道德財富。著者之所以對唐代詩人傳承的這些優良傳統反覆地加以強調，是因為他希望從唐詩這個不竭之泉中汲取當今時代所缺乏的各種人文精神、道德操守和審美識力。

勃蘭兌斯認為：「文學史，就其最深刻的意義來說，是一種心理學，研究人的靈魂，是靈魂的歷史。」〔註7〕把文學史的宗旨歸結於「研究人的靈魂」，這是不可更易的真理，因為文學就是人學。文學由人創造，其神髓又需要由

〔註7〕〔丹麥〕勃蘭兌斯：《十九世紀文學主流》，人民文學出版社，1988年版，第2頁。

人去發掘,且發掘出的營養最終又將用於人類自身的發展和完善。在這一個循環遞進的過程中,「人」始終是文學的中心,是文學的出發點和終極歸宿。《唐詩十家精講》緊握「人」這把密匙,以人為本,論世以知人,知人而論詩,打開了一道唐詩研究的嶄新之門。有這樣一類著作是唐詩研究領域裏不可或缺的:它們重視材料的翔實卻不執著於考證,它們善於進行美學的闡發卻不給人割裂之感。《唐詩十家精講》正是這樣一部以史料為基礎,通過「審人」來「審美」的精彩之作。

評劉和文《清人選清詩總集研究》

　　作為中國古典文學文獻的一種重要存在形式，總集不僅為文學接受者提供了融宏觀與微觀於一體的閱讀媒介，同時還為編纂者表達自己的文學理念提供了重要平臺。清詩總集因之也很有研究價值。然而，與數量眾多、眾體皆備的清詩總集相比，清詩總集的研究尚未形成系統，現有研究成果不能充分揭示其特點。劉和文《清人選清詩總集研究》（安徽師範大學出版社，2016年第 1 版）指出，現今清詩總集研究不足之處主要表現在以下方面：

　　第一，基礎性研究不夠。整理清詩總集，是推動學界研究的關鍵。清詩總集存世頗多，與唐詩總集相比，整理出版的較少，需要進行系統整理出版。

　　第二，系統性、全面性研究不夠。這主要表現為三點：其一，清詩總集尚未建立一個總目。清詩總集由於數量多、文獻分散，清代編輯出版清詩總集的數量到底有多少，有待系統考察，因此，建立清詩總集總目以備系統、全面研究很有必要。其二，存世或經眼的清詩總集尚未進行系統考敘，有必要編輯存目目錄或經眼總集的敘錄工作。其三，清詩總集研究相對集中於那些富有特色的總集，還需要進一步拓寬研究對象。

　　第三，深入性研究不夠。從目前研究情況來看，有關清詩總集與詩學的研究尚停留在清詩總集序跋、選人等層面，很少深入到選詩風格即編輯背景研究。〔註 1〕

　　針對上述不足，該書有意識地加以彌補。著者在收集與整理清詩總集的基

〔註 1〕劉和文：《清人選清詩總集研究》，安徽師範大學出版社，2016 年版，第 18～19 頁。

礎上，對清詩總集進行系統研究，以揭示其基本概貌和特徵，並綜合文獻學、史學、詩學等方面，探究其總體特色，分析它的詩學批評功能、指導詩歌創作效能以及文獻價值，在整個研究過程中，也伴隨著對清代詩歌流派、地域文士人心態、文化風尚等的考察。

該書通過文獻調研，對所經眼的 319 種清詩總集從其版本、輯者和體例方面進行考敘。宏觀上把握清詩總集的概貌與特徵，並以個案研究來探析它的詩學批評功能、指導創作效能和文獻價值。具體表現為：

首先，考察了清詩總集的基本特徵。著者在考察所經眼總集的編輯角度、構成要素、選詩選人特色、編輯刊刻過程和編輯者身份等方面的基礎上，概述出清詩總集的編輯特點、地域性特徵和群體性特徵。從編輯角度看，具有輯選隊伍的龐雜性，編輯態度的自覺性，編纂體例的多樣性和選源的豐富性等特點；從編輯過程看，具有輯選者的群體意識、詩學活動的群體性、成書過程的多人參與和刊刻過程的群體合作等群體特徵；從所收作者籍貫與詩歌內容看，具有明顯的地域性特徵，即地域分布的不平衡性、地方文化理念的彰顯和地方性詩學觀的凸現等特色。

其次，研探了清詩總集的詩學批評功能。著者指出，清詩總集貫穿輯選家的美學趣味和詩學觀念，即對清詩的功能、體式、流別、宗主等問題的認識與態度，從而構成其選詩的價值取向，這些既體現於選詩的相對範圍、數量比例以及風格風貌等客觀展示之中，也表露在總集的序跋、凡例、圈點、批註及其他相關主觀論述中。這些不僅蘊藏著豐富的文化內涵，而且折射出有清一代哲學思潮和人文精神的消長與更迭，為我們瞭解和認識清代文學與文化思想的嬗變提供了一個很好的視野。

第三，分析了清詩總集的指導創作效能。詩歌總集的編輯是鑒賞與批評的統一，選家通過輯選優秀作品的行動，為清人揣摩典範作品提供了便利。著者具體討論了清詩總集在指示創作門徑，推動試探風尚的興起兩個方面的影響。例如以《國朝千家詩》為中心，從思想啟蒙教育、審美啟蒙教育和文化認知教育等三個方面分析了它適合蒙童學習的特色，並進一步指出其對初學者的啟發、指導價值。

第四，著者還重點考論了清詩總集的文獻價值。在對清詩總集編輯者的相關情況進行詳細考察的基礎上，著者指出清詩總集的編輯普遍表現出十分注重選本文獻價值的編纂理念，具體表現為無徵不信、實錄精補的紮實作風。此

外，著者還採取了一個重要舉措：以《清初人選清初詩匯考》為參照，補輯了
《懷舊集》《感舊集》《篋衍集》《國朝詩品》《詩源初集》和《國朝詩別裁集》
等總集的序跋，藉此考證了相關總集的版本、編輯和傳播過程以及內容特色
等。〔註2〕

　　該書的研究方法也很有特色。著者主要採用了文獻學方法、文學研究法、
史學研究法、調研分析和綜合歸納等方法。例如在採用調研分析方法時，通過
對相關書目和圖書館館藏情況進行調研，對所見清人詩歌總集和書目按類型
加以統計分析，既從微觀上揭示出清人詩歌總集所表現出的個體特徵，又從宏
觀上展示了清人詩歌總集的概貌。

　　該書還有一個很有特色的地方，即書後附錄了《經眼清詩總集目錄》《經
眼清詩總集及其輯選者的基本概況》與《經眼清詩總集的結構要素》三部分內
容。〔註3〕附錄一以輯成或出版時間為序，附錄二、三以表格形式呈現，條理
清晰，令人一目了然，為進一步研究清詩總集提供了便利。

〔註2〕《清人選清詩總集研究》，第19～20頁。
〔註3〕見《清人選清詩總集研究》，第196～346頁。

－453－

附：評王志清《散文詩美學》

　　自魯迅、劉半農、周作人等先驅者揭開散文詩的序幕以來，中國散文詩的發展經歷了輝煌而又艱辛的歷程。其輝煌表現在一批批詩人以他們獨具藝術個性和人格魅力的創作實績，孕育了五彩繽紛的散文詩園地；而其艱辛之處，正如王志清在《當代散文詩的審美困惑》一文中指出的那樣，中國散文詩創作存在諸多虛弱和病態的症狀。文學創作的實踐是文學理論研究的基石，反過來文學創作又接受理論研究的指導。而中國散文詩的理論研究相對於其創作實踐來說顯得薄弱。王志清的《散文詩美學》（河南文藝出版社，2013 年 9 月第 1 版）一書體系嚴密、思想深刻、語言精美，在散文詩藝術理論方面頗多建樹。本文準備從著者對言象意的闡說和對真善美的沉思兩個層面揭示此書豐富的理論內涵。

一、言象意的闡說：對散文詩「美」的解讀

　　任何文學作品都可以劃分為語言、形象、意蘊三個層次，散文詩也不例外。散文詩作品要想引人入勝必須準確把握語言作為達意工具的媒介意義、形象表現人性心理的深邃感染力和意蘊的含蓄性與多義性。《散文詩美學》一書對散文詩的這三個要素進行了多方位、深層次的闡說。

　　（一）「言」：彈力無限的語言韻致

　　語言構成文學作品的基本方面，它是傳達作品意義的媒介；同時它又顯示自身，具有獨立的意義和審美價值。在《散文詩美學》一書中，著者獨闢一章，對散文詩的語言美進行專門探討。著者認為：「散文詩的語言，是散文詩發展

的核心問題」「語言決定了散文詩的文體命運」〔註1〕。在提出了散文詩具有
「彈力無限的語言韻致」這一中心命題之後，著者從三個方面論證。

　　散文詩的語言韻致首先表現為它是一種「活性蓬鬆的唯美組構」，它具有
喻象性、蓬鬆性、自由性三個基本要素。其次，散文詩的語言同時代審美傾向
息息相關，它是一種「拍和時代的動態嬗變」，是具有深沉年代感的時代書寫。
第三，優秀散文詩的語言具有活潑靈動的新異性和不斷提升的詩性活力，這種
由「節奏派生的抒情活力」，能使作品語言的文學性與審美性最大限度地增容；
語言的雅化、俗化與歐化是探索散文詩語言美的詩人所走的三種不同路徑。

　　通過以上三方面的論證，著者立場鮮明地告訴人們：「散文詩語言具有與
生俱來的優勢。這種語言優勢，強化了散文詩的詩意內涵，拓展了散文詩文本
的精神維度，更是散文詩文體形態的基礎建築。」〔註2〕語言在表達情感和展
現作家精神時的這種優越性，充滿了詩意的內涵。正如凱塞爾談及語言在文學
作品中的作用時所說：「文學作品剛好利用語言詞語中所包含的那種不固定
性，喚醒潛伏的遠景並且使睡眠著的感情內容變得生動。語言本身已經就充滿
了詩意。」〔註3〕

（二）「象」：哲理性傳達的象徵性

　　文學形象具有強烈的藝術感染力，它能夠以虛幻而又逼真的人生畫面和
意象世界高度概括地表現深邃的人性心理，它具有深刻的表現性與強大的感
染力。他所營造的意象世界往往蘊含著某種觀念或哲理，具有寓意性、暗示性
或朦朧性之特點。對於此方面，著者在《散文詩美學》一書中也多有論及，突
出地表現在本書第二章對「《野草》精神的脈象流變」的闡發中。

　　在說明《野草》的思維和表現方式時，著者論道：「《野草》最突出的文學
特徵就是，它隱曲的、深邃的、哲理性傳達的象徵性。」〔註4〕這種象徵性表
現於散文詩中，往往伴隨著撼人心魄的精神力量、徹骨淒涼的蒼茫感和壓膺沉
重的孤獨感。《野草》中的意象為什麼獨特而晦澀，著者認為，這是因為魯迅
善於通過孤獨對話和深沉獨白來體現對生命和靈魂等深刻精神體驗的思考。
這種獨特的表達方式使現實事件與內心體驗之間構成獨特而緊密的結合，從

〔註1〕王志清：《散文詩美學》，河南文藝出版社，2013年版，第153頁。
〔註2〕《散文詩美學》，第153頁。
〔註3〕〔瑞士〕沃爾夫岡・凱塞爾：《語言的藝術作品》，上海譯文出版社，1984年
　　　　版，第389頁。
〔註4〕《散文詩美學》，第33頁。

而形成了無比強勁的張力。

這正如理查茲在《文學批評原理》中認為的那樣：「使意象具有功用的，不是它作為一個意象的生動性，而是它作為一個心理事件與感覺奇特結合的特徵。」〔註5〕也就是說，散文詩的表達方式要做到外在事件與內心體驗的融合，只有這樣才能在所塑造的形象中注入發人深省的哲理。在論述魯迅散文詩的意象特點與象徵意義的同時，著者還論述了耿林莽散文詩的意象特點，他認為耿林莽的散文詩「往往通過意象與意象的跳接、錯位」〔註6〕來進行藝術形象的組合，從而能夠形成強勁的情感張力，展現風生水起、波瀾興作的內心世界。

（三）「意」：意義化書寫與特有精神維度

文學意蘊具有情理性，含蓄性，多義性。黑格爾認為「意蘊」是由作品的「外在形狀」所顯現出的「一種內在的生氣，情感，靈魂，風骨和精神」。意蘊的這一內涵對應了美的兩種要素：「一種是內在的，即內容，另一種是外在的，即內容藉以現出意蘊和特性的東西。」〔註7〕在《散文詩美學》的著者看來，散文詩應該追求思想的深度，散文詩作家應該有時代與社會的道義擔當，在關注散文詩的「意義化書寫」的同時，也要張揚散文詩自身所特有的精神維度。

散文詩的自由精神，不僅僅是內容的，也是形式的，這正是黑格爾所言的內容與內容藉以現出意蘊和特性的東西。著者又強調，「極端自由的精神維度，這才是寫好散文詩的思維，是寫好散文詩的心理活動的特徵」〔註8〕。重視創作思維和心理特徵是為了更好地表現散文詩的內容和精神內涵。丹納曾說過：「一個句子是許多力量匯合起來的一個總體，訴諸於讀者的邏輯本能，音樂的感受，原有的記憶，幻想的活動；句子從神經，感官，習慣各個方面激動整個的人。」〔註9〕可見，在散文詩中那些通過意義化書寫進入其特有精神維度的作品，之所以能感動讀者是因為詩人重視調動讀者的邏輯思維和心靈感受的能力。

例如，對於頌歌式、哲理性的散文詩或散文詩的政治書寫，是公認的創作難題，一旦處理不當就有成為機械的政治圖解的可能，從而成為「最破壞讀者

〔註5〕 〔美〕勒內·韋勒克，〔美〕奧斯汀·沃倫：《文學理論》，文化藝術出版社，2010 年版，第 205 頁。

〔註6〕 《散文詩美學》，第 105 頁。

〔註7〕 〔德〕黑格爾：《美學》，商務印書館，1979 年版，第 25 頁。

〔註8〕 《散文詩美學》，第 39 頁。

〔註9〕 〔法〕丹納：《藝術哲學》，北京：人民文學出版社，1963 年版，第 398 頁。

胃口」的失敗之作，但是倘若善於對形象背後的生動意蘊進行提煉和開掘，就能使作品獲得與眾不同的藝術生趣，進而使讀者「領略到詩意境界和生命美學的豐富蘊涵」。〔註10〕

二、真善美的沉思：對散文詩「美」的覃想

真善美原本是一個哲學概念，運用於文藝批評中常常被當做檢驗作品的社會意義和藝術價值的美學標準。創造一個體現著真、善、美的藝術世界，是一切文藝的最高理想和所有藝術家的終極目標。具體到散文詩的創作，就是要求散文詩既能準確恰當地反映生活的本質，又要求作者對所反映的生活有獨特的感受與深刻的洞見，還要求作品所描繪的形象對社會具有積極的意義和影響；同時，還得注重散文詩藝術的完美性、內容形式的和諧性。如何達到這些標準？我們將在《散文詩美學》一書中找到這一問題的答案。

（一）「真」：真情本位的至誠書寫

郭紹虞在評述袁宏道的詩學觀時說：「博學而詳說，以大其蓄，凡求諸心，以歸於約，如醉之忽醒，如漲水之思決，這即是所謂真。」〔註11〕「真」就是要與客觀事實相符、與人性的至誠本質相符。清人尤侗論詩就主張以真意為主，他說：「如以論詩，苟無真意，則聲華傷於雕琢，格律涉於叫囂，其病擁腫」〔註12〕，可見「真」的表現是文學藝術作品成功的關鍵因素。著者認為，散文詩是用生命寫作，是生命最深處的秘密和軌跡的神聖展示；正因為如此，從散文詩的本體方面來看，它最不能缺失的就是真情。

如何才能做到「真情本位的至誠書寫」呢？首先，要求詩人具有植根生活的樸質情愫。這就要求散文詩的發生情感，當植根生活，「情感生活化，生活情感化」，因為這是一種由生活觸發而又反映生活本質的情感。其次，要求詩人具有源自內心的本真情緒。因為只有如此，才能傳遞出真實可靠的內心脈息，才能傳達出現代人的內心現實。與此同時，著者還指出了一個散文詩的困境，即「在面對物慾橫流時，在真善美橫遭摧殘和唾棄時，散文詩往往顯得貧乏蒼白和精神萎靡」，對於這一現象產生的原因，著者分析道：「這是因為散文詩作家稀缺一種社會人文關懷的批判勇氣和真實情感」。第三，要求詩人要超

〔註10〕《散文詩美學》，第57頁。
〔註11〕郭紹虞：《中國文學批評史》，商務印書館，2010年版，第293頁。
〔註12〕《中國文學批評史》，第623頁。

越狹隘功利觀念的詩化情感。「散文詩的詩性化要求是由其文本屬性所規定了的，是散文詩不至於混同於小品文、雜文、散文隨筆等的生命精神。」「只有詩性化了的情感才可能適應散文詩文本的抒情特質，也正因為情感的詩性化，那些被理智否定了的誇張、錯覺、幻覺等才獲得了真實的品格。」

（二）「善」：悲天憫人的生命感悟

「善」與「美」並無二致，惟有雅正的倫理、道德，才能稱作「善」，才能擁有「美」。哲學家摩爾說：「宇宙間有好與壞、對與錯這些區別確乎是關於宇宙的最重要的實事之一。」〔註13〕而「善」正是讓我們進行判斷的依據，是道德哲學思考的重要命題。《散文詩美學》的著者在散文詩中強調「善」，正是為了強化散文詩的使命感和對生活的敬慕之心。悲天憫人是臻於至善後的人格呈現，以這樣的胸懷來創作散文詩，才能夠使散文詩擺脫「小題材」「小擺設」的窠臼，以宏大敘事來顯露它暴露萬象、海納百川的問題基質。

正如柳鳴九在評價雨果的文學觀時所說的那樣：「他並不把人內心的崇高理想以及高尚偉大的情感與那些軟弱的柔情，一時的感傷，個人的追憶等等感情等量齊觀，置於詩歌中的同等地位，而是極力強調理想、偉大和美。」〔註14〕著者舉詩人皇泯的長篇散文詩為例，具體闡說了他對悲天憫人之生命至善的理解，他認為詩人的創作之所以獲得了成功首先因為他尋求到了一種指向重大命題的意蘊深度，更重要的是表現出了對社會人生和時代民族的深度關懷，這樣一來詩人的筆觸就超越小我情調昇華到文化反省的深層次，這種悲天憫人的至善博愛，使散文詩呈現出壯大之美和詩史深度，能給讀者帶來豐富的心靈營養和審美愉悅，獲得成功是勢在必然的。

著者把「詩人人格的缺席」看做當下散文詩最致命的弱點之一，真是睿智老辣之見。人格的缺席就是悲天憫人之「善」的缺席，活在自己的小圈子裏，坐井觀天，自我膨脹，這最終會使散文詩作品成為「成為微不足道的抽空了鮮血的器皿，成為沒有精氣神的塑料花」〔註15〕。劉勰在《文心雕龍・風骨》篇中說：「蔚彼風力，嚴此骨鯁」〔註16〕，這不僅是對文學作品的要求，也是對作家人格的要求。有至善之人格，才有創作出至善永恆作品的可能。

〔註13〕〔美〕M.懷特：《分析的時代》，北京：商務印書館，1981 年版，第 35 頁。
〔註14〕《散文詩美學》，第 107 頁。
〔註15〕《散文詩美學》，第 115 頁。
〔註16〕《文心雕龍注》，第 514 頁。

（三）「美」：頌歌牧歌的審美取向

文學的美基於語言的美，語言的美構造意境的美，意境的美傳達意蘊的美。散文詩語言形象美、意義美、情感美和音樂美的審美特性，是形成散文詩美學取向的基礎。散文詩是散文和詩歌交叉混溶後形成的特殊文體。其實，「詩歌語言規律與散文語言規律正好相悖：散文語言是普通的、節約的、正確易懂的語言，詩歌語言則是扭曲的、艱深化的、障礙重重的語言」〔註17〕；而散文詩的語言正好把這兩種看似不可調和的矛盾調和了，它把「自由自在的步行」和「帶著鐐銬的飛行」巧妙而穩固地結合在了一起，並形成自己特有的審美取向。

關於散文詩的美學追求，值得一提的是，耿林莽對散文詩之「美」的許多深刻見解，都得到著者的認同和闡發。這是因為著者對耿林莽一向評價很高，將其散文詩創作視為「《野草》精神的脈象流變」，是一個美學傳統的「兩個里程碑」「兩面旗幟」「兩個美學符號」。早在十年前著者就曾提出散文詩發展史是「從魯迅到耿林莽」的灼見，他的這一評價得到學界廣泛認同，並為此召開了相關學術研討會。結合耿林莽的散文詩創作和散文詩美學理論來看，著者的這一評價是十分中肯的。在《散文詩美學》一書中，著者吸收耿林莽優秀的理論成果，結合自己淵博的學識和深入的思考，對散文詩的審美追求提出了許多令人耳目一新卻又切合實際的見解。

對於這些見解，著者重點以柯藍和郭風的「頌歌」「牧歌」為例來進行闡釋。著者在《心智場景》一書中，曾這樣評價過柯藍：「強烈的政治功利價值觀，和高揚的生命激情，實現人的全部潛能的人格欲望，建構了柯藍的情感系統和心理意象以及『青春』的主題原型。」〔註18〕這是散文詩的眾多審美取向中的一種，這種「頌歌」式的熱情謳歌，體現著一種「理性抉擇的精神舞蹈」。關於郭風，著者認為他善於發現生活中的美並從中提煉詩情和哲意，藉此表現美好的感情與品德，呈現出詩人光明而善良的內心世界。著者的這些敏銳的評判，也證實了耿林莽在《散文詩的美學追求》一文中的論點：「單純、透明、流動的樸素美和明亮的色彩，平易近人的親切感，應是當代散文詩語言的基本性格和主流姿態」〔註19〕。

〔註17〕陳文忠：《文學美學與接受史研究》，安徽人民出版社，2008 年版，第 44 頁。

〔註18〕王志清：《心智場景》，中國華僑出版社，1996 年版，第 53 頁。

〔註19〕耿林莽：《散文詩的美學追求》，《文學報》，2013 年，第 8 期「散文詩研究」欄目。

　　綜合言象意和真善美兩個層面的分析，進一步加深了我們對《散文詩美學》一書內容的全面性和思想的深刻性的體會。必須強調的是，《散文詩美學》一書有自己的體系，筆者進行的論述並沒有以原有的章節組構為線索，而是從該書的內涵入手提煉出一個新的思想脈路。著者在該書的《餘論》中說：「散文詩理論是一種以『美的哲學』來解讀『哲學的美』的美思覃想。」筆者正是受這句話啟發，以「美的散文詩」和「散文詩的美」為切入點來閱讀這本散文詩理論著作的。

後　記

　　平日裏，金燦君經常自嘲「食古未融」，我則自笑「泥古不化」。在這個快節奏時代，我們總是願意花上大段的時光，與千百年前的一首詩、一篇文朝夕相對、耳鬢廝磨，並為自己能夠讀出一點新意而沾沾自喜。在日復一日的學習和生活中，古典文學給予我們無可替代的滋養，也帶給我們無窮無盡的愉悅。劉勰在《文心雕龍‧宗經》篇中曾言「往者雖舊，餘味日新」，余英時先生在《士與中國文化》一書中也曾引用西方格言「ever ancient，ever new」，可見古典文學雖然誕生於雲煙過眼的歷史之中，其生命精神卻在不同的時代復蘇生長，光華常新。作為古典文學愛好者，我們希望以自己的方式為古典文學研究盡一點綿薄之力；除了學術熱情和學術興趣之外，我們也嘗試以恰當的方法激活不同的話題。本書可以算作是我們所做努力的一次展示。

　　本書所收文章貫穿我們本科到博士後階段的學習生涯，是我們學生時代讀書與思考的結晶，也是見證我們青春歲月的珍貴記憶。第一編所收《詩經》《陌上桑》和《史記》諸篇，以及第三編王維、杜甫、李賀、蘇舜欽諸文，就分別是我和金燦君在安徽師範大學讀本科及研究生期間所作，彼時我們對古典文學即已充滿濃厚興趣，金燦君在吳振華老師的指導下，我在劉運好老師的指導下，閱讀了大量古代文學的經典作品，並開始接受古典文學研究的專業訓練。《史記》諸篇體現的詩史互證意識，李賀諸篇體現的文本細讀功底，以及金燦君對王叔岷先生莊學研究、吳相洲先生樂府學研究的關注，都表明我們對古典文學研究方法的重視與嘗試。

　　在社科院研究生院讀博期間，我們更是有意拓展學術視野，加強學術訓練。當時我的主攻方向是魏晉南北朝文學，師從范子燁先生，由於范師是陶淵

明研究的著名專家，加之我自己對陶詩又深為喜愛，因此陶淵明便成了我讀博期間的研究重心。范師總是強調資料長編是古典文學研究的基礎工作，於是我便開始了陶集版本及陶淵明相關文獻的搜集。彼時金燦君在鄭永曉先生門下主攻宋遼金元文獻，也需要經常查閱資料。故而國圖古籍館和善本閱覽室，以及社科院文學所古籍室便成了我們的常顧之所。在這裡，我們要特別感謝彼時就職於國圖善本閱覽室的劉明老師和文學所古籍室的劉叔明老師，劉明老師熱心地為我們調取古籍、介紹版本信息，劉叔明老師也總是不厭其煩地幫我們查找各個版本的古籍文獻。那段時間雖然奔忙而勞累，但卻快樂而充實。金燦君在查找完自己所需文獻後，還會細心地幫我搜集陶集及《文選》中的重要資料，從而為我後來整理、撰寫《文選》及《述酒》諸篇提供了極大便利。除了查找文獻之外，《中華讀書報》編輯部的實習生活也給我們的學術研究以很大啟發，採訪和會議為我們提供了學習前輩治學方法的各種機會，金燦君槐樹、玫瑰和司馬談諸文，以及我關於張西平、郝春文兩位先生的採訪，就是作於這一時期。

博士後階段，我們在蔣寅、馬茂軍、張巍諸位老師的指導和啟示下，對古典文學研究又有了新的思考，金燦君《文學的求索與文化的關懷》一文，我的《陶詩與中國古代貧士形象》一文，即是對這些思考的實踐。回顧我們一路走來的求學歷程，充滿著日進一寸的歡喜，更離不開諸位師友的幫助。而這本書所收諸文，雖不免青澀與稚嫩，但卻凝聚著我們對古典文學持之以恆的熱情。時至今日，在安師大圖書館和國圖古籍館讀書的情景，還會經常在我的腦海中閃現：師大閱覽室宛如宣紙的窗簾，窗外「小徑紅稀，芳郊綠遍」的初夏美景；國圖古籍館昏黃的燈火，泛黃的書頁，古樸的鎮紙，冬日窗外烏鴉寂寥的叫聲，都每每讓我油然而生「風雨不動安如山」的幸福之感。而這或許也正是古典文學的魅力，她賜予我們安定而平和的力量，讓我們可以從容而樂觀地面對生活。今年秋天，我們將正式完成博士後階段的學習，開始新的征程，但我們既不忐忑也不迷茫。因為我們相信，無論何時何地，只要堅持初心，就能過得充實而快樂。

蘇悟森

2022 年立夏於花城